Maxence Marin

Le chemin de la vie

Maxence Marin

Ḥ'wwah
Le chemin de la vie

© 2020, Maxence Marin

Édition : BoD - Books on Demand,

12/14 rond-point des Champs-Élysées, 75008 Paris

Impression : BoD - Books on Demand, Norderstedt, Allemagne

ISBN : 9782322254835

Dépôt légal : avril 2021

À toi ma femme,

À toi ma fille

À toi ma mère,

À vous mes sœurs,

Aux femmes de ma vie,

Merci de faire de moi l'homme que je suis.

Ava, ma fille, ô toi le fruit,

Je suis et resterai la racine solide

Sur laquelle tu pourras t'appuyer pour grandir.

Voici l'histoire de Miriam,
Fleur au milieu des flammes,
Femme au milieu du mal.
Elle nous vient du Sud, là où les beaux jours naissent,
Et a perdu le Nord guidée par sa tristesse.
Errant entre la dureté d'un Dieu lui dictant qui elle Est,
Et un monde dans lequel, elle se sent à l'Ouest.
Son cœur est sombre, ses yeux sont clairs.
Happée par son ombre, elle décide de rentrer en guerre
Contre Elle-même et ce qui la rapproche de l'enfer.
De la noirceur du ciel jaillit alors un éclair
Laissant présager que l'univers a écouté ses prières.
Mais souvent ébloui est-on
lorsqu'on ne sait regarder la lumière.
Nul besoin de connaître ses origines, sa religion
Pour savoir qu'Elle, comme toi qui lis ce livre,
a le droit à la guérison.
Ne te préoccupe plus d'où tu viens ni de ta destination,

Prends simplement plaisir à aimer

et te réaliser dans l'action.

Ode à vous, Miriam du Monde,

symbole de cette révolution

Ode à toi qui te réveilles et deviens

Reine au royaume des pions

« Je t'aime. » *Envoi.*

Miriam sentit ses joues rougir, sa gorge se serrer. Depuis une semaine, elle se berçait d'illusions quant aux issues possibles, faute d'avoir trouvé le courage nécessaire de faire ce premier pas.

Mais là, un SMS était parti et une réponse allait tomber. La suite ne dépendait plus d'elle ni de son imagination. Tournant en rond autour de son canapé, Miriam se demanda : « C'est donc ça, l'amour ? Souffrir d'attendre et attendre de souffrir ? »

Une semaine que Florian ne lui avait pas donné signe de vie. Deux ans de relation, des hauts, des bas, faisant débat sur leur vision de l'amour. Une fresque plutôt habituelle de nos jours. Souvent, Miriam s'était demandé, à l'instar des montagnes russes, si ce n'était pas ces chutes effrénées vers les bas-fonds de l'amour, à la frontière de la haine, qui donnaient l'élan prodigieux les menant au sommet de leurs passions. En tout cas, le manège semblait aujourd'hui à l'arrêt.

La jeune femme, anxieuse de nature, n'avait pas avoué à sa famille la relation qu'elle entretenait avec un « athée » ne partageant même pas la même couleur de peau qu'elle.

Florian, qui s'impatientait de rencontrer l'entourage de sa dulcinée, ne supportait plus les mensonges de cette dernière, qui esquivait tant bien que mal cette rencontre inévitable. Maladies imaginaires, disputes provoquées et mesquineries faisaient partie des parades habituelles. Il était tellement loin du gendre idéal, dont rêvait le papa très pieux et très attaché aux coutumes de sa contrée, que Miriam se persuadait que cette raison était suffisante à éviter la rencontre.

Florian, de son côté, était un épicurien hors pair, vivant de fêtes et d'aventures. Par amour, il avait mis de l'eau dans son vin. Oui, il l'avait aimée sa Miriam. Mais face au mutisme de cette dernière et la non-officialisation de leur relation, il est vrai qu'il avait baissé les bras. Beaucoup d'amis l'entouraient, de plus en plus. Retombant dans ses travers, il n'était pas rare qu'une sortie vélo entre copains se termine en beuverie jusqu'à trois heures du matin, au détriment de Miriam.

Chacun avait persuadé l'autre d'un changement rapide de la situation.

Deux ans étaient passés et aucune évolution, si ce n'est une décadence.

L'un comme l'autre n'appuyaient pas sur les fausses promesses de son alter ego, de peur de devoir assumer sa propre fausseté.

Deux ans étaient passés, une rancœur s'était installée, un fossé s'était creusé entre eux.

Un gouffre qui avait connu son apogée vendredi dernier et une dispute futile, mais significative de ce malaise grandissant. Depuis, silence radio.

Dix... vingt... trente minutes et pas de réponse, Miriam laissait le film de son imagination utiliser son cœur comme salle de projection :

Florian, en soirée, ivre sans la moindre once de tristesse.

Florian, rigolant à la vue du SMS, et le partageant avec ses amis.

Pire, Florian occupé à faire l'amour à une autre femme...

Chaque scénario se rapprochait d'un cauchemar. Le cœur de la jeune réalisatrice se serrait de plus en plus.

« ??? » *Envoi.*

« T'es sérieux de pas répondre ? » *Envoi.*

Les larmes coulaient sur les joues de la belle amoureuse. Ses mains tremblaient. Une cigarette, un verre de vin. Ce n'était pas dans ses habitudes ni dans son éducation. Mais merde, ce soir c'était trop, ce soir elle était seule, tristement seule.

Cet écart resterait entre son Dieu, sa conscience et elle-même. Cette pensée l'écœurait de culpabilité, elle se trouva pathétique.

Assise à la fenêtre de son studio, clope à la bouche, Miriam contemplait les quais de Saône des larmes plein les yeux.

Il était vingt heures, un soir de mai. Le climat était doux et une légère brise caressa son visage comme une main pleine de compassion, glissant sur sa joue pour stopper l'hémorragie de sa tristesse.

Une larme sécha, une autre se mit à couler comme un éternel recommencement. Dehors, la jeunesse lyonnaise commençait à prendre possession des bars et restaurants environnants.

Cette clientèle bruyante se donnait rendez-vous dans les pubs à la recherche du Saint-Graal, de la seule récompense qui vaille leur semaine de dur labeur : l'ivresse ou le pouvoir d'être enfin soi-même.

Des vapeurs d'alcool et de cigarettes dansaient jusqu'à la fenêtre de Miriam.

Perdue dans ses pensées, elle but un troisième verre d'un rouge dont elle n'appréciait que l'effet escompté : un degré d'alcool lui permettant de noyer sa peine.

En bas, quai Saint-Vincent, un étudiant éméché avait entrepris un strip-tease burlesque telle une parade nuptiale pour attirer une jolie jeune femme dans ses bras, laquelle rigolait à chaudes larmes. Agitant son tee-shirt au-dessus de sa tête, il le jeta en l'air en direction de sa proie, le maillot termina son vol dans un arbre.

Miriam esquissa un sourire au vu de la scène, s'imaginant un nouveau slogan publicitaire pour les géants de la boisson :

« L'ébriété, régulateur de sentiments :

Permet aux introvertis de s'exprimer et aux ultra-sensibles de se réprimer. »

Un sanglot suivit ce joli sourire, car elle savait que demain, après la fête, il serait temps de se ranger. Qu'après l'ivresse viennent la gueule de bois et le retour à la réalité qui l'accompagne.

Épuisée par son bavardage mental et les quelques verres descendus, la jeune femme s'allongea sur le canapé et s'endormit profondément.

L'alcool avait eu raison de son trop-plein d'émotions.

Son téléphone s'éclaira, laissant apparaître le début du SMS suivant : « Dsl, plus de batterie. Je pense qu'il est préférable d'arrêter. Cela fait bien trop longt… »

Bip, bip, bip, bip !

Miriam ouvrit péniblement les yeux à la recherche de cette nuisance sonore, encore ensuquée par le régime anesthésique à base de vodka et de sanglots auquel elle s'était livrée ce week-end. Une lumière rouge clignotait, le bruit se faisait de plus en plus distinct. Six heures quarante-cinq se dessinaient de plus en plus précisément sur le cadran de son réveil. Miriam se leva dans un sursaut.

Merde ! Nous étions déjà lundi. Deux jours avaient passé depuis le dernier SMS de Florian.

Quarante-huit heures sans bruit, dans un silence de plomb. La jeune femme n'avait pas bougé de chez elle. Assiégée par ses remords, elle n'avait pas répondu aux appels de sa mère, sûrement inquiète de sa non-visite dominicale pourtant si habituelle. Les messages de Sara, sa meilleure amie, souhaitant l'entraîner dans l'une de ses soirées « branchées », étaient aussi restés sans réponse.

Non, Miriam n'avait pas eu la force de se confier ni de faire semblant.

La solitude était la seule compagnie dont elle avait besoin.

Ce week-end avait été bercé de larmes, de nostalgie, de questions : une introspection.

Comme un manège, toutes ces émotions tournoyaient en elle et la jeune femme y assistait comme on vit un enterrement : des larmes plein les yeux et des souvenirs plein la tête.

« C'est ma faute ? Est-ce qu'on aurait pu être heureux ? C'est ma faute. Je dois le reconquérir ! Non, ce n'était pas le bon… Recommencer à zéro ? Draguer, se faire draguer, les premiers SMS où on pèse chaque mot, les premiers rendez-vous, la première fois, laisser un homme de plus prendre possession de mon corps, de mon cœur, les premières disputes. Et lui, serait-ce le bon ou encore une histoire qui finira mal ? »

Des sanglots et plusieurs paquets de mouchoirs accompagnaient ce flux incessant de questions qui tailladait l'âme de notre Miriam.

En réalité, elle ne savait pas si elle pleurait son idylle passée ou si elle tétanisait de peur du monde inconnu qui s'ouvrait à elle. Ce flot d'interrogations lui donnait le vertige. Pire ! Il l'emprisonnait dans la projection au détriment de l'action. Comme la société le lui avait appris, Miriam avait choisi de se punir à deux reprises pour ses erreurs : la sanction était déjà tombée avec la rupture, mais le besoin de se flageller davantage était si grand qu'elle se torturait de reproches et de questions afin de vivre et revivre sa peine. Porter le poids de son passé sur le chemin de la vie pour se souvenir d'où l'on vient. Il aurait été tellement plus simple de laisser ce sac de fardeaux sur le bas-côté et d'avancer avec légèreté, délesté de ce qui n'est plus.

La jeune femme avait donc passé le week-end à se punir puis se punir à nouveau pour ne surtout pas oublier sa tristesse. Elle aurait voulu que ce chagrin flotte en étendard au-dessus de sa tête afin de ne jamais l'oublier.

Quarante-huit heures de réflexion, mais aucune réponse n'était venue en écho à ses questions, la laissant seule face à ses doutes.

Le cadavre d'une bouteille d'Eristoff et un verre débordant de mégots faisant office de cendrier décoraient la table basse. Sur le bar se trouvait un reste de spaghettis jaunis, vestige des repas que s'était forcée à avaler Miriam afin de recharger les batteries quand elle n'avait plus la force de pleurer.

Voilà le synopsis du week-end passé. Un spleen régnait dans le studio, une odeur de renfermé, de tabac, de tristesse avait macéré. Il était temps d'aérer, pensa la jeune femme.

D'un pas lourd, Miriam alla ouvrir la fenêtre, espérant que son mal-être s'envolerait par l'embouchure en même temps que les vapeurs pestilentielles accumulées depuis vendredi.

Dehors, les éboueurs et le service de la ville s'attelaient à ramasser et nettoyer les restes des festivités du week-end passé sur le quai de Saône. Un homme fluorescent ramassait, à l'aide d'une pince, les canettes de bière qui avaient dormi sur un banc. Deux autres soldats jaunes se battaient farouchement contre un tag fraîchement peint sur la devanture d'un abribus. Le tee-shirt de l'étudiant strip-teaseur était toujours accroché dans une branche du platane.

Miriam, qui était restée assise sur le rebord de sa fenêtre, regardait la ville se refaire une beauté, se disant qu'avec ou sans elle, la vie continuait. Les premiers costards-cravates allaient bientôt faire leur entrée en scène. Sortant de beaux immeubles, le pas déterminé, le regard vide tels des robots, ils prendraient le métro direction le quartier d'affaires. Une journée « bien productive » les attendait.

La jeune femme finit par secouer la tête comme pour la remettre en place. Elle se lava, s'habilla et avala un Doliprane, histoire d'enterrer provisoirement la migraine qui la suivait depuis sa rupture, et bientôt claqua la porte pour rejoindre la ronde de ces travailleurs marchant à reculons.

Le regard hagard, elle avançait, perdue dans ses pensées. Ses pas la guidèrent machinalement vers la station Louis-Pradel non loin de l'opéra.

Cela faisait bien trop longtemps que la jeune femme empruntait ce trajet chaque jour avec ce sentiment de corvée, de fatalité, se répétant inlassablement : « C'est la vie, il faut bien travailler. Tout le monde travaille. C'est le prix de ton indépendance. Serre les dents et prends ce métro ! »

Chaque soir, elle rentrait avec ce goût d'échec dans la bouche. Cette impression de temps perdu, devenant chaque jour un peu plus indélébile.

Chaque soir, elle se répétait qu'elle chercherait un nouveau travail se rapprochant de son idéal dès le lendemain, mais force est de constater que, chaque matin, Miriam était toujours inévitablement là, à attendre ce métro, les dents de plus en plus serrées. Sa mâchoire était parfois si contractée que la douleur la renvoyait à l'époque du collège et des appareils dentaires avec les élastiques qui tenaient la bouche fermée telle une muselière pour ne pas aboyer pendant la crise d'ado.

Devant la bouche de métro, Miriam inspira un grand coup et enjamba la rainure la séparant de l'Escalator. Au fur et à mesure de la descente, elle s'immergeait dans sa journée de travail, réfléchissant aux clients à appeler aujourd'hui, à commencer par la créance de Monsieur Duris. Elle devait impérativement s'occuper de ce dossier aujourd'hui sous peine d'avoir encore le droit à une remontrance de son supérieur.

Arrivée en bas, la jeune femme fit une pause. Le stress de la future journée au bureau mélangé à la plaie à vif que représentait Florian avait eu raison de son calme apparent.

Fouillant dans son sac, un certain soulagement se fit ressentir au moment où elle mit la main sur une plaquette d'anxiolytiques. Elle l'avala d'un trait. Le goût âpre laissé par le cachet sur son palais la renvoya deux ans plus tôt au moment de l'obtention de son BTS. Son médecin de famille, le docteur Berenit, lui avait alors prescrit cette « béquille », comme il l'appelait, pour « oublier ce qui ne va pas et se concentrer sur ce qui doit aller », toujours selon ses dires. C'était apparemment un traitement qu'il proposait régulièrement aux étudiants en phase d'exams.

Diplôme en poche, Miriam avait gardé son remède à portée de main comme on garde avec soi un trèfle à quatre feuilles.

« Deux médocs en moins d'une heure et demie, partie comme ça, je vais bientôt prétendre à la carte club de chez Bayer », songea Miriam, apaisée par les retrouvailles avec sa béquille, qui la porterait tout au long de la matinée.

Reprenant son chemin, elle leva la tête. La foule s'était densifiée, un SDF était assis sur un banc et restait le seul être inactif au milieu de cette fourmilière. Il portait de vieilles baskets fluorescentes qui attiraient le regard, mais Miriam ne prêta pas plus attention à ce dernier, qui semblait être dans un sale état. Non loin de lui, un panneau publicitaire lumineux attira son attention. Un chariot le cachait à moitié. Le spot laissait apparaître la devise plutôt utopique : « Soyez libre d'inventer votre propre monde. »

Tandis que Miriam fixait en rêvassant l'affiche publicitaire, le métro fit son entrée en quai. Les travailleurs des magasins du centre-ville faisaient leur arrivée rue de la République alors que les costards-cravates et gratte-papiers jouaient des coudes afin de prendre place dans le wagon les menant au pied de leurs bureaux à Perrache.

Miriam prit place debout, entre deux usagés déjà au téléphone, travail oblige. Elle regarda vers le quai, le chariot avait disparu, laissant apparaître l'intégralité de l'affiche.

« SFR lance le premier forfait intelligent, soyez libre d'inventer votre propre monde. *Offre soumise à conditions, Engagement 24 mois** »

« Pourquoi de si belles promesses pour un but si banal ? » se demanda la jeune femme.

Plus la vie avançait et plus elle s'interrogeait sur la fâcheuse tendance que la société a de privilégier la forme par rapport au fond des choses.

Les portes se fermèrent, le métro s'élança doucement. Miriam plissa les yeux, serra les dents, se répétant : « Accroche-toi à ton indépendance, ce soir sera vite là. Tu vas y arriver. »

TIC TAC TIC TAC

J'allume le PC, le regard dans le vide,

attendant que le temps file

TIC TAC TIC TAC

Le café remplit ma tasse pour que s'enchaînent

les coups de fil

TIC TAC TIC TAC

À la pause, les mégots s'entassent et vite

je retrouve ma place qui me confine

TIC TAC TIC TAC

Les heures passent, les yeux fatiguent, les mails défilent

TIC TAC TIC TAC

Le cerveau marche, les secondes courent

pendant que les minutes s'effilent

TIC TAC TIC TAC

Assise, mon âme me démange,

mon corps lui reste infirme

TIC TAC TIC TAC

Est-on libre lorsqu'on nous dicte les lignes de notre propre livre ?

TIC TAC TIC TAC

Ô maître du temps, que tourne ton aiguille jusqu'à ce qu'elle me délivre

TIC TAC, DRIIIIIIIN

Et voilà une journée de plus de passée, j'éteins le PC, pressée de vivre.

« Prochain arrêt : Hôtel de Ville »

Miriam ouvrit les yeux, comme réveillée d'une hypnose l'ayant guidée tout au long de la journée.

Le nom de la station, prononcé par la voix robotique sortant des enceintes du wagon, avait été le mot de passe qui l'avait ramenée à la réalité.

« Hôtel de Ville = Maison = Moi-même », se souffla-t-elle.

Une journée de passée sans qu'elle s'en rende compte grâce à la précieuse aide de l'anxiolytique maître du sablier.

La jeune femme descendit sur le quai. Les jambes ankylosées, elle s'étira comme après avoir parcouru un Lyon-Marne-la-Vallée en OUIGO.

Ces dix minutes de trajet avaient été reposantes. Autour d'elle, Miriam reconnut plusieurs hommes en costumes, croisés ce matin. Eux aussi rentraient à la maison, c'était marqué sur leurs visages.

Cigarettes roulant désespérément entre leurs doigts, attendant l'autorisation d'être allumées à leurs bouches. On devinait cependant à leur gestuelle que le pouvoir de cette longue tige blonde n'était plus le même qu'au petit matin. La cigarette « réveil » avait laissé place à la clope récompense bien méritée après ce dur labeur, et véritable sas de décompression entre le travail et la maison.

Leur allure aussi n'était plus la même qu'à l'aller. La mine fatiguée, les yeux tombants, le gel dans leurs cheveux avait perdu de son éclat, laissant apparaître épis pour certains et pellicules pour les plus stressés.

« La nature reprend toujours ses droits », se dit Miriam. Se regardant dans la vitre miroir de son iPhone, elle s'aperçut qu'elle n'était pas en reste. Son fond de teint n'avait pas résisté aux premières chaleurs de mai, laissant apparaître de vieilles blessures de guerre, une acné juvénile qui avait légué de légères cicatrices, complexant encore aujourd'hui la jeune femme. Miriam effleura l'une d'elles. Le visage de Florian lui apparut, lui qui embrassait chacun de ces stigmates, murmurant à son oreille que ces souvenirs la rendaient encore plus belle.

Secouant la tête pour chasser sa nostalgie grandissante, Miriam entreprit de sortir du métro. Tout en marchant, elle déverrouilla son portable. Un tour sur Facebook lui occupa l'esprit et permettait d'esquiver les dragueurs très lourds du centre-ville lyonnais, qui n'attendaient qu'un regard pour ne plus te lâcher sur cinquante mètres, avant de se lasser et de trouver une nouvelle proie seule et plus docile à aborder. Le Smartphone était pour cela une bonne alternative, car au contraire d'avancer en regardant ses pieds, il donnait l'impression d'une vie sociale bien chargée et d'une certaine assurance.

Arrivant sur la page d'accueil, elle y découvrit le nouveau tatouage de Vanessa qui méritait bien un « like ». Se faufilant à travers la foule, Miriam balayait, impatiente, l'onglet du regard. Une seule actualité l'obsédait : le profil de Florian. Cliquant sur le lien l'y emmenant, son cœur se serra. Mais rien de nouveau sur la page, rien depuis deux semaines et le partage du clip d'un groupe de rap, qui le suivait musicalement partout.

La jeune femme continua son chemin et son espionnage par le biais du profil des amis de Florian, inquiète et énervée de ne pas connaître, de ne pas contrôler les faits et gestes de son ex-petit copain.

« Namasté, jeune fille », lança alors une voix rauque et assez mystique.

Interloquée par cette apostrophe, Miriam leva brièvement la tête de son portable, suffisamment pour reconnaître les chaussures trouées fluorescentes du SDF croisé le matin même. À ses jambes, un treillis d'une saleté qui aurait tenu debout. L'homme semblait être assis sur un gros sac à dos de randonnée. De peur de la marginalité qui marquait cet individu, Miriam se refusa à le regarder dans les yeux et l'ignora tout simplement, continuant son chemin avec une certaine nonchalance qui la protégeait.

« Qu'est-ce que c'est que ça, Namasté ? Il a dû abuser de la boisson ce vieux débris ! J'ai pas envie de faire du caritatif aujourd'hui ! » rumina-t-elle, tout en arrivant aux escaliers.

Bizarrement, plus l'Escalator sur lequel elle était montée grimpait, plus une onde positive prenait possession de son être, relâchant ses trapèzes. Elle souffla pour lâcher prise. Une unité naissait entre son corps et son cœur. Miriam sentit une sorte d'alignement la traverser, comme si, à cet instant, elle se savait à sa place, peu importe l'avenir, peu importe le passé. Une quiétude la gagna instantanément, une sorte de compassion entre chacune de ses cellules. Un écho résonna en elle.

Namasté, Namasté, Namasté.

Peu habituée à cette harmonie nouvelle, Miriam chercha à se débattre de cette emprise en se retournant férocement pour essayer de voir le visage du mendiant.

Trop tard, l'Escalator était bientôt à la surface, elle n'aperçut rien de plus que le treillis charbonneux et les baskets trouées déjà connus.

Miriam buta sur la rainure qui marquait la fin de l'Escalator. La lumière extérieure l'aveugla.

Elle fit rapidement le tour de la rambarde et descendit les marches, retournant à la station, deux à deux, en quête de réponse à ce qu'elle venait de vivre. Arrivée en bas, elle chercha du regard, sans trouver trace du SDF. Les changements répétés de luminosité l'ayant éblouie, cela ne facilitait pas la tâche. Un métro bondé s'élança le long des rails. Résignée, Miriam devina que l'étrange homme s'éloignait à l'intérieur de ce dernier.

La réponse à ses questions s'était elle aussi engouffrée par le tunnel emprunté par le wagon. De retour à l'air libre, rue de la République, la jeune femme prit quelques secondes pour reprendre son souffle.

Quel était cet éclair de plénitude qui l'avait parcourue ? Qui était cet homme ?

🔍 NAMASTÉ DÉFINITION

« NAMASTÉ.

Mon âme reconnaît ton âme, je fais honneur à l'Amour, la Lumière, la Beauté, la Vérité et la Bonté à l'intérieur de Toi, parce que c'est aussi à l'intérieur de Moi.

En partageant tout cela, il n'y a plus de distance ou de différences entre nous. Nous sommes pareils. Nous sommes UN.

NAMASTÉ. »

Miriam rangea son iPhone dans son sac et s'adossa au banc sur lequel elle s'était assise un peu plus tôt.

Il faisait lourd en cette fin d'après-midi et la pollution environnante n'arrangeait en rien les choses.

« Namasté, pourquoi ? » pensa-t-elle.

La jeune femme but une gorgée de son soda avec la fervente intention de faire descendre ses maux et plus particulièrement ce mot encore coincé dans sa gorge.

Était-ce une technique pour attirer l'attention et obtenir la charité ?

Si c'était le cas, l'air hautain employé par Miriam n'était sûrement pas l'offrande attendue par ce mystérieux ermite.

Mais pourquoi cette étrange sensation ? Pourquoi, en dépit de la journée, non, de la semaine de merde nauséabonde dans laquelle elle nageait d'une brasse maladroite, une éclaircie si soudaine s'était présentée ? Pourquoi, malgré ce nuage de fumée asphyxiant tout espoir naissant, Miriam avait pu humer ce doux parfum enivrant qu'est la plénitude ?

Assise sur ce banc, plongée dans ce questionnement, aucun début de réponse ne lui venait.

Bizarrement, cette rencontre éclair avec ce vieux « sorcier » avait changé le fil de sa journée. D'habitude si casanière, Miriam avait cette fois, à la sortie du métro, couru se réfugier aux antipodes de son appartement. Elle s'était cachée comme un enfant se cache pour contempler le butin qu'il vient de trouver. Comme on se cache pour protéger, profiter de ce moment magique, ce moment unique, ce moment secret qui n'appartient qu'à nous et le rendre éternel l'espace d'un instant avant de le laisser s'envoler et devenir banal à la vue de tous.

Le souffle court et des papillons plein le ventre après cette course contre ses habitudes, Miriam avait alors pris son portable et cherché le secret de cette formule magique avec l'espoir d'un pirate à quelques mètres du trésor qui changera sa vie. Mais le soufflé était vite retombé au vu de la définition, les papillons s'étaient envolés. La description trouvée sur Internet était plus proche du discours commercial d'une secte que de la pierre philosophale tant recherchée.

« Nous ne sommes qu'un », repensa la jeune femme. Cette phrase l'agaçait, la révoltait. Elle ne voulait pas se fondre dans la masse, elle voulait être elle-même et seulement elle-même, indépendamment de sa famille, de sa religion, de sa couleur de peau, de la Terre entière, de Florian… Elle s'imagina à ses côtés, mais cette vision l'irrita, étrangement. Peut-être que finalement si elle ne l'avait pas présenté à sa famille, c'était qu'elle n'acceptait pas cette union, ce castrateur de sa personnalité. Donner sa virginité avait déjà été, au début de leur relation, une étape difficile à passer pour Miriam. Accepter qu'un homme rentre dans son intimité, s'approprie son être, était déjà une communion physique extrême, mais à la fin de l'acte, elle reprenait possession de son corps. Les quelques premières fois avaient été vécues comme une agression. Puis, petit à petit, ce sentiment d'oppression s'était atténué laissant place au plaisir de la chair. Mais comme elle était traumatisée par les dogmes qui l'avaient forgée, présenter Florian à ses parents était d'un autre acabit. Pour la jeune femme, cela revenait à accepter d'être transmise du père à un futur mari tel un animal ne pouvant vivre sans l'homme qui le nourrit et le loge. Florian n'était certes pas misogyne, mais, blessée dans sa fierté de femme, Miriam voyait tous les hommes comme tels. Et puis lorsqu'on se donne en amour, on accepte d'être possédée, que l'autre soit gardien de notre cœur. Mais est-ce alors notre gardien ou notre geôlier ? La jeune femme se demanda si l'amour n'était pas une cage dorée qui était vécue selon les aléas de la vie en cocon ou cellule. Miriam s'imposa cette amertume quant à l'amour et se répéta qu'elle ne voulait pas de cette prison jusqu'à ce que cela devienne vérité. C'était la meilleure chose à faire pour ne pas craquer.

Un groupe de touristes asiatiques arrivant en masse la ramena sur ce banc proche de la place de la fontaine Gailleton devant son nom à un docteur qui fut, jadis, maire de Lyon.

Un guide touristique agitait, au-dessus de sa tête, un drapeau chinois pour attirer les derniers retardataires et ainsi pouvoir débuter son exposé. Au vu des visages des vacanciers surexcités et des gestes mimant un coup de poignard, Miriam comprit vite que leur hôte était en train de conter l'histoire du docteur Gailleton qui avait connu son heure de gloire, au XIXe siècle, en assistant à l'assassinat de Sadi Carnot, alors président de la République. Le talentueux chirurgien avait alors tenté de secourir le chef de l'État agonisant, mais ses gestes ne furent pas suffisants et le président décéda un 25 juin, non loin de là.

Emporté par cette histoire et le ton solennel employé par leur guide, le groupe de touristes commença à se battre avec amusement, pour se prendre en selfie devant la fontaine : main sur le cœur et le regard rempli de patriotisme.

Miriam, se passionnant pour l'histoire et le patrimoine du centre lyonnais, vit ses poils se hérisser et ses poings se serrer lorsque ces mêmes vacanciers commencèrent à grimper sur la statue trônant au milieu de la fontaine, avec cette fois les gestes de couteau, comme une compétition à la photo la plus glauque.

« C'est pathétique, c'est l'odeur du sang qui les attire », pensa la jeune femme. Ce docteur avait sûrement sauvé mille vies en l'espace d'une, et des décennies plus tard, ce qu'il restait c'était cette mort qu'il n'avait pu empêcher.

Est-ce que la mort d'un homme public valait plus que la vie de centaines d'anonymes ? En tout cas, au vu de l'excitation ambiante, le sang semblait plus vendeur que l'eau qui coulait en cascade dans cette magnifique sculpture…

Une des femmes, qui était debout sur le monument, dégaina son portable de sa poche, faisant au passage glisser et tomber de son pantalon un mouchoir dans le bassin. Elle le regarda flotter l'espace de quelques instants, puis commença à se filmer avec son Smartphone, comme si de rien n'était.

« Trop c'est trop, je rentre », murmura Miriam.

Ses épaules crispées laissaient apparaître l'énervement provoqué par cette horde de sauvages.

Elle aimait cette fontaine, cette statue. Commençant sa traversée en direction de chez elle, la jeune femme contempla la sculpture : ces lions majestueux, gardiens du couple au milieu du sanctuaire. Un sentiment de force émanait de ce tableau. Une larme coula sur sa joue. Elle avait beau s'obliger à considérer le couple et Florian comme un frein à son autonomie, un manque se faisait ressentir. À cet instant, elle aurait aimé plonger dans ses yeux, se réfugier dans ses bras, lui dire qu'elle l'aimait. Mais tout cela n'était plus et aujourd'hui elle ne pouvait se résoudre à regarder ces inconnus violer ce lieu si précieux à ses yeux, dénuer ce symbole de tout sens, détruire la magie de cet endroit laissant apparaître de simples pierres et morceaux de métaux là où un jour Miriam y avait vu une promesse en l'amour.

Non loin du groupe, un vieil homme asiatique assis, les mains posées sur sa canne, la dévisagea avec compassion pendant qu'elle continuait d'avancer. Exaspérée par la scène à laquelle elle venait d'assister, Miriam le regarda avec réprobation, le rendant responsable de l'incivisme du reste du groupe. Le vieux monsieur ne broncha pas, bientôt la jeune femme fut loin. Alors, il ajusta sa chemise avec souplesse puis se leva à l'aide de sa béquille.

D'un parfait français, le vieil homme dit alors : « L'amour est partout et en tout temps, mais seul l'œil en paix peut le contempler. Le cœur en feu, lui, ne voit que de quoi attiser la colère nécessaire à le raviver. Accepte qu'il n'y ait d'autre responsable que toi-même face à ta douleur, et que le monde que tu vois ne soit que le reflet de toi-même. Rancunes ou Amour, nous ne sommes qu'un face au miroir qu'est le Monde. »

Après avoir terminé, il prit la direction du Rhône et disparut.

Miriam était déjà rue de la Charité lorsqu'une légère brise lui caressa la joue avec le désir de lui chanter ce message.

Un SMS arriva au même moment. C'était sa mère.

« Coucou ma mimi, j'espère que ta semaine se passe bien. Mamie a fait une rechute pulmonaire dans la nuit. Les médecins ont pratiqué une ponction pleurale pour la dégager au maximum. Ce serait bien que tu passes la voir... Elle est toujours dans la même chambre. Je t'embrasse. »

Le lendemain, Miriam se rendit donc à Grange Blanche où séjournait sa grand-mère. Dans l'ascenseur la menant au cinquième étage, la jeune femme repensa au visage enjoué de sa mamie une année plus tôt, assise dans sa véranda chez elle à Grenoble avec en toile de fond le massif de Belledonne.

Un Alzheimer grandissant avait amené ses quatre enfants à prendre la décision de la rapatrier à Lyon afin de pouvoir la voir plus souvent. Sa villa avait été vendue pour payer la maison de repos, là où elle avait vécu jusqu'à février dernier. Une angine pulmonaire mal soignée l'avait contrainte à déménager de nouveau, direction la chambre 508 du service pneumologie.

L'ascenseur arriva à destination :
Les portes s'ouvrirent sur un étrange univers
Lumières blanches sur mine grise,
l'atmosphère est austère
Balade en blouse pour les plus téméraires

Croisant au gré des allées : arrivants, endeuillés, infirmières

Bienvenue dans la jungle hospitalière

Le client ici n'est pas roi mais esclave du cathéter,

Concert de toux grasse chanté par Cancer,

Le silence en devient mortuaire

Alors la volonté se doit de fer

Dans les couloirs, chacun y va de sa prière

Croire en la vie, ne pas plier genou à terre

Drôle d'endroit où certains naissent

pendant que d'autres partent au cimetière

L'odeur est aseptisée mais la mort rôde dans l'air

Miriam inspire, sort de l'ascenseur et part en guerre,

Contre ses peurs, contre la mort, pour sa grand-mère.

SERVICE PNEUMOLOGIE

« J'aurais dû fumer une clope avant de monter », se dit la jeune femme tout en avançant dans le couloir directement à gauche, laissant sur sa droite une salle d'attente tristement vide. Elle passa devant le bureau des infirmières sans un regard et continua son chemin. Le passage était désert, seuls quelques bips de machines cassaient le silence ambiant. 501, 502, la plupart des portes étaient fermées. La jeune femme continua sa route lentement. Elle appréhendait les retrouvailles avec sa grand-mère, de peur du vide qui s'installait de plus en plus avec la maladie. Chambre 503, 504, un chariot bloquait l'accès à la chambre 505. À son bord, un bac jaune estampillé d'un sigle aux formes nucléaires la fit frissonner, elle le contourna d'un bon mètre en retenant sa respiration au moment de le dépasser, de peur d'être contaminée. L'hôpital la terrifiait et lui rappelait des souvenirs douloureux.

Elle y avait vu mourir son grand-père d'un cancer sans pouvoir l'aider quelques années plus tôt.

506, 507, et voilà le numéro 508.

La porte entrebâillée laissait apparaître un bouquet de fleurs vieillissant sur la table de chevet. Une lumière d'un jaune très artificiel éclairait le sol bleu délavé de la chambre. Miriam avança, à tâtons, pétrifiée par ce lieu aseptisé et ce qu'il représentait dans sa psyché : le tribunal de la mort.

La télé beuglait le jingle météo. Miriam dépassa la salle d'eau sur la gauche et ne put qu'apercevoir les nombreux appareils et tuyaux présents autour du lit. Puis, la jeune femme dut déglutir sa salive en apercevant la hanche dénudée de sa grand-mère pourtant si pudique jadis.

Après une grande inspiration, elle se décida à faire son entrée et briser la peur qui lui tétanisait les jambes.

« Coucou Mamie, comment ça va ? »

Absorbée par son écran, la grand-mère ne se retourna pas tout de suite et fit signe de la main pour prévenir de l'attente. Miriam esquissa un sourire, la maladie ne lui avait pas pris ses vieilles habitudes, pensa-t-elle.

« Demain, il fera 28 °C à Grenoble, le temps sera lourd et la pollution à son maximum. Limitez vos déplacements. »

C'était le signal.

La grand-mère chercha la télécommande du bout des doigts sous la couverture. Une fois trouvée, elle baissa pression par pression le volume de la télévision jusqu'au niveau 0.

« Luna, c'est toi ? Mais tu ne travailles pas aujourd'hui ? demanda la vieille dame tout en se détournant de la TV.

— Non, Mamie, moi c'est Miriam ta petite-fille, et le mercredi je termine le boulot à seize heures donc j'en ai profité pour venir te voir », répondit Miriam avec calme tout en lui embrassant le front.

Elle s'était habituée à entendre de plus en plus sa grand-mère, sous l'effet d'Alzheimer, la confondre avec Luna, sa grand-tante partie quelques années plus tôt.

« Oh, ma Miriam, désolée, vous vous ressemblez tellement, il me semblait bien que Luna travaillait cette semaine. En tout cas, tu es toute belle, s'excusa la mamie, tout en caressant la main de sa petite-fille qui acquiesça d'un signe de tête avant de plaisanter :

— Tant que tu ne me confonds pas avec l'infirmière, boutonneuse, myope, qui vient te donner ton traitement le matin, ça me va. »

La grand-mère sourit et fit mine de loucher pour imiter l'infirmière en question. La jeune femme rigola, heureuse de retrouver sa grand-mère en forme malgré tout et soulagée de voir le sujet « Luna » s'éloigner. Il était toujours difficile pour elle de faire un choix entre mentir ou expliquer que la grand-tante n'était plus de ce monde.

Dès son plus jeune âge, on lui avait souvent répété qu'elle était le portrait craché de sa tatie. Toutes les deux avaient les mêmes yeux clairs, la même intensité. Cependant, à part son physique, Miriam ne connaissait pas grand-chose de la sœur de sa grand-mère. Elle l'avait vue petite, mais ne s'en rappelait pas. La vie de Luna était un sujet tabou dans la famille. Cette dernière, attirée par le mystique, s'était recluse partant vivre en montagne, incomprise et rejetée par la famille religieuse qu'était la sienne. Le père de Miriam refusait d'aborder le sujet, prétextant qu'elle était une offense à Dieu et qu'il fallait prier deux fois plus pour absoudre les liens qui les retenaient à cette pécheresse. Seuls la grand-mère et son frère Hatif voyaient encore leur sœur Luna et la défendaient contre le reste de la famille. Mais lorsque la petite-fille leur demandait davantage d'informations sur la grand-tante, elle se confrontait toujours à la même chanson : « L'heure n'est pas venue de parler de ce sujet. »

Luna était morte il y a une dizaine d'années, seule et sans cérémonie funéraire, et Miriam avait arrêté de poser la question, lassée d'entendre toujours la même réponse.

La jeune femme s'assit délicatement sur le rebord du lit pour se rapprocher de sa grand-mère et lui demanda :

« Alors, Mamie, comment tu te sens ? Il paraît que tu nous as fait une frayeur lundi soir ? »

La vieille femme souffla pour montrer son exaspération avant de répondre :

« C'est plutôt ces médecins qui me font des frayeurs. À chaque problème, on me rajoute un tuyau ou un cachet. Ce n'est pas une solution ! J'étais seulement un peu prise. Vivement que je rentre à la maison et qu'on me laisse tranquillement me soigner avec mes tisanes au thym.

— Mamie, je sais que ce n'est pas facile, mais il faut prendre ton traitement si tu veux que ça aille mieux. Est-ce qu'au moins les repas sont bons ? Il faut que tu reprennes des forces ! fit remarquer la petite-fille.

— Repas ? C'est un bien grand mot, disons simplement que les rations sont chaudes et complètes. En temps de guerre, cela aurait été un luxe. Mais là, je suis sûre qu'avec un bon méchoui d'agneau, je serais sur pied beaucoup plus vite », bougonna la grand-mère.

Une quinte de toux la fit redresser son lit médicalisé avant que la vieille dame ne reprenne d'une voix enrouée :

« Peux-tu me mettre un peu de Pulco et de l'eau dans mon verre, s'il te plaît ? Je n'ai plus l'habitude de parler autant et avec ces intubations à répétition, j'ai la gorge tout irritée. »

Miriam s'exécuta et porta le verre aux mains tremblantes de sa grand-mère qui en but une gorgée avant de le rendre. Derrière la fenêtre, le soleil entamait sa descente et commençait à faire effet de serre dans la pièce. La jeune femme décida donc de se lever et d'aller baisser le store.

Se retournant, son regard croisa celui de sa grand-mère. Des années étaient passées, mais elle sentait toujours la même intensité dans les grands yeux bruns de sa mamie, transperçant son âme.

Miriam eut un sourire béat. Le magnétisme qui émanait de cet échange silencieux la renvoya à l'apogée de son enfance. Les rires de ses grands-parents dans la force de l'âge et le parfum de la tarte Tatin fraîchement sortie du four dansèrent dans sa tête. Elles n'étaient plus dans cette chambre morbide. L'espace d'un instant, le monde se transforma en amour. Il n'existait plus qu'elles.

C'est fou comme le mythe que l'on porte aux héros de notre enfance ne peut être ébranlé ni par la mort ni par la maladie. Les tuyaux et autres sondes qui maintenaient la vieille dame en vie étaient invisibles pour Miriam.

Certes, elle s'en voulait de ne pas assez venir à l'hôpital, mais en même temps elle savait que chaque visite fissurait l'image idyllique qu'elle s'efforçait de garder de sa grand-mère. La maladie est une érosion de la vie et il n'est jamais facile de voir un monument de son enfance s'effondrer sans pouvoir agir.

Miriam reprit sa place et embrassa sa mamie sur la joue, dissipant la nostalgie qui prenait le pas.

« Je suis contente que tu sois là, ma chérie, dit la grand-mère en caressant la joue de sa petite-fille. Je voulais te demander quelque chose. »

Elle releva encore un peu plus son matelas avant de reprendre :

« Je me fais du souci pour Papi. Comment ça se passe pour lui ? Il n'a jamais eu à faire la cuisine et j'ai peur qu'il mette le feu avec la gazinière. »

Un silence suivit. Comme pour Luna, Miriam n'avait pas la force ni l'envie d'annoncer à sa mamie qu'il ne restait rien de sa vie passée. Que son mari, sa maison n'étaient plus, et que cette chambre était maintenant sa seule demeure.

Qui était-elle pour briser le rêve illusoire d'un retour ? Ne souffrait-elle déjà pas assez de cette prison chimique qu'était l'hôpital ? Devait-elle supporter encore et encore ces piqûres de rappel d'une triste réalité ? Qui peut prétendre avoir la force nécessaire de surmonter ce foutu Alzheimer ?

Apprendre encore et encore la mort de ceux que l'on a aimés jusqu'à n'avoir plus de larmes à verser. Voir sa mémoire s'effacer, son âme s'effriter jusqu'à ne plus être. Non, si l'esprit se refuse à accepter un vécu trop douloureux, quitte à en devenir malade, c'est sûrement que l'espoir et la lumière sont permis même dans l'obscurité la plus profonde, pensa Miriam.

Sa grand-mère avait le droit à cette lueur la guidant vers un futur imaginaire construit sur les ruines d'un passé heureux.

Confortée par cette idée, la jeune femme cassa le silence grandissant d'une voix enthousiaste :

« Maman et tonton apportent des petits plats cuisinés pour la semaine tous les samedis à Papi. La gazinière est condamnée, il ne peut utiliser que le micro-ondes. »

Puis, en prenant la main de sa grand-mère, Miriam lui glissa malicieusement :

« Ne t'inquiète pas, nous ne le laisserons pas détruire ta belle cuisine. »

Le visage de la vieille dame s'illumina. Un rictus, relique de sa beauté passée, marqua le coin de son sourire. Miriam se réjouit d'avoir pris la bonne décision en observant la joie palpable de sa grand-mère.

« Ah, je suis rassurée ! Et mes fleurs ? Est-ce qu'il les arrose tous les jours ? Mes *Crossandra* doivent avoir fleuri ? J'ai hâte de voir leurs belles couleurs orange ! »

Miriam n'avait pas prévu cette question. Ne voulant être démasquée, car le grand-père n'avait nullement la main verte, elle improvisa :

« Euh, non, désolée Mamie, tu connais Papi et son don pour le jardin. Il n'y a que le lilas qui a su lui résister. »

La mine de la vieille dame se décomposa, si bien que Miriam, prise à son propre jeu, rajouta rapidement :

« Mamie, je te fais la promesse que dès que tu sors, je t'emmène à Botanic. Je vais t'aider à faire le plus beau jardin de ton lotissement. Ce sera le Jardin Majorelle de Grenoble ! »

Les yeux de la grand-mère brillèrent de bonheur. Elle s'exclama :

« Merci, ma chérie. C'est cette promesse qui me fera tenir. Je vais prendre mon traitement et manger chacun de mes repas pour être vite sur pied ! »

Miriam se sentit un peu gênée d'avoir menti de la sorte, mais ce ressenti fut vite éclipsé par la construction du jardin imaginaire. En effet, sous l'impulsion de la mamie, l'heure qui suivit fut rythmée par le coup de crayon de la jeune femme. Miriam esquissait, ligne après ligne, massif après massif les contours d'un futur salvateur pour sa grand-mère, alors que pour elle cette parenthèse était un flash-back vers le lieu qui l'avait vue grandir et qu'elle ne reverrait plus. Au dos d'une feuille dérobée au bord du lit se dessinait un havre de paix. Des tulipes, des cactus, des buglosses, des anthémis. Une explosion de couleurs, qui, au gré des allées tracées, prenait vie. Le parfum du printemps avait remplacé celui de la Bétadine. Le bruit de l'eau s'écoulant le long d'une fontaine, celui des machines.

La mamie contemplait avec fierté le travail de sa petite-fille qui prenait un plaisir jouissif à dessiner. Elle s'appliquait à retranscrire chaque détail de ses souvenirs au croquis avec le souhait inavoué d'insuffler par ce geste un peu de sa mémoire, un peu de sa réalité à sa grand-mère qui s'emmêlait les pinceaux entre ses souvenirs du parc municipal et ceux de son jardin.

Le dessin terminé. Miriam réalisa qu'elle avait copié à l'identique le terrain de la maison vendue un an plus tôt. Elle fut fière de son coup de crayon et émue de replonger ainsi dans son passé.

Le moment était parfait. Le plaisir jusqu'alors inconnu de dessiner, la complicité fusionnelle la liant à sa grand-mère, à son sang, son histoire, tout était parfait. Elle se sentit comme dans un sanctuaire ne répondant à aucune loi physique ni temporelle. Ce lit médical s'était transformé en radeau flottant au milieu de rien, au milieu de tout.

Était-ce donc cela le véritable amour ? Un remède aux maux de la vie ? Un interrupteur qui arrête l'aiguille de nos actes au zénith de la joie ?

Miriam se délecta de cette ivresse. La simplicité de ce moment lui faisait du bien.

Hélas, cette observation marqua la fin de cet instant.

Une aide-soignante toqua à la porte et indiqua à la vieille dame que l'infirmière passerait d'ici cinq minutes pour les soins du soir.

La grand-mère acquiesça d'un signe de tête.

L'apesanteur émotionnelle retomba à la suite de cette nouvelle.

La porte se referma et la mamie prit les mains de sa petite-fille. Le compte à rebours la menant à la case infirmerie avait eu raison de la conception du jardin.

Avec une lucidité troublante, la grand-mère prit la parole :

« Ma chérie, le temps nous est compté. Il y a des choses que nous devons aborder avant ton départ. Je vois dans tes yeux, tes yeux qui ne m'ont jamais trompée, un voile de tristesse qui n'est pas habituel. Je vois, sur tes épaules affaissées, le poids d'un chemin qui n'est pas le tien. J'entends dans les battements de ton cœur un besoin d'amour qui résonne. Est-ce que je me trompe ? »

Le ton solennel et le regard limpide de la vieille dame déstabilisèrent la jeune femme qui ne put répondre que la vérité :

« C'est vrai que ce n'est pas tout rose en ce moment, Mamie. Mon travail ne me plaît pas, en amour rien n'est facile. J'ai l'impression d'être figurante de ma propre vie. »

N'ayant pas prévu de se livrer de la sorte, Miriam rajouta :

« Mais bon, Dieu ne veut pas qu'on s'apitoie sur sort. Alors je m'efforce de rester droite en attendant que la roue tourne. »

Avec cette phrase, elle espérait rassurer sa grand-mère et lui faire bonne impression, elle qui malgré la maladie avait gardé une foi intacte envers Dieu.

« Oublie la religion qui t'a été imposée. Pense avec ton cœur et non avec ta peur ! rétorqua la vieille dame d'une voix autoritaire avant de reprendre plus doucement : Mon enfant, depuis ton plus jeune âge tu t'imposes de vivre selon les codes d'une famille, d'une religion, d'une société qui ne te correspondent pas. Et la victime collatérale de cette manœuvre n'est autre que toi-même. Aujourd'hui, tu es prête à aborder un sujet qui t'a longtemps été caché : celui de ma sœur Luna. Ta grand-tante fut une prophétesse de l'amour, mais notre communauté y a vu une malédiction, un signe démoniaque et l'a traitée en sorcière jusqu'à la bannir de notre vie. Voilà ce que fait la peur, elle emprisonne le monde de sorte que toute personne sortant de l'ordinaire est déclarée mauvaise. Mais sache que la peur est une prison, au contraire de l'amour qui libère. Luna, par sa résilience en l'amour, a brisé les chaînes la rendant esclave du temps car la mort n'est plus une fin en soi pour celui qui s'est affranchi des limites de la peur. Le paradis est accessible de notre vivant à celui qui marche vers sa véritable identité. »

Miriam écoutait attentivement sans tout comprendre pour autant. Sa grand-mère semblait tout à coup savoir que sa sœur était morte et remettait en cause la religion qui l'avait accompagnée toute sa vie. Elle parlait du mystique avec conviction, ce qui se rapprochait dangereusement du blasphème.

Avant d'avoir pu formuler dans son cerveau une question cohérente, la mamie reprit :

« Si je te parle de cela maintenant, c'est que je sais au fond de moi que tu es prête à l'entendre. Ce décalage que tu ressens avec la vie qui t'entoure en est la preuve. Tu te réveilles lentement d'un rêve qui t'a été imposé, que tu t'es imposé plus précisément, pour être appréciée des gens qui t'entourent. À mesure que tu reprends possession de ton corps, de ton être, tu réalises que cette vie que tu t'efforces de suivre n'est que le reflet des attentes d'autrui. »

Miriam ne put que constater que sa grand-mère avait raison. Elle avait inconsciemment construit sa vie sur le regard des autres. Chacun de ses gestes était guidé par l'auto-jugement de ce qui lui semblait être le plus approprié de faire en ce cas-là. Avoir un travail respectable, rendre fiers ses parents, gagner de l'argent coûte que coûte pour protéger ses arrières. Où était passé le bonheur dans tout cela ?

« Mamie, quel est le rapport avec Luna ? J'ai du mal à comprendre. Et si cette religion, cette vie, cette famille ne sont pas bonnes pour moi, pourquoi l'ont-elles été pour toi ? interrogea la petite-fille avec une franchise spontanée qui la soulagea.

— Avoir ce même regard que ta grand-tante en dit long sur ta destinée, répliqua la grand-mère avec délicatesse. À commencer par le fait qu'avec un peu d'entraînement, toi aussi tu pourrais discerner la part de bien en toute chose et ainsi te guider aisément sur le chemin te menant à toi-même. En cela réside ton lien avec ma sœur. Tu es venue au monde pour continuer de rendre possible cette émancipation. Myriam, Miriam, Mariam, Marie. Il existe bien des variantes à la prononciation de ton prénom selon la culture qui l'a porté, mais une seule origine commune à toutes : la Sainte Vierge, Celle qui élève tout, s'élevant, transcendée par l'amour. Tu remarqueras qu'étymologiquement, Luna, plus communément la Lune, n'est pas très loin de toi, elle, l'astre maternel qui nous protège et nous guide dans l'obscurité. »

La grand-mère regarda avec bienveillance sa petite-fille qui acquiesça à ce flot d'informations d'un sourire confus. Elle n'avait jusqu'à présent jamais réfléchi à l'origine de son prénom et ce qu'il pouvait impliquer. Après tout, ce n'était qu'un prénom ? Et de plus, ce n'était pas son choix à elle, mais celui de ses parents. Pressée, la grand-mère reprit rapidement ses explications, ne laissant pas le temps à sa petite-fille de se forger une opinion :

« Ne t'en fais pas pour cela, ce n'était qu'une simple parenthèse. Plus on s'approche de la fin et plus on comprend que le point de départ originel est souvent aussi celui de la ligne d'arrivée. Ouh là, je vais peut-être un peu vite en besogne, chuchota la grand-mère comme se parlant à elle-même. Pour en revenir à ta deuxième question et la différence entre ta vie et la mienne, c'est que ma vie je l'ai choisie. J'ai construit cette famille, choisi Papi malgré ses défauts et, chose que tu ne savais pas, c'est que mes parents m'ont laissée choisir cette religion. Tout ce que j'ai fait, je l'ai fait en mon âme et conscience. Peux-tu en dire autant ? »

Miriam regarda sa grand-mère dans les yeux. La vérité était qu'elle n'en savait rien. Cette conversation devenue hypnotique avait eu raison de ses convictions. Son estomac tourbillonnait à lui donner le mal de mer. Elle haussa les épaules en guise de réponse.

La porte s'ouvrit à nouveau, balayant l'immortalité de l'instant. Une infirmière au regard sévère rentra et lança d'une voix fatiguée :

« Mesdames, c'est le moment de se dire bonsoir. Je vous laisse trente secondes, après on va changer la sonde et ce sera l'heure de dormir. »

La grand-mère consentit d'un geste de la main avant de reprendre :

« Je sais, cela fait un peu beaucoup à assimiler en si peu de temps. Nous aurons l'occasion d'en parler à nouveau lorsque tout cela sera digéré de ton côté.

— Mais pourquoi avoir attendu pour me parler de tout cela ? De Luna ? la coupa Miriam, de peur de n'avoir pas le temps pour toutes les questions en suspens dans son esprit qui jouaient des coudes pour prendre la main et sortir en tête de sa bouche.

— Il n'était pas encore l'heure pour toi d'entendre cette histoire, assura la grand-mère. L'univers se débrouille toujours pour que tout arrive à point. Ce qui s'offre à toi aujourd'hui pour te libérer aurait été un fardeau à porter hier. Nous portons tous déjà le poids suffisant de notre vie passée et à venir sur nos épaules sans avoir le besoin de supporter la charge supplémentaire d'une destinée ou d'un héritage imposé par notre entourage.

Aujourd'hui, tu as suffisamment vécu ce que tu n'étais pas pour pouvoir te rappeler qui tu es vraiment. Chacune de tes rencontres, comme cette discussion, n'est qu'un moyen de te rassurer sur le fait que tu es sur le bon chemin. La vie n'est qu'une suite de choix, conscients ou non, qui nous ramène pas à pas à nous-même. Mais nous aurons aussi l'occasion de revenir sur tes choix lors de notre prochaine rencontre. »

Miriam, fascinée mais non rassasiée d'entendre sa grand-mère philosopher de la sorte, demanda alors :

« Je peux m'arranger pour passer demain si tu veux ?

— Ah, ma chérie, crois-moi que je serais heureuse de te voir chaque jour à mes côtés, mais je n'ai plus vingt ans, répondit la vieille dame. Il va me falloir quelques jours pour récupérer de ce que j'ai commencé à te transmettre aujourd'hui. Viens lundi, pas avant. Des examens m'attendent vendredi et je veux que notre prochaine rencontre soit aussi lumineuse qu'aujourd'hui. Je serai là, je ne bouge pas. Tu me promets que tu attendras ? »

La jeune femme, ne voulant pas causer de la peine ou pire de la fatigue à sa grand-mère, se résigna à répondre « oui » tout en serrant fort sa mamie dans ses bras, souhaitant prolonger ce moment le plus longtemps possible.

Un râle se fit entendre, poussant les deux femmes enlacées à se séparer. L'infirmière restée devant la porte commençait à s'impatienter.

« Allez, zou, rentre chez toi, ma belle. Tu risques d'être épuisée après cette conversation. Cela demande toujours beaucoup d'énergie d'aller brasser en profondeur comme on l'a fait. Et puis, si tu restes une minute de plus, j'ai bien peur que tu subisses toi aussi un changement de sonde et de perfusion », chuchota avec amusement la grand-mère.

Miriam sourit tout en embrassant la main de sa grand-mère une dernière fois. Elle se dirigea vers la sortie en prenant soin de ne pas regarder la soignante dans les yeux de peur de se faire interner.

Arrivée dans le couloir, la jeune femme eut tout d'un coup l'impression d'être stone, déconnectée de ce qui l'entourait. Effectivement, cette après-midi n'avait pas été de tout repos.

Les portes automatiques de l'hôpital se refermèrent sur Miriam. Là dehors, la vie battait son plein. Le soleil n'était plus visible, mais son empreinte laissait au ciel un teint rosé. Malgré l'amorce de la fin de journée, la température était toujours aussi écrasante. Le chant des sirènes faisait écho aux abords du CHU. Là, devant l'entrée, un nouveau-né accompagné de ses parents souriants, les bras surchargés de cadeaux en tout genre, prenait la direction de la maison qui le verrait grandir. Sur leur chemin en direction de la voiture familiale, ils croisèrent un petit garçon endormi au teint pâle faisant le chemin inverse à destination de l'hôpital. Il devait avoir cinq, six ans. Son crâne était plus chauve que celui du nourrisson. Son fauteuil roulant était poussé par une dame au regard éteint et aux traits tirés. Ce devait être sa mère, pensa Miriam. Les parents du bébé baissèrent les yeux à leur rencontre, comme pour ne pas voir et se protéger du malheur que parfois réserve la vie.

À la vue de cette scène, Miriam, encore hypnotisée par son échange avec sa grand-mère, tituba.

Ce croisement de destins entre joie et peine, santé et maladie et plus implicitement vie et mort la ramena avec une force gravitationnelle à la réalité. Prise de nausée, le cœur palpitant, elle avança à tâtons jusqu'au banc le plus près. Le visage amaigri de sa mamie lui apparaissait avec insistance. Le cathéter, les perfusions, son teint bleuâtre, tout ce à quoi elle s'était efforcée de faire abstraction durant sa visite, lui revinrent de plein fouet dans les dents. Ses jambes se mirent à trembler comme si le trottoir sur lequel elle avançait était une corniche surplombant la falaise. Après quelques pas hésitants, elle atteignit le siège. Enfin assise, elle inspecta rapidement son sac à la recherche de sa plaquette d'anxiolytiques. La main tremblante, elle arriva maladroitement à perforer le film aluminium qui retenait le cachet et le porta avec hâte à sa bouche. Ce dernier fut rapidement dissous par l'acidité de sa salive et avalé avec soulagement.

Miriam repensa au film *La Ligne verte*, qu'elle avait regardé avec Florian peu avant leur rupture. Après cet échange intense, elle avait l'impression d'être parasitée de l'intérieur, comme John Coffey. Elle aussi aurait aimé à cet instant pouvoir vomir des insectes, métaphore de la tristesse et de la peur qu'elle avait ravalées en arrivant dans la chambre pour permettre à sa grand-mère de sourire, à ce moment d'exister. Elle frôlait l'indigestion.

Après quelques minutes à ressasser, le cachet commença à faire son effet, et Miriam retrouva une respiration un peu moins saccadée. Néanmoins, le poids de la réalité était retombé si fort sur ses épaules qu'une douleur cuisante avait pris possession de ses trapèzes tel un sac rempli de cailloux qui lui aurait été posé, greffé à son dos. La douleur resta, mais la jeune femme s'en accommoda comme d'un sac de randonnée faisant son poids, mais auquel on s'habitue après plusieurs kilomètres.

Le torrent émotionnel qui l'avait envahie se fit de plus en plus petit jusqu'à se transformer en ruisseau. Les nausées étaient restées nausées. Miriam décida de s'allumer une cigarette, histoire de tenter d'écœurer son propre écœurement et d'enlever ce goût âpre qui lui avait laissé le comprimé avalé sans eau.

Mais à vrai dire, la cigarette se consuma pratiquement d'elle-même tant le regard de la jeune femme se perdait dans la fumée ondulante qui s'en échappait.

Le film de cette discussion avec sa grand-mère s'emballait dans ses méninges, si bien que tout devint flou.

Luna, son destin, son prénom ainsi qu'un nombre innombrable de mots flottaient dans ce nuage de nicotine jusqu'à s'envoler, laissant Miriam impuissante face à cette fuite, un peu comme la mémoire face à Alzheimer.

Tout cela était irréel, irrationnel, tellement loin du dogme religieux qu'avait embrassé sa grand-mère durant sa vie et de l'éducation qui lui avait été transmise. Mais en même temps, sans en comprendre la subtilité, ces révélations et la clairvoyance dont avait fait preuve sa mamie apparurent à Miriam comme une lointaine lanterne en plein désert, à peine visible dans la nuit noire, mais qui indique qu'il y a un espoir, un endroit rassurant qui nous attend.

Une voix rauque, presque inhumaine, vint interrompre les songes dans lesquelles s'enfonçait la jeune femme. Non, ce n'était pas la parole de Dieu venant la rappeler à ses devoirs et la remettre dans le droit chemin.

« Vous n'auriez pas une cigarette, s'il vous plaît ? »

Miriam se retourna et dévisagea son interlocuteur.

C'était un homme en robe de chambre aux cheveux grisonnants. Son visage était marqué, sacrément marqué. Son teint pâle laissait apparaître d'énormes cernes. Nul doute que ce monsieur-là était bien malade. La toux grasse qui ponctua sa demande laissait entendre que le tabac avait déjà dû causer bien des dégâts dans ses poumons. La jeune femme lui donna sans broncher, au vu de son état, il avait fait le choix de sa fin depuis bien longtemps. En apercevant la cigarette qui s'offrait à lui, un sourire reconnaissant vint éclairer son visage laissant apparaître une bouche aussi goudronnée que le périph. La cigarette allumée et une quinte de toux plus tard, l'homme s'assit dans le sens inverse de sa donatrice. Son regard était dirigé vers la bordure en béton cloisonnant un morceau de terre vierge. Sous l'œil intrigué de Miriam, il sortit des graines de la poche de sa robe de chambre et commença à les semer. La jeune femme regarda la scène en silence, perplexe quant au résultat espéré. Lancer des graines de je ne sais quoi en pleine jungle de béton semblait insensé, pensa-t-elle. Alors, le fumeur se retourna, comme s'il avait deviné les pensées de la jeune femme, et dit d'un ton n'ayant nullement l'intention de convaincre, mais seulement de conter :

« J'offre à la terre des graines de fleurs à chacun de mes séjours ici, qui, ceci étant, se font de plus en plus récurrents. »

Miriam avait du mal à comprendre sa démarche. Elle la trouvait même inutile, compte tenu du maigre taux de réussite envisageable. Elle acquiesça d'un sourire gêné, mais sa curiosité reprit vite le dessus si bien qu'elle demanda :

« Sans vous vexer, quel est l'intérêt ? Sans engrais ni arrosage, dans cet univers hostile, c'est un peu comme jeter ces graines à la poubelle. »

Ces quelques mots eurent pour effet de faire rigoler le vieux monsieur, qui manquant d'air finit par tousser. Après quelques instants nécessaires pour retrouver son souffle, il répondit calmement :

« Détrompez-vous, ma jeune enfant, quelques-unes des fleurs qui jonchent les contours de l'hôpital ont un jour été graines dans ma main. Ces semences sont un cadeau que je fais à la terre. Ce qu'elle décide d'en faire, par la suite, n'est plus mon affaire. Seul le temps nous dira si cette terre, certes peu fertile, décidera de laisser germer en elle certaines de ces graines afin qu'elles deviennent fleurs.

— Mais quel est votre plaisir à vous ? l'interrompit Miriam qui s'était retournée complètement pour faire face à son interlocuteur. Si comme vous le dites, certaines de ces fleurs finissent par pousser, n'avez-vous pas envie de les arracher pour pouvoir en profiter dans votre chambre ou les offrir à qui bon vous semble ? N'est-ce pas du gâchis de les laisser là au pied d'un hôpital, à vivre en attendant la mort ? À la merci d'un pied pouvant les écraser ? Ou encore d'un soleil de plomb qui les réduirait en cendres ? »

C'était sorti tout seul. Miriam rougit à la suite de son plaidoyer. Elle s'était prise au jeu, fascinée par les tribulations d'un homme qu'elle jugeait sûrement trop addict à la plante du tabac pour pouvoir parler avec objectivité de Mère Nature, mais qui en même temps dégageait une curieuse quiétude la poussant à essayer d'en savoir plus.

Le vieil homme écouta attentivement. Lorsque Miriam eut terminé, il tira sur sa cigarette. Ses pupilles se dilatèrent sous l'effet de la nicotine. Puis dans l'expiration de la latte tirée quelques secondes plus tôt, il rétorqua avec calme :

« On n'arrache pas un enfant à sa mère, tout comme on ne reprend pas un cadeau qu'on a offert. »

Un petit rire ponctua sa phrase.

« C'est la terre qui la porte, qui la nourrit, qui la protège et, sans elle, la fleur ne vit que quelques jours. Alors, oui, cela peut paraître dénué de sens, mais c'est justement lorsqu'on donne sans le moindre intérêt que l'on peut parler d'offrande. Lorsqu'on se déleste des œillères que nous impose l'attente, on s'ouvre le champ à un horizon de possibilités. Je n'attends rien de ces graines, je n'attends rien de cette terre, mais au final, si on regarde cela de plus près, c'est leur rencontre qui a permis cet échange entre vous et moi. Du rien peut naître une infinité d'issues. Alors qu'une attente n'a que deux réponses possibles : une réalisation ou une déception. Lorsqu'on n'attend plus rien, on ne peut être déçu. Chaque jour de plus devient un cadeau que nous fait la vie. Un cadeau que je savoure, un peu comme cette cigarette qui pourrait être la dernière. »

Le vieux malade se leva à l'aide de son porte-perfusion et écrasa sa cigarette dans un cendrier fixé au mur à quelques mètres de là. Puis il se retourna, contempla avec amour le carré de terre recouvert de graines, puis regarda Miriam et lui dit :

« Merci pour ce moment, Mademoiselle. Comme vous pouvez le voir, je vais bientôt moi aussi retourner à la terre, et ce qu'il reste après nous, c'est ce qu'on a donné. Un jour, vous aussi prendrez plaisir à enfanter l'amour en toute chose et tout acte. Vous verrez, il n'existe pas meilleur engrais. »

Miriam sourit, sans gêne cette fois. Le vieux monsieur passa les portes coulissantes de l'hôpital et disparu dans un écho de toux. La jeune femme écrasa à son tour sa cigarette, quelque peu écœurée par la vision macabre des dangers du tabac à laquelle elle venait de se confronter.

Ces quelques minutes d'interruption dans sa réflexion avaient eu pour effet de rendre encore plus troubles les souvenirs de la rencontre avec sa grand-mère. Sa douleur aux trapèzes avait pratiquement disparu, laissant place à de belles courbatures.

Miriam souffla, perdue dans tout cela. Peut-être que comme la terre et les graines, tous ces mots semés en elle, enfouis dans son subconscient, étaient là, sans être palpables, mais bien présents.

Son cœur décidera de ce qu'il voudra garder, de ce qu'il souhaitera faire germer.

La jeune femme regarda elle aussi les graines parsemées puis en direction de la chambre où était sa grand-mère et s'en alla.

De retour chez elle après cette journée éreintante, Miriam claqua la porte. Elle laissa tomber son sac à main à ses pieds. Au moment de l'atterrissage sur le sol, un déodorant s'échappa, sous le choc, et roula jusqu'à buter contre une plinthe. Miriam n'alla pas le ramasser. Elle resta stoïque et enleva ses chaussures au même endroit, déboutonna sa robe et la laissa glisser le long de ses jambes.

Son corps se déraidit, enfin. Nue au milieu de son salon, elle avait laissé à l'entrée de son studio le costume qu'elle arborait à la vue de tous. Elle se dirigea vers la douche pour enlever ce parfum d'hôpital qui lui collait à la peau.

Quelques minutes plus tard, propre et lavée de tous souvenirs olfactifs, Miriam s'allongea, épuisée. Ce trop-plein d'émotions l'avait entièrement vidée de toute énergie.

La nuit passa d'un trait, la jeune femme dormit d'un sommeil neutre, ni bon ni mauvais, sans rêves ni cauchemars.

Le lendemain matin, le réveil sonna à six heures trente. Elle l'éteignit et resta allongée quelques minutes, le regard fixé au plafond. Au moment de sortir de son lit, une douleur familière irradia ses épaules, la rappelant au bon souvenir de la veille.

Un ibuprofène et un café plus tard, Miriam remit un pied après l'autre dans ses bottines restées devant la porte. Elle ramassa son sac et l'accessoire qui avait dormi contre le mur, respira un grand coup et claqua la porte en direction de son travail.

Les journées qui suivirent furent monotones : métro, boulot, dodo, métro, boulot, dodo. Les seuls mots qui sortirent de sa bouche se passèrent au bureau. Des bonjours, au revoir, assez cordiaux pour ne pas paraître impolie, mais assez froids pour ne pas être emmerdée. Des trames impersonnelles débitées au téléphone sans la moindre once de conviction, si bien que parfois, Miriam se surprenait à écouter le ton robotique sortant de sa bouche.

En dehors de ce semblant de vie sociale, le seul contact la reliant au monde extérieur était de l'ordre du fictif. Des likes adressés sur Facebook, Instagram à des gens qu'elle ne connaissait pas ou pour certains qu'elle ne connaissait plus, perdus de vue depuis l'époque du lycée. Des photos présageant un ego surdimensionné, des statuts étalant vie privée, déception amoureuse comme un journal intime visible de tous. Mais le plus inquiétant était sûrement que ces tableaux romancés influençaient réellement Miriam.

Comme si Internet lui permettait de vivre leurs vies par procuration. Une photo de vacances idylliques la confrontait à la grisaille de son quotidien. Une annonce de séparation d'une fille avec qui elle ne partageait que le même salon de coiffure pouvait influencer sa journée. Miriam avait l'impression de la comprendre, de devoir la comprendre comme si la toile légitimait ses propres doutes face à l'amour. Quel endoctrinement que les réseaux sociaux !

Mais il est vrai que depuis sa rupture avec Florian, Miriam ne trouvait bonheur et réconfort que dans peu de choses si ce n'est ce qui la détruisait : substances addictives en toutes sortes et le malheur des autres visibles sur le web. Cela lui permettait de se dire qu'elle n'était pas la seule à couler sur ce navire.

Mais au plus profond de son âme, Miriam savait que la noirceur qui l'habitait était là depuis longtemps. Cette séparation n'avait été que l'excuse, le prétexte lui permettant d'accepter sa morosité et ainsi se donner le droit de se reclure dans sa coquille sans avoir à se justifier aux autres ni à elle-même.

La fin de semaine s'écoula donc rapidement. Le masque d'indifférence arboré par la jeune femme lui avait permis de se dédouaner de toute relation aux autres, ce qui n'était pas pour lui déplaire. Sans savoir pour l'instant le nommer, elle sentait un besoin viscéral la happer vers les profondeurs de son être.

Vendredi soir et le week-end pointaient à l'horizon. Miriam n'en attendait rien si ce n'est de s'enfermer dans sa tour d'ivoire, loin de tout signe de vie. À bord du métro la menant au quai de sa solitude, écouteurs sur les oreilles, le regard dans le vide, un SMS arriva. C'était sa mère, qui lui rappelait que la réunion de famille avait lieu le lendemain et que son père comptait sur sa présence.

Merde ! Ce repas lui était complètement sorti de la tête ! Miriam réfléchit aux excuses permises pour se désister, mais rien de bien plausible ne lui vint à l'esprit. Le retour jusque chez elle fut rythmé par un mélange de responsabilité et de culpabilité qui l'accablait. La vie que Miriam avait choisie n'était pas du goût de tous : son laxisme dans la religion, son désir d'indépendance. La plupart de ses choix l'avaient éloignée de sa famille. La jeune femme pensa d'abord à ne pas répondre et esquiver cette mascarade, mais l'honneur de ses parents était en jeu. Elle imagina le regard inquisiteur des tantes envers sa mère, la jugeant sur son absence. Alors, elle abdiqua par devoir et répondit à sa mère qu'elle serait présente pour dix-neuf heures.

En arrivant sur son palier ce soir-là, Miriam ferma le verrou et resta quelques secondes silencieuse, puis elle accrocha son sac au portemanteau, rangea ses talons dans le placard de l'entrée.

Elle commença à nettoyer et à ranger son appartement qui ressemblait de plus en plus à un squat de sans-abri. Faire le ménage autour d'elle lui permettait de le faire aussi un peu dans son esprit. Au détour d'un coussin niché par terre depuis des lustres, Miriam retrouva le tee-shirt de Florian avec lequel elle avait dormi la nuit suivant leur rupture. Elle le jeta, ne voulant pas retomber dans la nostalgie du passé. Son studio propre et son esprit recadré, la jeune femme essaya de demander pardon à son Dieu. Elle pria Son indulgence, craintive de Son jugement et de celui de sa famille très pieuse qu'elle allait retrouver dans moins de vingt-quatre heures.

Après quelques minutes de récitation de prières, Miriam se releva, un peu plus légère, mais se sentant aussi un peu plus redevable. Elle s'étira le dos, ses trapèzes étaient de nouveau douloureux.

Une bonne nuit de sommeil s'imposait afin de trouver la force et le courage de faire bonne figure le lendemain.

Driiiiing !

Le doigt sur l'interphone, Miriam prit une grande inspiration. Sous l'effet du trac des retrouvailles, ses doigts commençaient à s'ankyloser. Elle n'avait pas fumé de la journée ni pris son habituelle béquille sous forme de comprimé. Le manque ressenti aggravait l'état d'anxiété dans lequel se trouvait la jeune femme. Elle se savait épiée par le reste de sa famille et n'avait pas le droit au faux pas. Des yeux étrangement fatigués ou une odeur de tabac froid lui auraient valu une pluie de soupçons et de reproches sur sa soi-disant vie dépravée.

C'était donc à jeun et armée d'un bouquet de fleurs qu'elle patientait là, attendant que quelqu'un lui ouvre, telle une étrangère sur le pas de la porte de l'appartement qui l'avait vue grandir.

Quelques secondes plus tard, bien que le stress ait transformé ces secondes en minutes pour Miriam, la poignée bougea et la porte s'entrouvrit. Dans l'entrebâillement, un visage familier apparut. Elle reconnut son oncle. De grands yeux noirs cachés derrière des lunettes, un crâne chauve et brillant et cet air si antipathique. La soirée commençait à peine qu'elle tombait déjà sur son épouvantail. C'était le frère de son père. Un homme au regard sombre, perçant, qui avait toujours pris un malin plaisir à déstabiliser les plus faibles de par sa nonchalance et le sarcasme qu'il utilisait sans limites. Miriam gardait un souvenir amer de leurs relations passées. Bien souvent, il avait joué de sa voix pour lui faire peur, n'arrêtant son numéro que lorsque la jeune femme, encore enfant, finissait par pleurer. Alors, il terminait souvent en prétextant que tout cela était une blague et que c'était un entraînement pour sa vie future car les hommes feraient toujours pleurer les femmes, c'était dans leur nature. « Connard ! » se dit Miriam, en repensant à ces souvenirs. Mais face à la silhouette toujours aussi imposante de son oncle, très vite la jeune femme se retrouva dans sa posture de petite fille impressionnée, si bien qu'elle tenta d'une voix tremblante :

« Bonjour tonton, je suis contente de te voir ! »

L'homme ne répondit pas et marqua un long silence, tout en fixant Miriam droit dans les yeux. Cette dernière essaya de soutenir son regard tant bien que mal. Elle avait l'impression de faire face à un videur lui barrant l'accès de sa propre maison. Après quelques secondes plus que gênantes, elle finit par abdiquer et baissa les yeux. C'est alors que l'oncle se décida enfin à parler :

« Eh bien ! C'est une revenante qui nous fait l'honneur de sa présence ce soir ! Tu te souviens donc de moi ? Mais quelle mémoire ! » dit-il d'un ton sarcastique.

Désarmée par ces piques lancées en guise d'accueil, la jeune femme ne trouva d'autres mots à dire que « Désolée ». Des larmes commençaient à lui monter aux yeux. Devoir s'excuser d'une situation qu'elle ne regrettait pas du tout lui donna l'impression de plier genou pour se soumettre.

L'oncle, voyant qu'il touchait au but, se mit à rire et dit :

« Je te taquine, faut pas pleurnicher pour ça. Allez, rentre donc, tout le monde a hâte de savoir où tu étais passée ! »

Sans lui laisser le temps de répondre, il attrapa Miriam par l'épaule et l'entraîna à l'intérieur.

« Connard », pensa à nouveau la jeune femme, tout en s'efforçant de sourire, pour se débarrasser de ce gros lourdaud. Elle venait à peine d'arriver qu'elle pensait déjà à rentrer chez elle.

Marchant dans le couloir menant au salon, elle s'aperçut que la plupart des convives étaient déjà présents. Les femmes d'un côté, les hommes de l'autre. Elle ne put s'empêcher de remarquer aussi que sur le mur orange où étaient affichées la plupart des photos de famille, celles où elle apparaissait en short ou maillot de bain avaient été décrochées.

Les clous étaient restés au mur, sa mère ayant sûrement prévu de les remettre une fois tout le monde parti.

La jeune femme se pinça les lèvres pour réprimer sa colère et continua d'avancer.

Les trente minutes qui suivirent furent consacrées aux retrouvailles avec le reste de sa famille. Une bise furtive à ses parents, occupés à leurs conversations, des sourires gênés à certaines personnes dont elle avait oublié le prénom et des banalités envoyées pour meubler le fossé creusé par les années de séparation. Beaucoup de regards la dévisageaient de haut en bas, lui donnant l'impression de se retrouver dans le métro à se faire relooker par des mecs ne se cachant même pas. Mais dommage pour les langues de vipère qui pensaient qu'elle allait se faire remarquer, la sobriété de sa tenue, un tailleur noir assez ample, ne laissait que peu de place aux critiques.

Miriam les dérangeait, c'était palpable. Chaque pas qu'elle faisait créait un silence dans les conversations, un passage s'ouvrant comme si elle défilait, tel Moïse écartant les eaux de la mer Rouge. Autant qu'elle s'en souvienne, la place de la femme dans sa famille avait toujours été celle de servir et de s'occuper de la maison. Le fait qu'elle ait quitté le foyer familial pour son indépendance et non pour un mariage suscitait la jalousie et l'indignation. La seule femme qui avait su s'élever au-dessus de cette vie de servitude était la tante Luna. Le moins que l'on puisse dire, c'est que sa quête de liberté lui avait valu le bûcher aux yeux des siens.

Miriam regarda tour à tour son père et sa mère, respectivement sur le canapé et dans la cuisine. Cela ne devait pas être facile pour eux aussi d'assumer les choix de leur fille auprès d'une assemblée si peu ouverte d'esprit.

Les regards hautains et les messes basses qui suivaient son passage montraient bien la vision étriquée du monde dans lequel elle avait grandi.

À vingt-sept ans, avoir un studio minuscule, une peine de cœur difficile à dépasser, un travail merdique et des crises d'angoisse à force de se sentir ensevelie dans ces sables mouvants du désespoir, où était la magie dans tout ça ?

Tous ces regards la salissaient, la croyant sulfureuse, libérée à tout point de vue, s'ils savaient à quel point, au contraire, elle se sentait prisonnière de sa propre vie.

Ce fut donc avec une certaine gêne que Miriam passa une bonne partie de la soirée. Pour se faire discrète, elle fit le choix de se fondre dans la masse et d'aider en cuisine. Les hommes, eux, la panse bien trop pleine, restaient avachis sur le canapé. Leur paresse arrangeait Miriam. Cela lui faisait deux fois moins de regards à affronter.

Elle passa donc un long moment à faire la vaisselle. Seule devant l'évier, la jeune femme lava et relava tout ce qu'il lui venait sous la main, histoire de grappiller encore quelques minutes de répit. C'était sans compter sur sa mère, qui l'arracha à sa cachette. Croyant bien faire, elle stoppa le robinet, attrapa sa fille par la main et l'entraîna, toute joyeuse, dans son ancienne chambre restée intacte. Là, assises sur le lit se tenaient deux cousines qui avaient été comme des sœurs pour Miriam lorsqu'elles étaient plus jeunes.

La maman, heureuse de son coup, s'exclama :

« Regardez les filles qui je vous ramène ! Je suis sûre que vous avez plein de choses à vous raconter et à lui apprendre. Je viendrai vous appeler lorsque ce sera notre tour de manger. »

Sans attendre de réponse, la mère ferma la porte derrière elle, laissant les trois jeunes femmes seules face à leurs souvenirs et à ce qu'elles étaient devenues.

La dernière fois qu'elles s'étaient vues, elles étaient toutes les trois adolescentes, au lycée, dans une vie d'étudiante assez commune à cet âge-là. Huit ans étaient passés et les voilà femmes sur des chemins différents. Miriam regarda ses deux anciennes acolytes métamorphosées. Leurs survêtements passés avaient laissé place à de longues tuniques noires assez similaires. Leur maquillage était sobre lui aussi, passe-partout, et leurs cheveux attachés, de manière symétrique si bien qu'on aurait cru voir des sœurs.

Sonia et Naëlle, les deux cousines, regardèrent Miriam avec un sourire maladroit. La jeune femme, souhaitant briser la glace, essaya d'embrayer sur la conversation d'un ton enjoué comme si elles ne s'étaient jamais perdues de vue :

« Oh, les filles ! Comment vous allez ? Quoi de neuf ? »

Ce fut Sonia qui prit la parole en première :

« Salut Miriam. On pensait que tu étais déjà partie. Tes parents nous ont laissé ta chambre pour que je puisse coucher mon fils. »

Sonia pointa du doigt la poussette, à l'angle du lit.

Miriam tourna la tête et se rendit compte de la présence du nouveau-né. La jeune femme ne l'avait pas vu en arrivant. Gênée de son étourderie, elle s'approcha de la poussette et regarda le bébé. Il avait la peau plissée, un duvet en guise de cheveux et les yeux si fermés qu'elle ne savait les trouver au milieu des plissements de peau. À vrai dire, elle n'avait aucune affection pour les nouveau-nés et les trouvait même souvent laids. À chaque fois que ce mot lui venait à l'esprit, Miriam se sentait honteuse, si bien qu'elle s'efforçait, elle s'efforçait de trouver un compliment à dire pour se dédouaner de ses pensées et tromper les parents jamais rassasiés d'écouter des louanges sur leur progéniture.

« Il est trop chou ton fils, Sonia ! Il s'appelle comment ? » la fourvoya Miriam.

La cousine regarda avec fierté le fruit de ses entrailles et posa sa main sur la gigoteuse recouvrant ses jambes, puis elle répondit tout en continuant de le regarder :

« Merci, oui, c'est vrai qu'il est beau, grâce à Dieu. Mon mari et moi avons choisi de l'appeler Rayan.

— Trop mignon », répliqua machinalement Miriam qui commençait à être à court d'intérêt pour une conversation qui ne l'emballait pas.

Ses deux cousines, elles, ne quittaient pas l'enfant des yeux, apparemment comblées par sa simple présence. Le silence s'installait pour faire place à ce spectacle, arrêtant le temps. Miriam, ne voulant pas regarder ce bébé dormir pendant des heures, se tourna alors vers son autre cousine et rompit le calme naissant avec entrain :

« Et toi, Nanouille ? Tu travailles toujours avec les enfants ? Et ton copain ?

— Mon mari, tu veux dire ? la coupa Naëlle.

— Euh, oui, désolée, ton mari, essaya de se rattraper Miriam avec l'impression de marcher sur des œufs à chaque phrase. C'est vrai que cela me fait bizarre de me dire que vous êtes déjà mariées alors que moi je suis toujours célibataire. »

Les deux cousines lui adressèrent un sourire compatissant comme si le célibat était une maladie. Miriam les regarda et se força à sourire à son tour, embarrassée par la pitié qu'elle lisait dans leurs yeux. Visiblement, elle avait mal évalué la distance qui s'était immiscée entre elles au fil des années. Chaque parole et sourire semblaient forcés, au contraire du silence grandissant qui se nourrissait de leur gêne et des blancs. Ce fut au tour de Naëlle de rompre ce calme oppressant par sa voix douce :

« Pour répondre à ta question, nous avons décidé qu'il était préférable que j'arrête mon travail pour me consacrer à la maison. Cela m'habituera à mon futur rôle de maman, et puis il y a bien assez à faire chez soi. »

Miriam acquiesça d'un signe de tête. Que faire d'autre face à des choix qu'elle ne comprenait pas ?

Elle se tourna vers Sonia avec l'espoir d'emballer un peu la conversation sachant que sa cousine s'était battue pour son diplôme et qu'elle avait toujours rêvé de faire son métier :

« Et toi, Sonia ? Tu vas reprendre ton poste de comptable après ton congé maternité ? demanda Miriam.

— Je partage le point de vue de Naëlle. Il y a tellement de choses à faire à la maison. Le ménage, les repas, les courses. Quand Adam rentre du travail, il aime bien que tout soit prêt car il est fatigué, et il est vrai que mes derniers mois de boulot en plus de la maison pendant la grossesse m'ont épuisée, si bien qu'on s'est dit que m'occuper du foyer serait amplement suffisant, répondit Sonia, tout en faisant rouler le doudou de son fils entre ses mains.

— Mais tu aimais tellement ton métier, comment tu vas faire ? » s'exclama Miriam ne pouvant croire ce qu'elle venait d'entendre.

Comment pouvait-on se sacrifier de la sorte au nom de l'amour ? « Employer les mots "Nous" ou "Mon mari et moi" lorsqu'on évoque des décisions si personnelles, c'est simplement accepter sa soumission », pensa la jeune femme.

« Tu découvriras, Miriam, que lorsqu'on se marie, il y a des concessions à faire. Mon travail en est une pour le bien-être de mon foyer. L'entreprise de construction d'Adam est en plein essor, peut-être qu'un jour je gérerai sa comptabilité. Ce sera alors le parfait compromis entre mon amour des chiffres et mon rôle de femme », rétorqua Sonia avec fermeté, voulant défendre sa position.

Miriam eut, à son tour, un sourire compatissant. Elle se rendit compte qu'elle aussi ressentait de la pitié pour leur situation. Le silence reprenait de nouveau ses droits, embaumant la pièce de son empreinte. À nouveau ce fut Naëlle qui cassa le mutisme ambiant :

« Et toi, Miriam ? Tu en es où ? »

« Bonne question », pensa la jeune femme. Où en était-elle ? Si elle répondait nulle part ou dans un cul-de-sac, cela revenait à avouer son échec et leur donner raison, songea-t-elle. Elle ne pouvait s'y résigner. Alors elle fit une réponse vague entre réalité et fiction, objectifs et acquis.

« J'ai un petit chez-moi pas loin de la place des Terreaux, super sympa, qui me permet de tout faire à pied. Et pour le travail, j'ai un job de téléprospectrice juridique qui me permet de mettre de côté pour aller explorer le monde. Je suis célibataire et cela me convient, je suis trop indépendante pour supporter quelqu'un. »

La jeune femme ponctua sa phrase par un petit rire nerveux. Elle espérait secrètement que ce portrait de la femme indépendante qu'elle leur avait peint leur ferait envie.

Il n'en fut rien. Les seuls mots prononcés sortirent de la bouche de Sonia qui répondit : « Nous sommes contentes pour toi », avec la même fausseté que Miriam avait eue quand elle complimentait le bébé un peu plus tôt.

Le calme était de retour, toujours aussi palpable. Miriam essaya alors de raviver les souvenirs passés en interpellant les cousines :

« Ah là là, le temps passe vite, la dernière fois qu'on s'est vues, on était encore au lycée. Vous vous rappelez les dernières vacances chez Mamie lorsqu'on avait volé un rouge à lèvres à Carrefour et qu'on s'amusait à faire les divas dans la chambre. C'était drôle hein ? »

Les deux cousines esquissèrent un sourire embarrassé et baissèrent les yeux au sol. Apparemment, ce souvenir était devenu honteux pour elles.

Miriam regarda les grands yeux noirs de Sonia à la recherche d'une lueur familière, en vain. Où était passée la jeune Sonia, qui, quelques années plutôt, jouait au foot avec les cousins ? Avec qui Miriam allait faire des tours d'auto-tamponneuses à la vogue de Sassenage à quelques pas de chez leurs grands-parents ? Et où était passée la Naëlle qui partait en mission commando à la recherche de gâteau avant même que le repas n'ait commencé ?

Plus jeunes, toutes les trois avaient fait le pacte de partir en quête de la joie sans jamais subir la loi des hommes. Elles l'avaient scellé en fumant de la liane poussant au fond du jardin de leur mamie.

Ce jardin n'était plus, leur promesse non plus.

Ce soir, toutes les trois réunies, mais chacune à leur manière, se rendaient compte qu'elles avaient échoué dans leur quête.

Miriam comprit que le lien du sang n'était pas un pont indestructible. Le fossé était devenu si grand entre elles que le silence émanant de ce trou béant ne pourrait être comblé. Les deux autres jeunes femmes avaient dû le comprendre aussi. Plus aucune d'entre elles n'osait se regarder dans les yeux. Miriam en finit même par fixer son regard sur Rayan pour occuper son esprit. Elles avaient épuisé tous les sujets de conversation et ne cherchaient plus à dompter le silence.

Absorbée par ce calme, Miriam se retrouva face à ses échecs. Sa recherche d'indépendance était-elle une impasse ? Pourquoi se retrouvait-elle tellement seule sur ce chemin ? Devait-elle faire sens inverse et rejoindre ses cousines et le reste de leur famille partie dans la direction opposée ? Au moins, eux étaient ensemble, pensa la jeune femme.

Il était devenu rare pour la jeune femme d'être en introspection de la sorte sans substance pour y aider. Le fait de s'en rendre compte la stressa d'un seul coup. Son cœur se serra, elle eut du mal à respirer. Ne pouvant montrer sa suffocation à ses cousines après leur avoir vanté sa soi-disant vie parfaite, elle réprima au maximum ses pulsions.

Au même moment, le bébé se mit à pleurer. Sonia sauta sur l'occasion pour quitter la pièce :

« Il doit avoir faim, je vais faire chauffer son biberon. J'arrive ! Naëlle, tu peux t'occuper de Rayan pendant ce temps ? »

Naëlle acquiesça et entreprit de sortir le bébé de la poussette. La maman partie, les pleurs se transformèrent vite en cris. Cela devint insupportable pour Miriam. Le crâne sous pression, ses oreilles se mirent à siffler. Il lui fallait de l'air tout de suite. Ce vacarme lui faisait tourner la tête. Sans un mot, Miriam sortit de la pièce en titubant. Elle arriva à hauteur du salon et regarda la terrasse. Dehors, il n'y avait personne de visible. Voilà sa destination.

Elle serra les dents et traversa les cercles de discussion en essayant de cacher son mal-être au maximum.

Le bruit la déstabilisa. Il y avait tellement de monde dans si peu d'espace que la jeune femme eut l'impression de traverser un torrent la faisant dériver de son objectif. Après de longues secondes de détresse, Miriam arriva enfin au balcon. Elle ferma la porte derrière elle et le bruit ne fut plus. Le sifflement dans ses oreilles s'envola par la même occasion.

La jeune femme attrapa son coude de l'autre main et étira son épaule qui avait encore bien morflé ce soir. Elle respira à pleins poumons l'air frais que lui offrait cet instant de solitude et leva les yeux au ciel. Là-haut, les étoiles silencieuses et bienveillantes brillaient de mille feux. Que c'était beau ! La nuit était sombre et les étoiles n'en scintillaient que plus. Peut-être qu'un jour l'une d'elles pourrait la guider vers le bon chemin ? pensa Miriam qui s'était avancée jusqu'au garde-corps pour prendre appui sur la rambarde. Le calme était revenu en elle. Son regard restait fixé à ce plafond étoilé. Il y avait dans la nuit et celle-là plus précisément quelque chose de rassurant pour la jeune femme. Comme si dans le noir, lorsque plus personne ne pouvait la voir, elle pouvait se dévêtir et laisser vivre sa vraie nature.

« Tu sais pourquoi la nuit est aussi noire ce soir, ma chère Miriam ? »

La jeune femme sursauta. Qui était là ? Elle se retourna à toute vitesse à la recherche de cet invisible interlocuteur.

Assis sur une chaise au coin opposé de la terrasse se trouvait Hatif. Miriam fut rassurée de reconnaître le vieil homme qui n'était autre que le frère de sa grand-mère.

« Hatif ! Je suis contente de te voir », dit gaiement la jeune femme, cette fois-ci sans mensonge.

Elle avança vers lui pour lui faire une accolade. C'était le frère cadet de sa mamie, un homme chétif aux cheveux blancs, assez discret. Une grande moustache masquait la plupart de ses réactions, lui donnant un air de statue vivante. Miriam ne le connaissait que très peu, mais sa grand-mère lui avait toujours dit que c'était un homme bon. Il était berger dans le Vercors et ne laissait son troupeau que très rarement pour venir aux réunions de famille. À cet instant, reclus du reste du groupe, seul sur la terrasse, il lui parut familier.

Le vieil homme se leva et invita sa petite-nièce à reprendre sa place contre la rambarde.

Tout en le suivant, Miriam lui demanda :

« Comment cela se fait-il que tu sois là ce soir ? C'est rare que tu descendes de ta montagne pour les réunions de famille.

— J'étais avec ta mamie cette après-midi. J'ai donc profité de ma venue à Lyon pour faire d'une pierre deux coups et venir voir notre grande famille et toi plus précisément. »

Le vieillard adressa un clin d'œil amical à la jeune femme qui se trouva gênée. En effet, c'était la première fois de la soirée qu'elle sentait l'un de ses proches réellement heureux de la voir.

Miriam sourit et, souhaitant elle aussi montrer son affection pour son grand-oncle, lui répondit :

« Moi aussi je suis heureuse de te voir ! Mais qu'est-ce que tu fais tout seul sur le balcon ?

— La même chose que toi, ma chère enfant, je viens chercher un peu de solitude et de moi-même dans l'immensité de la nuit », répondit Hatif avec sagesse, tout en sortant une petite flasque de la poche arrière de son pantalon.

Il la tendit à Miriam.

Avant qu'elle n'ait le temps de répondre quoi que ce soit, le vieil homme ajouta :

« Ne t'en fais pas, personne ne viendra troubler notre tranquillité. Ils ont bien trop peur d'être contaminés par notre virus de la différence. »

« Pas faux », pensa Miriam tout en acceptant la fiole du bout des doigts. Les deux compères se tournèrent pour faire face à la nuit étoilée. La lumière du salon éclairait leurs dos. De cette façon, personne ne pourrait la voir poser ses lèvres à la flasque. La jeune femme but une gorgée à tâtons. Sa gorge se consuma au passage du breuvage. Mieux valait ne pas savoir ce qu'il y avait dedans, pensa-t-elle en imaginant un serpent dépecé comme ingrédient secret.

Elle rendit le flacon, grimaçante, mais un peu plus légère.

Hatif l'attrapa et avala le liquide sans broncher avant de reprendre :

« Tu sais, Miriam, ta grand-mère a vraiment apprécié ta dernière visite. Cela lui a fait beaucoup de bien. »

La jeune femme acquiesça d'un sourire tout en repensant à cette étrange journée. Jusqu'à présent, elle n'avait dévoilé à personne la discussion qui avait eu lieu ce jour-là à l'hôpital, mais son instinct lui disait que c'était le moment de le faire. Alors, elle décida d'interroger son oncle sur le sujet :

« Justement en parlant de cette visite, j'aurais des questions à te poser, Hatif. »

Miriam marqua une pause et essaya de rassembler dans son esprit tout le bric-à-brac laissé par sa grand-mère pour pouvoir formuler le tout de la manière la plus concise possible.

Le vieil homme, qui avait dû se rendre compte de la réflexion de la jeune femme, lui tendit la petite fiole. Miriam en but une gorgée avec moins d'hésitation que la première fois. Cela piquait toujours autant, mais son esprit se recentra, si bien que la petite-nièce put enfin s'exprimer :

« Pour faire simple, Mamie était très lucide la dernière fois. Je ne l'avais pas vue si bien depuis des années. Pendant cet éclair de lucidité, elle m'a parlé de Luna, de son don, de ma destinée. Qu'est-ce que tout cela peut bien vouloir dire ? Tu es le seul à qui je peux me confier sans avoir peur de passer pour une mécréante ou je ne sais quoi. »

Le grand-oncle, petit par la taille, ne parut pas être surpris et répondit avec quiétude :

« Ah, notre sœur Luna fut un mystère pour beaucoup. »

Hatif marqua une pause pour boire une gorgée.

« Depuis toute petite, tu regardes un tableau en croyant que cette peinture est le vrai monde, ta grand-mère a commencé à déchirer la toile pour te montrer le mur qui te retient prisonnière derrière. Pour l'instant, tu te retrouves avec un tableau déchiré qui laisse apparaître un mur de moellon très moche. Ce n'est jamais confortable ni agréable au début ».

Miriam hocha la tête avec nonchalance. Elle commençait à en avoir plein le dos de ces explications à demi-mot. Elle en avait marre de ces messages codés qu'on lui adressait depuis quelques jours : sa grand-mère, le fumeur et maintenant Hatif, c'était trop !

Bien encouragée par les gorgées de liqueur avalées précédemment, Miriam interrogea sans détour :

« Pourquoi ne pas faire simple ? Pourquoi ce besoin d'embellir chaque réponse au point de la transformer en une énigme compliquée ? Tu ne pourrais pas m'expliquer simplement, Hatif ? »

C'était sorti tout seul. Miriam regretta instantanément la manière familière dont elle avait apostrophé son aïeul. Avant qu'elle n'ait eu le temps de s'excuser, son grand-oncle, qui n'avait pas l'air d'être choqué par le coup de sang de sa petite-nièce, répondit avec le sourire aux lèvres :

« C'est sûrement que tu n'es pas prête à entendre les réponses. Ne compte jamais sur les autres pour parcourir ton chemin à ta place. Ce mur qui vient de t'être dévoilé, tu es la seule à pouvoir l'escalader. Néanmoins, si tu souhaites obtenir un conseil clair et précis, écoute attentivement. »

Le vieil homme but à nouveau une gorgée de sa potion. Miriam ne put se retenir de penser que cette gourde devait le suivre depuis des années pour que son contenu lui soit aussi digeste. Le visage d'Hatif se fit plus sérieux. Il reprit d'un ton solennel :

« Je sais que ta grand-mère t'a fait promettre d'attendre lundi pour retourner la voir. Il faut impérativement que tu respectes sa doléance. Je ne vais pas y aller par quatre chemins. Ta mamie en a bientôt fini de cette vie-là. »

La gorge de Miriam se serra.

Le grand-oncle reprit :

« Demain, son état va empirer. Tes parents voudront que tu viennes lui dire adieu. Sûrement, diront-ils, que c'est la dernière occasion. Peut-être essayeront-ils de te faire culpabiliser, ne les écoute pas. Résiste à la tentation. »

Les yeux de Miriam se remplirent de larmes. Elle essaya de les retenir pour prouver sa force et son courage.

Hatif, toujours aussi observateur, glissa à sa petite-nièce :

« Ne retiens pas tes émotions. Pleurer n'est pas une preuve de faiblesse, au contraire. Il faut avoir un certain courage pour assumer pleinement ses sentiments. »

Une larme glissa alors du coin de l'œil de Miriam comme pour acquiescer.

« Fais-lui confiance, fais-moi confiance et attends lundi. Si tu viens demain, tu ne verras que la maladie dans ses yeux. Cette image viendra cacher les milliers de souvenirs heureux qui vous lient. Lundi est un autre jour. Ta grand-mère souhaite te faire ses adieux à sa manière. Accorde-lui cette dernière volonté. »

Hatif tendit la fiole à Miriam pour sceller cet engagement. Un peu sous le choc de cette annonce, la jeune femme attrapa la liqueur et répondit d'une voix meurtrie :

« C'est promis. »

Elle ponctua sa réponse d'une gorgée. Dans un geste machinal qui accompagna sa descente de spiritueux, Miriam se retourna. Son demi-tour et sa rasade terminés, les yeux de Miriam faillirent sortir de leurs orbites. Son mouvement l'avait conduite à se retrouver face à la baie vitrée. Là, de l'autre côté, son père et l'oncle qui lui avait ouvert la porte la regardaient droit dans les yeux. Tout aurait été normal si la jeune femme ne tenait pas une gourde d'alcool dans ses mains.

La suite, Miriam ne s'en souvint pas vraiment.

Tout ce qu'il reste, c'est l'image des deux hommes débarquant en furie sur le balcon, son père lui mettant une tape sur la main pour la désarmer de la bouteille, une gifle et des cris de rage, d'orgueil, de violence.

Combien de temps cela avait-il duré ? Quels mots avaient été prononcés ? Miriam resta sourde devant cette croisade menée contre elle, comme amnésique. Son esprit avait choisi de fuir pendant ce laps de temps pour ne pas être marqué au fer rouge d'une cicatrice irréversible.

Ce dont Miriam a choisi de garder comme seul souvenir de tout cela, c'est Hatif s'interposant. Le vieil homme fit rempart de son corps pour protéger sa petite-nièce contre la rage destructrice de son père. Puis d'une voix cette fois-ci forte et patriarche, il ordonna :

« Laissez-nous passer. »

Il l'attrapa par la main et la guida à travers le salon. Elle suivit les pas de son grand-oncle au milieu de la foule, maintenant silencieuse. La plupart des têtes étaient baissées, sûrement qu'Hatif déblayait le passage de la force qu'il dégageait. Arrivant vers la cuisine, Miriam aperçut sa mère qui lui adressa un regard compatissant. La maman avait compris que suite à ce conflit, cette soirée marquait la fin d'une époque.

Le vieil homme et la jeune femme arrivèrent maintenant à la porte d'entrée.

Hatif attrapa les mains de sa petite-nièce et lui murmura d'une voix rassurante :

« Respire, mon enfant, respire. C'est terminé. »

Miriam, tétanisée, serra fort les mains rugueuses de son vieil oncle.

Que venait-il de se passer ?

Le vieil homme reprit :

« Crois-moi, cette rupture familiale est déterminante pour la suite de ton voyage. Il faut parfois rompre la chaîne qui nous retient au port de façon brutale pour pouvoir prendre la mer. Navigue maintenant, navigue au-delà des océans jusqu'à trouver le trésor qui t'appartient. Lorsque tu l'auras trouvé, tu pourras revenir ici sans crainte, libre de tout regard, partager ton trésor avec ceux qui souhaitent ton bonheur.

— Mais ils ne me pardonneront jamais », bégaya la jeune femme, pleurant à chaudes larmes.

Hatif posa sa main sur la joue de Miriam et lui adressa un sourire plein de compassion.

Avec son éternelle sagesse, il lui répondit :

« Bientôt, tu n'auras plus besoin du pardon des autres. Le tien te suffira. En ce qui concerne ce soir, sois sûre que seul leur jugement est responsable de ce conflit. »

La jeune femme fit oui de la tête, il avait raison, elle le savait. Le vieil homme reprit :

« Lorsque ton cœur t'indiquera ma direction, viens me voir à Corrençon. Je pense qu'une partie de toi se trouve là-haut dans le Vercors. »

La joue de la jeune femme dégageait de plus en plus de chaleur, stigmate de la claque reçue un peu plus tôt.

Quand Hatif ouvrit la porte, Miriam s'engouffra dehors avec précipitation. Elle redoutait de voir son père arriver pour la sortir de chez lui par le col. Vite, qu'elle parte.

Le vieil homme lui embrassa le front avec la tendresse d'un père, et sa peur s'atténua, avant de dire :

« J'ai oublié de te donner la réponse ! »

Miriam le regarda un peu perdue.

« Quelle réponse devais-tu me donner ? lui demanda-t-elle.

— Cette nuit, les étoiles brillent beaucoup car la lune est inexistante. C'est ce qu'on appelle la nouvelle lune. C'est un nouveau cycle. La lune s'efface pour que tu choisisses entre ces millions d'étoiles celle qui te guidera. Une infinité d'étoiles pour une infinité de choix. Chacun différent, mais tous bons pour toi. Il faut bien un début à tout. Rentre en paix, mon enfant, et profite de ce nouveau départ. »

La porte se referme,
Perdue, la voilà seule dans la nuit.
Il fait sombre et elle n'a pas de lanterne
Alors les astres se transforment en bougies,
Lui expliquent que la routine arrive à son terme,
Qu'il est temps de dire adieu l'ennui,

Que de partout des chemins germent
Tous se rendant vers un avenir fleuri.
Laissant de côté sa peine,
Elle comprend que son sentier elle choisit.
Elle lève les yeux au ciel
Et les étoiles lui sourient.
Bientôt un nouveau jour se lève,
Il est temps de dire bonjour à la vie.

Il faisait déjà chaud lorsque Miriam ouvrit les yeux.

La lumière puissante du jour avait vaincu l'opacité précaire des rideaux du studio et colorait la pièce d'une teinte volcanique.

Les souvenirs de la veille reprenaient peu à peu leur place dans le cerveau indolent de la jeune femme, allongée sur son lit, inerte.

Mais toute cette soirée restait cependant floue et brumeuse.

Était-ce un rêve ? Avait-elle réellement déshonoré son père ? Les reverrait-elle un jour ?

Pourquoi Hatif avait insisté sur cette histoire de mur et de tableau ? Comment allait sa grand-mère ?

Il faisait chaud, vraiment chaud. Plus les images de la veille se faisaient précises et pressantes, plus la chaleur se faisait intense pour Miriam, cloisonnée dans son salon. Son corps était comme une marmite sur le feu et sa culpabilité était la soupe en train de mijoter dans son esprit.

Comment s'excuser ? Comment les revoir ?

L'ébullition se rapprochant de plus en plus, la panique s'installa. La jeune femme suffoquait. Elle courut jusqu'à son sac pour attraper sa plaquette d'anxiolytiques. Il ne restait qu'un comprimé. Il fallait en racheter immédiatement. Miriam attrapa son ordonnance accrochée au frigo, bien décidée à sortir immédiatement de ce four. Elle remit le cachet dans son sac, elle le prendrait en route, une fois dehors.

Elle enfila un survêtement, attrapa son sac à la volée et quitta l'incendie qui ravageait son cœur et son foyer pour se retrouver quelques secondes plus tard au pied de son immeuble.

Miriam n'était pas encore prête à comprendre que la flamme céleste qui la consumait la suivrait dans chacune de ses fuites jusqu'à ce qu'elle daigne la regarder droit dans les yeux et lui souffler dessus assez fort pour l'éteindre.

Arrivée en bas, elle éprouva le besoin de s'arrêter un peu. Elle inspira de grandes bouffées d'air pour retrouver son calme. Après quelques minutes, sa respiration était redevenue normale. L'air frais lui avait fait du bien.

Il faisait bon dehors. Une odeur de pain frais s'échappait de la boulangerie à l'angle de la rue. Attirée par la senteur qui appelait son estomac, Miriam décida de laisser de côté sa course à la pharmacie.

Quelques instants plus tard, la jeune femme sortit de la boutique avec un sac kraft sous le bras. Elle marcha quelques mètres pour aller s'asseoir sur un banc face à la Saône et déballa le contenu de son sac, un sandwich au thon et une bouteille de Perrier, qui lui fit office de repas.

Miriam mastiquait chaque bouchée de son casse-croûte au rythme des Bateaux-Mouches descendant sur le fleuve. Un air de vacances planait sur les quais. Les shorts avaient remplacé les costumes, le bruit des poussettes celui des voitures et les mines déconfites s'étaient transformées en sourires. C'était un beau dimanche !

L'encas avalé, les bouffées de chaleur de la jeune femme s'étaient quasiment estompées, si bien qu'elle ne trouva pas nécessaire de prendre son cachet tout de suite.

Dans la précipitation de l'évacuation, une heure plus tôt, Miriam avait laissé son portable charger sur la table basse. Un léger manque se fit ressentir. Le pianotage sur Facebook était généralement son activité favorite en fin de repas.

Le soleil brilla un peu plus fort. Miriam ferma les yeux quelques secondes pour profiter de ce bain de lumière et arrêta d'y penser.

Le temps appétissant et les éclats de rire transportés par la légère brise lui firent vite oublier son addiction technologique. Il faisait beau, il faisait bon et cela lui donnait envie de flâner. Tant pis pour le portable, il attendrait, sagement sur sa table, son retour.

Après dix minutes de bronzage et de digestion, Miriam se leva pour marcher un peu. Elle traversa la passerelle en direction de Saint-Jean et pénétra dans une petite ruelle. Le soleil éclairait les pavés du Vieux Lyon avec amour.

« Quel lieu chargé de souvenirs ! » pensa la jeune femme. Tout y était si mystérieux. Plus jeune, son amour pour la pierre l'y avait souvent conduite. C'était un peu son Chemin de Traverse à elle.

Ces derniers temps, il est vrai qu'elle y mettait moins les pieds malgré la proximité.

Cela lui faisait vraiment plaisir d'y revenir. Elle continua son chemin, traversant les petites places, passa devant de nombreuses terrasses bondées. Les machines à glaces étaient de sortie, elles aussi. Un des marchands était assiégé de toutes parts. La queue menant à sa boutique bloquait entièrement la rue, obligeant les passants à se faufiler pour pouvoir traverser.

Miriam regarda la scène avec amusement. Il était plaisant de voir pour une fois l'attente dans la joie et les bonnes odeurs, plutôt que les habituels râles du métro.

Un vélo s'extirpa difficilement de ce joyeux chaos et s'éloigna rapidement en direction du quai de Bondy. Miriam le regarda avec envie et décida de marcher jusqu'au palais de justice pour rejoindre la station Vélib.

Une puissante excitation la parcourut le long de son chemin jusqu'à sa bicyclette.

Elle n'était pas remontée sur un vélo depuis de longues années. Cette aventure la replongeait dans sa jeunesse. Des souvenirs d'après-midi au parc lui apparurent. Le soleil, des glaces et des tours de vélo, autant de moments qui remontaient à la surface. Miriam se rappela le goût de la vanille. Que ces glaces étaient bonnes ! Que cette époque était belle !

Arrivée au palais de justice, la jeune femme activa un Vélib à la borne. Elle attrapa le vélo n° 72, le décrocha et monta dessus. Elle poussa du pied l'asphalte. La bicyclette s'élança. Cette après-midi, c'était décidé, elle redeviendrait insouciante.

Cheveux au vent, Miriam pédala sans penser pendant un long moment. Elle traversa le deuxième arrondissement, puis le pont la menant jusqu'au cours Lafayette.

La vitesse à laquelle la jeune femme dévalait les rues lui donnait un sentiment de puissance. Elle avait l'impression d'être une aventurière. Tout était en perpétuel changement autour d'elle. Les boulevards, les avenues, les visages, tout défilait au rythme de sa bicyclette.

Chaque coup de pédale l'emmenait dans un nouveau monde, vers de nouvelles possibilités. Ne s'arrêtant pas à chaque croisement pour définir son itinéraire, Miriam n'avait que le choix de choisir quelle rue suivre instantanément sans réfléchir. Dans cet élan de vie tout neuf, la jeune femme n'avait plus mal à l'épaule, ne se sentait plus responsable du regard des autres, ne portait plus l'héritage familial qui lui était imposé. Non, elle était simplement une jeune fille qui profitait du soleil, sans contrainte. Elle était simplement Miriam.

À cet instant, elle avait confiance en sa conduite et en la vie. La route se trouvait parfois accidentée, pas grave. Miriam continuait d'avancer, adaptait son allure en attendant de retrouver une portion plus à son avantage. Après des passages compliqués, elle retrouvait une route plus confortable lui permettant d'avancer sans effort et de profiter de la vue et du beau temps.

Miriam réalisa que ce vélo symbolisait l'instant présent. La seule réalité existante dont elle ne pouvait descendre. Effectivement, chaque joie et chaque peine n'étaient que passagères. S'y accrocher ne pouvait qu'amener de la souffrance, le vélo comme la vie continuant sa course.

Rester accroché à ce qui est déjà passé contraint à être écartelé entre passé et présent. À vouloir être à deux endroits en même temps, ne finirait-on pas par être nulle part ?

« L'attention et l'intention devraient se porter là où se pose notre pied », pensa la jeune femme. À regarder impatiemment trop loin devant ou avec nostalgie dans notre rétroviseur, on finirait bien, tôt ou tard, par trébucher sur une racine bien réelle sur notre chemin actuel.

Miriam fut impressionnée par sa propre réflexion. Toutes ces pensées traversaient son esprit avec une telle fluidité qu'elle eut l'impression qu'on les lui soufflait à l'oreille.

Les kilomètres parcourus l'avaient conduite au parc de la Tête d'Or comme si, inconsciemment, son corps réclamait un peu de nature. La balade continua donc le long des allées du parc. Miriam fit le tour de l'étang, puis pédala en direction des jardins japonais. Le soleil brillait et une légère brise s'était levée. C'était agréable. Les enfants jouaient de partout. Les pelouses étaient bondées, chacun vaquait à ses occupations, l'objectif commun restant la détente.

Miriam passa alors près d'un grand arbre majestueux. Émerveillée, la jeune femme s'arrêta net. Le gris presque métallique de son écorce lui donnait une force quasiment animale. Cette puissance donnait l'impression qu'un rhinocéros la regardait droit dans les yeux. Toutefois, le vert vif de ses épines contrastait avec ce corps vigoureux. Elles étaient apaisantes, rassurantes, semblaient à l'épreuve du temps comme protégées par l'armure d'acier du tronc gris. Une petite voix poussa Miriam à poser son vélo pour s'approcher de l'arbre.

Elle laissa sa bicyclette non loin de la bordure, sur l'herbe clairsemée, et approcha de l'arbre avec la même délicatesse que lorsqu'on approche un cheval pour l'apprivoiser. La main tendue en signe de paix, elle continua d'avancer d'un pas lent. Sans savoir pourquoi, Miriam sentait que quelque chose de magique pouvait se produire. Toute proche de cet animal de bois, elle aperçut une plaque fixée à son tronc ou était inscrit « Pinus bungeana/Pin Napoléon n° 0175201 ». C'était la première fois qu'elle entendait ce nom.

Elle posa sa main sur l'arbre avec délicatesse. Il n'y avait plus aucun bruit autour d'elle comme si le parc s'était vidé.

« Pourvu qu'il se passe un truc, pourvu qu'il se passe un truc », pensa fort la jeune femme. Elle avait besoin de voir quelque chose de magique. La dernière semaine avait été tellement forte en évènements : sa rupture, la maladie de sa mamie, la dispute avec son père. À cet instant, Miriam aurait simplement aimé que cet arbre se réveille et lui annonce qu'elle était en réalité une magicienne, qu'une nouvelle vie l'attendait dans un monde parallèle, un monde où elle cesserait d'être différente. La jeune femme secoua la tête pour retrouver sa lucidité. Elle avait vraiment trop regardé *Harry Potter* à en oublier que ce n'était qu'un film.

Gardant les deux mains fixées au pin, Miriam réalisa que les conversations plus que bizarres qu'elle avait eues avec sa grand-mère, avec Hatif, et les rencontres avec le SDF et le malade lui étaient peut-être montées au cerveau. Après tout, ce n'était que des personnes âgées, à la limite de la sénilité, qui lui avaient mis ces idées en tête. Il n'y avait pas de quête, de destinée. Non, il n'y avait qu'elle, complètement à l'ouest, en train d'essayer de parler à un arbre.

« Qu'est-ce que je suis conne ! Putain ! » murmura Miriam tout en tapant contre le tronc.

Elle laissa tomber sa tête contre l'arbre, tout espoir l'ayant alors quittée.

C'est à ce moment que la jeune femme sentit un battement sortir de l'arbre et la parcourir de la tête jusqu'aux pieds. Désarmée par cette sensation inattendue, la jeune femme recula en titubant et buta sur son vélo qui la fit tomber. La chute ne fut pas violente, mais réveilla sa douleur à l'épaule et le stress qui l'habitait.

Que s'était-il passé ? Miriam resta par terre, ses mains tremblaient. Malgré la chaleur de ce mois de mai, un frisson la parcourut. Est-ce que son imagination lui avait joué un tour ?

La jeune femme n'eut pas le temps de rassembler ses pensées. La peur profita de cette hésitation pour reprendre ses droits. C'était trop tard pour réparer les dégâts. Le torrent d'émotions laissé de côté ce matin fissurait de nouveau la jeune femme. La belle journée était terminée. La brise d'ailleurs s'était transformée en vent violent et des nuages prenaient petit à petit possession du ciel bleu.

« Mais qu'est-ce que j'ai foutu ? Je n'ai plus personne autour de moi ! » balbutia Miriam tout en fondant en larmes.

La jeune femme ouvrit son sac à main, résignée à avaler son dernier anxiolytique, puis elle se releva et attrapa son vélo. Elle ne remonterait pas dessus, se contenterait de le ramener à la plus proche station en marchant à côté. Son épaule était douloureuse, son cœur était douloureux. L'instant présent était loin maintenant. La jeune femme traversa le parc en direction des jardins botaniques. Des gouttes commencèrent à tomber. Tant mieux, elles cacheraient ses larmes, songea-t-elle.

Miriam repensa à l'arbre et ce qu'elle avait espéré en posant ses mains. Il s'était bien passé quelque chose, mais au lieu de la sauver, il lui avait simplement rappelé à quel point sa vie était merdique.

Une fois le Vélib posé, Miriam marcha jusqu'à la station Masséna. Elle prit la ligne A jusqu'à Cordeliers. Là, elle descendit et prit la direction de la grande pharmacie du centre à quelques pas pour récupérer une nouvelle boîte de cachets. Il ne faisait aucun doute que cette semaine, encore plus que la précédente, elle en aurait grand besoin.

Après cela, elle rentra, toujours accompagnée par la pluie. Il n'y avait plus grand monde dans les rues et les mines joyeuses du matin avaient disparu. Lundi arrivait à grands pas. Enfin chez elle, elle enfila un peignoir, attacha une serviette sur ses cheveux détrempés et se dirigea vers son portable pour le rallumer. Une sonnerie retentit à plusieurs reprises. Miriam déverrouilla le téléphone.

L'écran afficha trois appels en absence de maman et deux messages.

Maman : « Ma chérie, ta grand-mère est mourante. Il faut que tu passes aujourd'hui lui dire adieu. Il faudrait mieux aussi éviter de croiser ton père, il est affecté par l'état de sa maman et ce n'est pas aujourd'hui qu'il saura t'excuser. Viens après dix-sept heures, nous serons partis. Je t'aime. »

Miriam regarda l'heure, il était dix-sept heures trente. Son père n'était plus là-bas. Il était encore temps pour elle d'y aller.

Elle ouvrit le deuxième message d'un numéro inconnu :

« Miriam, c'est Hatif. Tu as dû recevoir un appel de tes parents pour ta mamie. Je sais que c'est dur, mais ne craque pas et respecte ta promesse. Tu auras l'occasion de la voir avant son départ. Fais-moi confiance. À bientôt. »

Miriam laissa retomber son portable sur la table basse et attrapa un coussin dans lequel elle cria de toutes ses forces. Tiraillée par ce choix cornélien, elle sentit ses yeux pleurer les dernières larmes qui restaient en elles. « Une promesse reste une promesse », pensa-t-elle. Elle ne céderait pas et n'agirait pas de façon égoïste, elle attendrait le lendemain pour aller dire adieu à sa mamie.

Son corps brûlait de douleur, sans savoir si c'était la petite chute de tout à l'heure ou bien ce trop-plein d'émotions qui la lançait. Ne pouvant lutter, Miriam prit un ibuprofène pour calmer ce mal. Après quelques minutes, le cachet commença à faire effet.

Son corps se déraidit. La balade à vélo, toutes ses larmes versées et les deux médicaments avalés dans la dernière heure eurent raison de ses dernières forces.

« Tant mieux », pensa Miriam dans une ultime pensée consciente. Plus vite la nuit passerait, plus vite elle pourrait voir sa grand-mère le lendemain. Elle ne pourrait se pardonner de ne pas lui avoir dit au revoir. Ses yeux se fermèrent.

Lundi matin, à la première heure, Miriam courut rejoindre sa grand-mère. Obnubilée par sa promesse, la jeune femme parcourut le trajet la séparant de cette rencontre à la vitesse de la lumière.

Arrivée à l'hôpital, d'un pas décidé, Miriam passa devant l'allée où elle avait rencontré le fumeur quelques jours plus tôt. Elle fut surprise de voir que de belles fleurs blanches et roses avaient poussé là où le vieux monsieur avait jeté des graines. « Bizarre », pensa-t-elle. En même temps, elle n'avait jamais planté de fleurs et ne connaissait rien au rythme de la floraison. De toute façon, là n'était pas sa préoccupation.

Continuant d'avancer, le regard fixé à ces bourgeons, c'est à ce moment que Miriam leva la tête et aperçut sa grand-mère sur un banc non loin. Elle s'arrêta net, croyant rêver. La vieille dame tourna alors la tête en sa direction et lui sourit.

« Que fait-elle dehors ? Ce n'est pas possible, c'est un miracle ? » pensa la jeune femme. Elle parcourut les quelques mètres la séparant de sa grand-mère en la fixant. La vieille femme était vêtue d'une robe de chambre blanche. Son visage était détendu et brillait d'un teint rosé. À première vue, aucun équipement médical ne semblait l'accompagner. Tout cela soulevait un bon nombre de questions dans le cerveau de Miriam, qui restait abasourdie. L'impatience qui avait accompagné son trajet s'était évanouie devant la quiétude habitant sa grand-mère. Les deux femmes se sourirent. Il n'y avait pas besoin de mots.

La petite fille serra sa mamie dans ses bras, tellement joyeuse de la voir si vivante et en bonne santé. Ce câlin eut la vertu de dénouer chaque nœud de son corps.

Elle se laissa ensuite glisser à côté de sa grand-mère sur le banc. Tout était calme autour d'elles. Il était tôt.

Miriam attrapa les mains particulièrement chaudes de sa grand-mère et lui demanda, confuse :

« Mamie, j'ai du mal à comprendre. Comment peux-tu être ici ? Où est ton assistance respiratoire ? Quel médecin t'a laissée sortir ? »

Devant l'incompréhension totale de sa petite-fille, la vieille dame rigola à pleines dents, visiblement heureuse de l'effet de sa surprise. Miriam aperçut les bridges qui remplaçaient ses prémolaires et se sentit entraînée dans ses rires. Elle avait toujours trouvé ce sourire métallique beau et rassurant. Après cette joyeuse parenthèse, la grand-mère répondit calmement :

« La maladie n'est qu'une étape. Je suis maintenant en paix avec tout cela. Tu as tenu ta promesse et je souhaitais t'en remercier loin de cette chambre d'hôpital. Ce n'est pas le plus important, nous devons faire vite. Ils ne vont pas tarder à venir me chercher.

— Qui va venir te chercher ? Si je comprends bien, tu es guérie ? C'est incroyable, questionna la jeune femme, surexcitée.

— Guérie ? Oui, je suis libérée. Incroyable aussi, la vie dans ses moindres détails est incroyable. Il suffit de chercher la part de beauté en toute chose pour s'en rendre compte. Passons, comme je te l'ai dit, le temps nous est compté. Alors, parlons de toi, ma chérie, et de ce que je dois te transmettre », répliqua la mamie, cette fois-ci avec fermeté.

Miriam resta muette quelques secondes. Elle ne voulait pas gâcher ce moment avec ses problèmes. D'ailleurs, connaissait-elle vraiment la véritable nature de son mal-être ? Comment formuler ce qu'on ne comprend pas en soi ?

Face au silence grandissant, la vieille dame ajouta :

« Il est vrai qu'il y a des questions difficiles à se poser car elles remettent en cause nos fondations les plus profondes, mais ce questionnement n'en reste pas moins vital. Il n'y a que deux possibilités : prendre conscience de ta responsabilité au point de repenser ta vie de façon idéale ou attendre passivement que la mort te réveille. Se poser les bonnes questions c'est poser la première brique de ta nouvelle vie. S'exprimer c'est apprendre à se dévêtir. Et chaque couche que tu enlèves te rapproche un peu plus de ce que tu es vraiment. »

Miriam reconnut bien là la franchise de sa grand-mère. Ces mots avaient fait mouche dans son cœur au point de la désarmer. Face à son reflet, pas d'esquive possible, elle n'avait d'autre choix que de répondre sincèrement :

« Je… je suis perdue… », lâcha difficilement la jeune femme.

Une larme coula le long de sa joue. C'était la première fois de sa vie qu'elle avouait ouvertement sa détresse. Cela lui en coûtait.

« Tout part en vrille dans ma vie et le pire c'est que j'ai l'impression de prendre plaisir à chavirer. Je suis de plus en plus seule, même mon corps est en train de me lâcher et en même temps je ressens un certain soulagement à perdre tout ce que j'ai connu, tout ce que j'ai gagné. »

Miriam fit une pause et prit une grande inspiration avant de reprendre :

« Il y a même certaines fois où je me dis qu'il serait plus simple de refermer le livre de ma vie plutôt que de continuer de me battre avec ce stylo qui ne marche pas, d'enchaîner les ratures et les pages arrachées. »

La jeune femme, en sanglots, souffla et baissa la tête de honte. Que lui était-il passé par la tête pour parler de suicide à sa grand-mère ? Elle qui était malade, qui avait connu la guerre, la famine et qui pourtant s'était battu sa vie entière pour continuer de vivre coûte que coûte.

Alors que la culpabilité la gagnait, Miriam sentit la main de sa mamie se poser sur sa cuisse et l'irradier de compassion. La voix de la vieille dame accompagna son geste et lui dit :

« Ma chérie, premièrement, ne méprise jamais tes sentiments. Se juger ou juger les autres est le pire des fléaux. Le jugement est le poison qui pousse chacun à s'éloigner du vrai soi pour plaire à l'autre. Deuxièmement, tu me dis que tu ressens du soulagement ? Voyons le verre à moitié plein ! La vie que tu n'aimes pas est en train de disparaître, il est normal que ton âme soit heureuse de voir ces cycles prendre fin. Il faut d'abord faire le vide avant de reconstruire.

— Si je comprends bien, tu es en train de dire que j'ai raté un tiers de ma vie ? Étant donné que mon âme est si contente de me voir échouer ! » la coupa Miriam à la fois inquiète et piquée par la tirade de sa grand-mère.

La vieille dame eut un sourire assez fier. Le mordant de sa petite-fille lui avait plu, semble-t-il. Elle reprit ses explications :

« Il n'y a pas d'erreurs inutiles dans la vie, simplement des leçons apprises en se trompant. Tu connais sûrement l'adage disant qu'il faut se planter pour grandir ? »

Miriam acquiesça d'un oui de la tête, ne voulant couper à nouveau sa grand-mère.

« C'est exactement ça ! Tout, dans la vie, des échecs aux réussites, des racines jusqu'aux fruits, tout n'est qu'expérience dans le seul but d'ajuster son chemin. Rien n'est hasard, tout est message. En avoir conscience, c'est se donner la possibilité d'agir et de ne jamais subir la fatalité.

« C'est en expérimentant ce que tu n'es pas que tu finiras par découvrir ce que tu es, et c'est une vérité pour beaucoup d'entre nous.

« Lorsque tu auras compris ce principe, tes doutes laisseront place aux signes t'indiquant les prochaines étapes de ton voyage. Tu me parlais de ratures, de pages arrachées. La vie fait que parfois ces évènements sont inévitables, mais tirer un trait ou jeter une page complète, c'est avant tout faire l'expérience de la fin de quelque chose, consciemment ou non. Lorsque cela se produit, il te suffit de réfléchir à ce que cette épreuve t'amène ou te permet de changer. Apprendre à agir sur ce qui est permis d'être changé et accepter ce qui ne l'est pas est un autre pas de plus vers soi-même.

« J'insiste énormément sur ce chemin vers le véritable soi car il est le seul et unique sentier vers le bonheur. Ne l'oublie jamais. »

Miriam écoutait sa grand-mère attentivement. Ces mots résonnaient en elle comme une vérité oubliée peut-être volontairement.

Au même moment, une sonnerie résonna au loin. La jeune femme se retourna à la recherche de cette nuisance sonore. Rien ni personne aux abords du CHU. Sûrement que c'était une urgence à l'intérieur des murs. Bref, ce n'était pas important pour l'instant.

Absorbée par le discours étrangement familier prononcé par sa mamie, cela semblait toutefois assez utopiste pour Miriam. Il lui semblait en savoir trop et pas assez à la fois, alors elle demanda d'une voix forte :

« Mamie, tout cela est très beau sur le papier, mais dans la vraie vie c'est simplement irréalisable. Il existe des drames qui ne sont pas surmontables. Il existe des fondements dans notre éducation et dans notre société qu'on ne peut remettre en cause sans que tout s'effondre. Regarde ma relation avec Papa. La preuve en est ! Je ne peux pas suivre le chemin vers moi-même s'il se trouve dans la direction opposée de celui menant aux autres !

— Eh bien, il y a beaucoup de colère qui crépite en toi, ma chérie. C'est bien. Cette colère, lorsqu'elle sera utilisée correctement, deviendra une force créatrice très puissante pour ta nouvelle vie, répondit la vieille dame, à nouveau émerveillée par la puissance dégagée par sa petite-fille.

« Il est temps que je te transmette le message légué par ma grand-mère il y a de nombreuses années, il devrait répondre à ta question. Peu avant mon départ pour la France, alors que nous savions, elle comme moi, que nous ne nous reverrions pas dans cette vie-là, ma grand-mère m'a dit cela :

Aimer les autres demande de savoir t'aimer toi-même.
Pour cela, tu devras traverser des déserts de solitude,
devenir folle à t'y perdre.
Et alors, quand même le bruit du vent
n'aura plus rien à te confier,
Arrivera enfin la seule personne
dont tu ne peux te détacher
Le vrai toi. Seule dans le sable, bercée par l'éternité,
Il n'y aura pas de meilleurs endroits
pour apprendre à t'aimer.

Alors enfin toi-même, la lumière de l'amour
descendra te guider
Telle une boussole t'empêchant de dériver.
Tu quitteras ce désert que tu as longtemps habité
Pour traverser des villes, croiser des gens
avec qui partager
La lumière qui t'éclaire le temps d'une vie
ou celui d'une soirée.
Tu donneras sans compter
L'amour est une source que l'on ne peut épuiser.
Et parfois le bruit ambiant commencera à te faire oublier.
Alors, tu partiras chercher le silence là où tu l'avais laissé
Dans des déserts de solitude te contant qui tu es.

La sonnerie beugla à nouveau et ponctua la transmission de cet héritage. Une légère vibration l'accompagna. Déstabilisée, Miriam se tint au banc. Elle regarda sa grand-mère qui restait de marbre face à ce tremblement de terre. Elle comprenait où voulait en venir sa grand-mère, mais tout cela lui semblait bien trop périlleux pour elle. N'était-ce pas plus simple de continuer comme elle l'avait toujours fait ?

La vieille dame, toujours aussi sereine, reprit ses explications :

« Rien n'est facile, ma chérie, mais rien n'est impossible pour autant. Tu laisseras des gens derrière toi, tu es déjà en train de traverser ces fameux déserts. Mais crois-moi, le jeu en vaut la chandelle. Et puis pour être totalement honnête, tu es bien trop engagée sur ce chemin pour faire machine arrière.

— Mais je ne peux pas ! Je n'ai pas les épaules pour ça, Mamie. Je voudrais simplement être comme tout le monde », répondit Miriam prise de peur face au poids de sa destinée.

Une nouvelle secousse se fit sentir. Cette fois un peu plus puissante.

« Qu'est-ce qui se passe ici ? demanda la jeune femme, de moins en moins rassurée.

— Du calme, ma chérie. Écoute-moi, s'il te plaît, il ne reste plus beaucoup de temps. »

La vieille dame attrapa le visage de sa petite-fille en prononçant ces mots :

« Tu vas devoir brasser au plus profond de ton âme pour trouver la lumière. N'oublie jamais que tout ce que tu vis est là pour te faire grandir. Lorsque tout sera sombre, rappelle-toi que la clarté jaillit toujours de l'ombre comme l'aube jaillit de la nuit. Ne doute pas de toi-même, lorsque la peur et la noirceur te plongeront la tête sous l'eau, fais confiance à l'amour, il te sauvera à tous les coups. Agir avec amour sera toujours le meilleur choix, la seule direction directe vers le bonheur. »

La vieille dame eut un haut-le-cœur. La sirène se mit à crier alors que les secousses vibraient de plus en plus fort. Une partie de l'hôpital s'écroula derrière les deux femmes. Miriam agrippa sa grand-mère et lui ordonna :

« Il faut qu'on parte, Mamie, tout est en train de s'écrouler. On en reparlera plus tard. Vite ! »

Miriam essaya de soulever sa grand-mère, mais la tâche s'avéra impossible. La vieille dame semblait clouée au banc. La jeune femme regarda en direction de la porte d'entrée. Deux médecins en blouses blanches avançaient doucement dans leur direction. Miriam fit de grands signes pour demander leur aide. Face à l'agitation de sa petite-fille qui s'activait pour les sortir vivantes de cette catastrophe naturelle, la grand-mère, toujours immobile, la tira énergiquement par le bras pour l'attirer et lui parler à nouveau :

« Ma Miriam, du calme, s'il te plaît. »

Sans comprendre comment, la jeune femme se trouva paralysée, son corps refusant de bouger. La bizarrerie de la situation lui fit également perdre sa voix.

« J'aurais aimé profiter encore longtemps de toi, ma puce. Je te revois petite, assise sur mes genoux, avec tes grosses joues. Je revois chacun de nos moments et il n'y en a pas un que je regrette. Il te faudra un peu de temps pour digérer tout cela, mais chaque mot était nécessaire à ton chemin, crois-moi. À trop vouloir fermer les yeux sur certains passages de ma vie, mon corps m'a pris au mot et m'a fait oublier par l'intermédiaire de la maladie. Sache que grâce à l'amour, je ne t'ai jamais oubliée. Rappelle-toi que l'amour est plus fort que tout. Regarde, il m'a même permis de te faire mes adieux loin de ce lit d'hôpital. »

La grand-mère s'arrêta et leva la tête. Les deux médecins étaient arrivés à leur hauteur. Tout s'écroulait à présent autour d'eux, mais tout cela se passait maintenant dans un silence absolu quasiment irréel. La jeune femme essaya de se débattre, sans arriver à bouger.

Elle regarda ces deux médecins pour essayer d'obtenir leur aide, mais c'était comme si elle n'existait pas à leurs yeux.

Leur teint était très lumineux et Miriam crut reconnaître les traits de son grand-père dans la fleur de l'âge chez l'un des deux.

Sa grand-mère se leva, ajusta sa tenue et s'approcha d'elle pour l'embrasser et lui chuchoter à l'oreille :

« Je serai toujours dans ton cœur. Va, maintenant, la vie t'attend. Je t'aime, ma Miriam. »

La grand-mère attrapa ensuite les bras tendus du docteur ressemblant à son défunt mari et partit.

Miriam essaya de crier à s'en déchirer la mâchoire. À la suite d'un terrible effort durant lequel elle força à s'en rompre les cordes vocales, elle parvint à hurler « Mamie » de toutes ses forces.

La vieille dame se retourna et lui sourit. Désœuvrée, Miriam la regarda une dernière fois et le décor s'écroula.

La jeune femme retomba dans son lit. Ses cheveux étaient détrempés et son souffle haletant.

Sur le parquet, son téléphone sonnait et vibrait de manière stridente. Le vibreur avait dû le faire tomber de la table basse. Ce vacarme ressemblait bizarrement à celui entendu à l'hôpital.

Miriam ouvrit difficilement les yeux. L'horloge affichait 01:11. Les yeux collés, elle décrocha son téléphone sans regarder le numéro entrant.

« Allô.

— Allô, c'est Maman. Bon, c'est un peu difficile à dire. Voilà, Mamie vient de partir. Je suis désolée, ma puce. Je te tiens au courant demain pour les funérailles. Je t'aime. »

Au loin, onze heures sonnèrent au clocher.

Là, avançant le long d'une allée, le père de Miriam accompagné de ses frères portait le cercueil de leur mère jusqu'à l'emplacement prévu pour l'inhumation.

Nous étions mercredi. La pluie était tombée sans relâche pendant la nuit avant de s'estomper au petit matin laissant place à un grand soleil qui accompagnait maintenant la cérémonie.

Une fois qu'ils arrivèrent à destination, il y eut tout d'abord la mise en terre puis chaque homme adressa un dernier adieu à la grand-mère et enfin arriva le tour des femmes.

Miriam, cachée derrière de lourdes lunettes de soleil, observa de loin le cercueil plongé sous le sol.

La terre creusée, encore bien humide des averses reçues durant la nuit, parfumait les lieux de son odeur.

Bizarrement, depuis ce coup de téléphone annonçant le départ de sa mamie, la jeune femme n'avait versé aucune larme.

Perdue entre le choc de la réalité et la promesse laissée par son rêve, Miriam était restée là, immobile, refusant de choisir quelle émotion elle souhaitait laisser éclater au grand jour. Tout était maintenant fade et vide, comme coincé en elle.

Les nuits étaient devenues de simples heures les yeux ouverts, couchée dans le noir, et les journées, des heures, assise, le regard éteint par la lumière du jour.

Si, depuis la nuit des temps, l'eau était essentielle à la vie, il semblait bien que la rivière intérieure de Miriam fût asséchée, bloquée par un barrage invisible la privant de ce courant vital.

Pas de chagrin ni de peine, rien qui ne s'écoule, ni même le temps, pas même une simple larme. Elle aurait aimé que, comme souvent, ce soit ses cachets la cause de ce blocage émotionnel, mais ce n'était pas le cas. Aujourd'hui, pour la mémoire de sa grand-mère et pour essayer de ressentir sa douleur, elle n'en avait pas pris.

Là, autour d'elle, des dizaines de visages, tous submergés par la même tristesse.

Des bruits de pleurs et de mouchages rythmèrent la valse des dernières prières devant la tombe.

Miriam avança en piétinant, stoïque. Ses pieds suivaient péniblement le mouvement. Derrière ses épais verres fumés, ses pupilles se trouvaient camisolées de la réalité, si bien que tout lui semblait tourner au ralenti comme si la mort avait mis la vie sur pause.

La jeune femme regarda les yeux rouges et les joues détrempées qui l'entouraient. Plus elle dévisageait cette assemblée et plus quelque chose montait en elle. Sans arriver à mettre à mettre le doigt dessus, elle sentait cet élan de je-ne-sais-quoi s'approprier l'espace laissé par son vide intérieur. Et soudain, elle comprit : c'était de la colère qui montait en elle.

Une colère envers ces imposteurs qui l'entouraient. Une colère envers ces soi-disant proches si distants depuis le début de l'Alzheimer de sa grand-mère. Elle regarda avec rage encore une fois les masques endoloris qu'arboraient tous ces gens autour d'elle. « Quelle comédie ! » pensa-t-elle. Ces larmes lui semblaient surjouées. Un éréthisme acide lui brûla l'estomac, remontant le long de son œsophage jusqu'à lui gratter la gorge afin de sortir attaquer ces imposteurs. Un « pourquoi » qu'elle tentait tant bien que mal de garder scellé au plus profond de ses entrailles pour qu'il ne gâche pas la cérémonie.

« Pourquoi pleurer quelqu'un que vous n'êtes jamais allés voir à l'hôpital ? Pourquoi même être là si ce n'est pour se donner bonne conscience ? »

Si cette maladie avait eu raison de la mémoire de sa grand-mère, elle, sa petite-fille, n'oublierait pas ces traîtres.

Consciente que sa rancune n'était pas appropriée en cet instant, elle tenta d'inspirer à plusieurs reprises pour retrouver un semblant de paix. Retrouvant peu à peu son discernement tout en continuant d'avancer dans la file la menant au dernier au revoir, une once de culpabilité la submergea.

Pourquoi n'arrivait-elle pas à pleurer ?

Pourquoi même, au contraire, la seule chose qu'elle était arrivée à ressentir c'était de la colère ?

Pourquoi cette violence, si ce n'est pour lui permettre de se rappeler qu'elle était encore en vie, comme si ce besoin de rancune avait été le seul moyen trouvé pour raviver sa flamme intérieure sur le point de s'éteindre ?

Le bruit du gravier s'enfonçant sous la lourdeur de chaque pas fit écho, porté par le silence présent dans le cimetière.

Plus tôt, en arrivant, Miriam avait embrassé furtivement sa mère, salué quelques personnes qui osaient encore lui adresser la parole, dont sa cousine Sonia. Depuis, silence radio, et c'était bien la paix qu'elle désirait avoir, un mutisme envers les autres, mais aussi avec elle-même. Son père, lui, avait tout fait pour éviter de la croiser. Il en était mieux ainsi. Elle n'avait cependant pas appréhendé les retrouvailles malgré la dernière soirée houleuse. Sa place était auprès de sa grand-mère, c'était sa seule certitude, la seule chose qui lui importait.

Au cours de la cérémonie, plusieurs fois, Miriam avait cherché Hatif du regard. Elle aurait eu besoin de lui parler, de lui demander une explication concernant ce rêve prémonitoire. Était-elle en train de devenir folle ? Et si cela était le cas, pourquoi cette impression d'avoir été manipulée par son grand-oncle et sa mamie dans le but de vivre cette expérience ? Seule, elle n'arrivait pas à trouver de logique à cette coïncidence, ce qui la plongeait de plus en plus dans une spirale d'incertitude. Elle avait besoin de ces réponses pour tourner la page. Mais chaque coup d'œil à la recherche du vieil homme se terminait vainement. Pire : chaque tentative la confrontait à ces mêmes larmes qu'elle trouvait scénarisées. À chacune de ces visions, la même fureur l'irradiait, le vase n'était pas loin de déborder.

Le corps raidi, le sang cognant aux tempes, l'orage gagnait peu à peu le cœur de la jeune femme et les respirations pratiquées ne lui étaient plus d'aucun secours. Pourrait-elle se maîtriser ?

Continuant d'avancer dans la file, Miriam sentit la colère la submerger. Elle serra les poings, les ongles plantés dans la paume à la recherche d'une douleur libératrice. Retourner sa violence contre elle-même plutôt que contre les autres.

Et puis soudain, elle comprit. Ce n'était pas de la colère qu'elle éprouvait, mais de la jalousie. Elle enviait leurs larmes. Elle désirait leur chagrin plus que tout. Peu importe qu'il soit sincère ou non, empli de remords ou même hypocrite. Ces pleurs permettaient de faire le vide en soi, voilà sa seule certitude.

Pourquoi, même face à la mort, elle n'arrivait pas à être comme tout le monde ? Tout ce qu'elle désirait à cet instant c'était pleurer, simplement pleurer. Pleurer à s'en brûler les yeux, à s'en couper la respiration. Pleurer pour commencer son deuil. Laisser échapper sa peine avant qu'elle ne se calcifie en elle. Était-ce trop demander ? se dit-elle en fustigeant le ciel.

Ayant compris ce qu'elle ressentait, ses mains lâchèrent prise. Ses ongles, tantôt enfoncés, laissèrent une empreinte violacée sur son épiderme. Son index ayant même percé sa peau, une goutte de sang tomba et s'écrasa sur le gravier blanc.

Il y eut du mouvement dans la queue. La dame devant elle se déroba sur la droite, ce qui créa un vide silencieux. Miriam se retrouva devant le carré de terre fraîchement retourné. Quel choc ! C'était donc bien réel, sa mamie n'était plus. Le temps s'arrêta. Plus de bruits, plus de mouvements, juste une pierre tombale qui se dressait devant elle. Là revoilà au même endroit, devant cette même tombe où elle avait déjà dit adieu à son grand-père quelques années plutôt. En lettres d'or étaient inscrits le nom et prénom du grand-père ainsi que sa date de naissance.

« Elle est partie », pensa Miriam, qui réalisait petit à petit tout ce que ce départ symbolisait. Elle ferma les yeux et revit sa grand-mère, dans son rêve, de blanc vêtue, lui sourire en s'éloignant.

Une larme coula le long de sa joue, puis une autre, puis ce fut un torrent qui se déversa hors d'elle. Elle renifla discrètement et serra le poing, cette fois dans le but de fermer la valve régissant son chagrin. Trop tard, on ne peut arrêter l'eau en mouvement.

Vaincue, elle s'abaissa et posa sa main sur le sol.

« Adieu Mamie, je ne t'oublierai jamais », chuchota-t-elle pendant ce moment d'intimité au milieu de tous.

Dire Adieu,

C'est rendre à Dieu

Accepter que défunt et Divin ne soient plus Deux

Mais forment le UN pour un avenir radieux.

Que le corps retourne au sol et que l'âme s'envole au ciel

Pour que joies et peines s'entremêlent

Et souvenirs deviennent.

Ainsi l'horloge s'arrête et le clocher sonne.

De noirs costumes portent le lourd cercueil,

D'humides yeux rouges pleurent le blanc linceul.

Une larme coule, il en suffit d'une seule,

Pour que le vent se lève et commence le deuil

Dire Adieu c'est regarder l'Automne

faire tomber les feuilles

En acceptant qu'il faille se faire une raison

Nous n'avons pas d'emprise

sur le déroulement des saisons

Ainsi va la vie, mère de toute guérison,

La patience est de mise, mais accouchera

de nouvelles floraisons.

Plusieurs mois étaient passés depuis l'enterrement. Les premiers jours avaient été rudes pour Miriam qui avait beaucoup pleuré et cherché la solitude. Puis, jour après jour, ses yeux avaient fini par s'assécher, sûrement que ses réserves de larmes étaient épuisées. En son cœur, le chagrin était pourtant encore bien présent, même plus. Il était devenu familier au quotidien de la jeune femme. Une fatalité ordinaire dont elle s'était accoutumée au point de l'accepter.

Après un arrêt maladie de cinq jours, Miriam avait repris le travail, non sans peine. Son supérieur n'avait pas apprécié « ce genre de vacances » selon ses dires.

Résultat : des dossiers compliqués s'empilaient sur le bureau de la jeune femme en guise de compensation pour son absence envers le reste de l'équipe.

Richard, le responsable, prenait un malin plaisir à punir Miriam de la sorte. Elle qui, à court d'énergie et n'ayant pas la force de lui répondre, se contentait d'accepter les fourberies de sa direction.

Cela faisait quasiment trois mois qu'elle en subissait le prix. Difficile de sortir du collimateur du sniper qu'était Richard, une fois qu'il avait trouvé sa proie. Et rares étaient ceux qui lui avaient survécu.

Pour passer ce cap difficile, le docteur Berenit lui avait ajusté son traitement d'anxiolytiques à la hausse en lui précisant qu'un bilan serait prévu chaque mois pour évaluer son état mental. Le médecin avait bien fait comprendre à la jeune femme que s'il n'y avait pas d'amélioration, il faudrait passer par la case antidépresseurs et thérapie. Ne pouvant s'y résoudre, Miriam avait choisi de lui mentir lors de ses désormais visites mensuelles en assurant qu'elle se sentait de mieux en mieux. À défaut de la guérir, le nouveau dosage d'anxiolytiques lui permettait de continuer d'encaisser ses journées de travail punitives sans s'effondrer. Et c'était bien là l'essentiel.

De toute façon, que faire d'autre ? Démissionner ? Ses finances ne le lui permettaient pas. Trouver un job aussi bien payé ? Impossible. Et un licenciement pour qu'elle touche le chômage était inconcevable dans son entreprise. « Soit tu restes, soit tu repars les poches aussi vides que lors de ton arrivée », voilà le mantra de Richard.

Ce travail, si anxiogène fût-il, restait pour Miriam la seule manière de garder la tête hors de l'eau, le seul moyen de dormir sous un toit et non sous un pont. Ses relations familiales ne s'étant pas arrangées, elle ne pourrait compter sur ses parents pour l'héberger, si de mauvaise aventure elle n'arrivait pas à payer ses factures.

Souvent, en croisant des jeunes de son âge dormant dans la rue, elle imaginait à quoi avait pu ressembler leur naufrage. Brouillés avec leurs familles, nombreux étaient ceux qui avaient dû faire leurs cartons à la recherche d'un nouveau logement, la précarité entraînant la précarité, beaucoup avaient dû voir leurs vies basculer dans une descente sociale effrénée, jusqu'au jour où, fatigués de trimbaler leurs cartons de déception en déception, ils finissaient par les déballer pour dormir dessus. Voilà ce qui lui pendait au nez ! Et rien que d'y penser, Miriam en avait la boule au ventre.

Un espoir familial subsistait encore avec sa maman, qui essayait de garder le contact secrètement, en appelant sa fille une fois par semaine. Le père, empêtré dans sa fierté, s'était juré de faire une croix sur sa relation avec Miriam. N'ayant pas digéré l'épisode du repas de famille, il avait même interdit à sa femme de parler à leur fille, d'être simplement une mère. Ne pouvant s'y résoudre, la maman avait choisi de contourner le problème en appelant sa seule enfant, lorsque son mari était au travail.

Du côté de Miriam, même si le temps commençait à faire son effet, elle sentait toujours le poids du regard de son père sur ses épaules et lui en voulait.

Toute sa vie, on lui avait fait comprendre que la femme ne serait toujours que l'ombre de l'homme. Depuis son plus jeune âge, elle avait dû se battre pour simplement exister, s'arracher pour obtenir ce qui était offert, promis au sexe opposé : des études, l'indépendance, la fierté dans les yeux de son père.

Force est de constater que malgré son acharnement, elle avait échoué. À tout faire pour être à l'opposé de ce qu'on attendait d'elle, elle avait fini par s'éloigner d'elle-même pour n'exister que dans ses différences.

Aujourd'hui, dépourvue de présence paternelle, elle se sentait perdue.

Sans personne pour la juger à présent, qui donnait de la valeur à ses actes ?

Privée de père, de famille, de compagnon, de joie tout simplement, comment appeler cela autrement qu'un échec ?

Peut-être une triste victoire à la Pyrrhus, elle qui, à vouloir être libre, avait fini si seule. Cette quête de liberté bornée avait même eu raison de son ipséité car, à l'agonie, accrochée à son orgueil, Miriam avait déjà laissé couler une partie d'elle-même.

Des cachets, des clopes arrosées de vodka comme fondations, son apparente indépendance n'était en réalité qu'une prison cérébrale. Quelle descente aux enfers !

Il s'en était passé des choses depuis trois mois.

À commencer par sa rupture avec Florian. Était-ce le point de départ de cette chute ?

Sûrement, car aussi sûr qu'il l'avait détruite en la quittant, son amour aurait pu aussi la sauver, être sa boussole vers le bonheur, l'étoile éclairant ses nuits.

Mais non, Miriam avait choisi de lui faire payer les pots cassés par son père, sa famille, les hommes en général, jusqu'à ce que la note soit trop salée pour lui et qu'il décide de demander l'addition, laissant la jeune femme maintenant seule à la table de ses regrets. Avec le recul de ces dernières semaines, Miriam s'en rendait à présent compte, délestant un reste d'amour remontant à la surface.

Plusieurs fois, sous l'emprise de l'alcool, elle avait tenté de le recontacter, voir ce qui pouvait être recollé. Visiblement rien, ses messages vocaux et SMS n'avaient pas trouvé réponse.

Des bouteilles envoyées à la mer qui revenaient vides le lendemain, accompagnées de honte et de nausées. Triste, la jeune femme guettait matin, midi, soir, les réseaux sociaux à la recherche d'un signe de vie de son ex, mais rien. L'absence de nouvelles ou d'un adieu catégorique berçait ses illusions.

Oui, il s'en était passé des choses depuis quelques mois.

Allongée dans son lit, les yeux ouverts depuis déjà plusieurs heures, Miriam ne pouvait s'empêcher de ressasser ce qui avait été et qui n'était plus, à commencer par sa grand-mère. Chacune de ses pensées la menait inévitablement à la rumination, la confrontant à sa descente aux enfers.

Elle essayait, tant bien que mal, jour après jour, d'avancer un pied après l'autre, telle une funambule au-dessus des abîmes de sa propre mort. À plusieurs reprises, l'idée de succomber à la chute et tomber sans effort dans les bras d'un éternel Morphée lui avait traversé l'esprit. Mais à chaque fois le manque de courage, ou bien un espoir inavoué en la vie, lui évitait le grand saut, la retenant suspendue au fil de son âme, continuant d'avancer pas à pas.

« Comment se sortir de cette merde ? » Voilà sa grande énigme.

Son réveil sonna, mettant sur pause ses idées noires. Il était six heures quinze.

Miriam se leva machinalement, appuyant au passage sur le bouton « STOP » de son réveil. À peine debout, son premier geste fut de rallumer un mégot quasiment intact, qui avait dormi dans une des nombreuses tasses transformées en cendrier, présente dans l'appartement. Elle tira quelques taffes tout en allumant la télé, puis alla s'asseoir sur le rebord de la fenêtre pour continuer sa clope.

Septembre avait pointé le bout de son nez depuis quelques jours. La rentrée était passée quasiment inaperçue pour Miriam qui n'avait pas pris de congés cet été. Beaucoup plus de monde dans le métro, moins de places à la cafeteria, voilà son fade constat.

Derrière la vitre, une pluie battante frappait le bitume du centre-ville, nous étions mi-décembre et, malgré les averses, les températures étaient plutôt clémentes pour cette période de l'année.

Assise sur le rebord de l'autre côté, la jeune femme regarda à l'extérieur. Quelques parapluies étaient déjà dehors et se précipitaient en direction des bouches de métro, pour se mettre à l'abri. Vue d'en haut, la scène ressemblait au sprint de spermatozoïdes à la recherche d'ovules à féconder. À défaut d'en rire, cela rappela à Miriam depuis combien de temps elle n'avait pas fait l'amour. Et cette pensée lui fit mal. Les mois passés lui avaient laissé quelques kilos supplémentaires, et sa fatigue de beaux cernes sous les yeux. Le miroir présent dans sa salle de bains en était devenu un ennemi et chacune de leurs confrontations se soldait par une déroute pour la jeune femme. Qui voudrait d'elle maintenant, si répugnante elle était ? Sa sexualité avait foutu le camp depuis longtemps et c'était normal au vu de sa sale tête, pensa-t-elle.

La clope terminée fut jetée par la fenêtre. Se détournant de l'ouverture, quelques étirements s'imposèrent pour Miriam afin de dégripper sa clavicule de ses douleurs matinales devenues habituelles. L'inflammation ciblée d'il y a quelques mois s'étendait maintenant de l'épaule jusqu'à l'index de manière très cuisante. Une radiographie était prévue dans quinze jours et selon les résultats, peut-être une infiltration pour anesthésier le mal.

En attendant, son médecin lui avait prescrit du Kétoprofène 100 mg pour la douleur. Cet anti-inflammatoire venait s'ajouter à ses anxiolytiques quotidiens et le pétard qu'elle fumait maintenant chaque soir pour trouver le sommeil. Un somnifère lui avait bien été donné pour ses insomnies, mais Miriam avait frôlé le coma en le prenant accompagné de sa dose journalière de vodka. Au moins, le haschich était naturel et se mélangeait bien avec l'alcool. Sa vie était maintenant rythmée par la prise de toutes ces substances.

Xanax pour accepter sa journée, Kétoprofène pour que le corps suive, du Berocca pour booster le tout, et un joint le soir pour que la machine comprenne qu'il est temps de dormir.

Voilà son cocktail quotidien, la camisole chimique qui lui garantissait une journée réussie. La table basse dans son salon était devenue, à cette occasion, une véritable officine ou place de deal, au choix.

Le docteur Berenit lui avait aussi conseillé d'aller voir un psychiatre, mais cette prescription ne convenait pas à Miriam. Elle n'avait aucunement envie de déballer sa vie à un inconnu et croyait encore moins à un pansement magique pour ses plaies mentales.

C'est donc pourquoi, chaque jour depuis un mois, elle gobait son traitement, suivi d'un Mars et d'un café pour éviter toute aigreur due aux cachets.

Comme à son habitude, ce matin, elle avala donc cet appétissant petit déjeuner et alla s'habiller. Miriam enfila un sweat noir à capuche resté en boule au milieu du salon puis traversa la pièce en direction de son armoire pour attraper à l'aveuglette un jean basique. Le tout enfilé, elle chaussa sa fidèle paire de Converse et prit la direction de la salle de bains pour une préparation plus que rapide.

Arrivée dans sa minuscule salle d'eau, elle se trouva vite confrontée à son reflet dans la glace. Dans cet espace exigu, pas de place pour se dérober face à son image. C'était le même problème chaque matin. Une fois de plus, elle inspira un grand coup et accéléra le mouvement pour fuir au plus vite.

Brossage de dents express, histoire d'enlever la sensation de bouche pâteuse du réveil, un chignon serré, valeur sûre pour cacher ses cheveux gras et pour compléter sa toilette, un maquillage se rapprochant plus de la thanatopraxie que de la mise en beauté. Elle voulait au moins cacher ses cernes pour prouver aux autres et à elle-même qu'elle était encore en vie, du moins physiquement.

Elle regarda l'horloge, il était sept heures vingt-cinq, l'heure de partir. Dernière vérification avant son départ : cartes de métro et de cantine en poche, portable chargé et cachets nécessaires au bon déroulement de la journée dans le sac.

« Tout est OK », se résuma la jeune femme à haute voix.

Cet inventaire était devenu son rituel du matin, Miriam y trouvait un certain réconfort sécurisant lui permettant de parer à l'imprévu. Sac sur l'épaule, lumière éteinte, elle claqua la porte et entreprit la descente des quatre étages la séparant de la rue détrempée.

Arrivée à la porte, au contact du déluge, Miriam se rendit compte qu'elle avait oublié son parapluie. Refaire l'ascension jusque chez elle la découragea d'avance, elle abdiqua. « Pas grave pour la pluie », pensa-t-elle tout en rabattant sa capuche, il n'y avait que cinq cents mètres la séparant de la station République.

La jeune femme commença à marcher sous la pluie battante qui eut vite raison de l'imperméabilité de sa capuche, laissant ses cheveux détrempés sans que cela la dérange. Les cachets avalés un peu plus tôt filtraient son ressenti. Les gouttes venaient s'écraser au ralenti sur ses pommettes comme dans un film, une sorte de jeu vidéo à la troisième personne coupant Miriam de ses sensations. Au lieu de subir le mauvais temps et l'odeur des pots d'échappement, c'était comme si elle les devinait simplement, les observait à travers son écran, installée bien au chaud. Elle suivait le mouvement, chacun de ses pas en entraînait un autre et ainsi de suite. Elle arriva ainsi sur la place des Terreaux, longea les cafés sur sa gauche aux terrasses vides et traversa la place en diagonale en direction du musée des Beaux-arts et du métro. À son passage, les chevaux de plomb de la fontaine Bartholdi la dévisagèrent. L'empreinte que la pluie tombante laissait en atterrissant dans le bassin donnait l'impression que leurs sabots foulaient le sol à toute vitesse. Continuant d'avancer, Miriam regarda en direction de l'hôtel de ville, à présent sur sa gauche. Des ouvriers étaient en train de monter une scène. L'estrade naissante semblait immense. Que pouvait-il bien se préparer ? Un discours des élus ? Un concert ? Essayant de deviner, cherchant un détail qui la mettrait sur la piste, Miriam garda son regard fixé sur la scène, peut-être qu'elle apercevrait une banderole lui apportant sa réponse même si, continuant de s'éloigner, tout devenait de moins en moins visible.

Criiiiiiiiiiiiiiiiii !

À l'entente de ce crissement de pneus, Miriam sursauta instinctivement puis se rendit compte qu'une roue de moto s'était arrêtée à quelques centimètres de ses baskets.

Le conducteur releva sa visière pour crier :

« Mais vous êtes complètement conne ! Regardez devant vous, j'ai failli vous écraser ! Putain, c'est pas possible ça ! »

Choquée, la jeune femme leva la main en guise d'excuses. Une forte odeur de caoutchouc se dégageait de la roue, ce n'était pas passé loin, pensa-t-elle. Avant qu'elle ne puisse rassembler ses mots pour formuler des excuses de manière cohérente, le motard, encore agacé et sûrement lui aussi sous le coup de ses émotions, abaissa sa visière et redémarra en trombe, prononçant au passage une pluie de jurons à Miriam, heureusement rendus inaudibles grâce à la mousse de son casque.

Ouh là, quel réveil brutal pour la jeune femme, l'accident avait été évité de peu. Elle recula de la route, le souffle encore coupé, et marcha quelques mètres pour emprunter le passage piéton avec prudence. Cette frayeur, cette fois-ci bien ressentie, l'avait fait retomber de son nuage de pilules, et la ramenait à présent peu à peu à elle-même. Il était vrai que ses matinées étaient de plus en plus floues depuis quelques semaines, mais c'était bien la première fois que sa béquille médicamenteuse la faisait trébucher de la sorte.

« Faut te ressaisir ma grande, fume une clope, souffle un peu », se dicta Miriam tout en se mettant une petite claque pour s'encourager. Il lui fallait être plus vigilante et peut-être en parler à son médecin afin d'adapter son traitement. Elle alluma une clope pour éteindre sa peur et prit cinq minutes pour retrouver ses esprits.

Vingt minutes et trois lignes de métro plus tard l'avaient emmenée à la station Debourg, non loin de son travail. Il ne lui restait plus qu'à parcourir les derniers mètres à pied, en se dépêchant de fumer ses habituelles deux cigarettes à la suite, pour arriver rue de l'Effort, cela ne s'invente pas, devant les bureaux de son entreprise. La porte passée, arrivée au portique, elle bipa son badge. Compte à rebours enclenché : H-7 avant la délivrance. Elle se fit couler une tasse de café à la machine pour l'accompagner durant l'ouverture du logiciel, pièce maîtresse de son activité. La quasi-totalité du travail était gérée par cette machine qui lui donnait ses objectifs, ses retards, ses tâches… La main-d'œuvre dans son service n'était ici présente que pour concrétiser le travail des ordinateurs, en insufflant une trouille suffisante chez les clients mauvais payeurs pour obtenir le recouvrement de leurs créances.

Chaque matin, en patientant pendant l'ouverture de sa session, Miriam ne pouvait s'empêcher de se demander comment faire pour ne plus y être. Qu'était devenue la jeune femme pleine de rêves qu'elle était un an plus tôt ? Ses désirs de découvrir les temples de Grèce, les pyramides d'Égypte, la cité de Teotihuacán, où étaient-ils passés ?

À l'époque, après l'obtention de son BTS, elle voulait mettre de l'argent de côté pour partir avec Florian faire le tour du monde dès que possible. Lui avait encore une année de cours avant de pouvoir voyager. Miriam avait donc choisi ce poste aux recouvrements des créances, un CDI bien payé, avec tickets-restaurants et mutuelle.

Après quelques mois, ayant besoin de s'émanciper du cocon familial déjà fragilisé, Miriam avait choisi de prendre un appartement pour pouvoir dormir avec Florian. Ce ne devait être que passager, le temps de décoller vers l'aventure, simplement une parenthèse. Malheureusement, rien n'avait fonctionné comme prévu. Elle n'était plus avec Florian. Dorénavant seule, l'appartement était un gouffre financier, elle n'avait pas un sou de côté et était maintenant coincée dans ce job pour payer son loyer.

Miriam regarda la photo du Machu Picchu qu'elle avait épinglée à son box tel un objectif lors de son premier jour dans les locaux. Ses rêves étaient loin derrière elle maintenant.

Une année était passée, recouvrant tout derrière elle. Ce poste ne devait être que temporaire, son appartement une halte, un nid d'amour d'où elle aurait dû prendre son envol avec Florian. Aujourd'hui, c'était tout l'opposé qui s'était réalisé. Son travail était devenu vital à sa survie, et son logement une tombe dans laquelle elle prenait de plus en plus racine jour après jour.

Perdue dans ces marécages mentaux qui l'aspiraient, Miriam commença à dessiner machinalement des étoiles pour s'occuper l'esprit. Un dessin bien symbolique au vu de son histoire car qu'est-ce qu'une étoile si ce n'est un astre mort ? Un soleil éteint dans une lointaine galaxie, mais qui brille encore de là où on le regarde.

Voilà exactement ce qu'étaient devenus les rêves de Miriam, des lumières d'un autre monde, d'un autre temps brillant encore dans ses souvenirs, mais morts dans la réalité.

Une sonnerie retentit, ce qui sortit la jeune femme de ses songes. Il était neuf heures trente, l'heure du briefing hebdomadaire. Direction la salle de réunion pour tous. Dans cette pièce sans fenêtres, une longue table rectangulaire attendait les douze employés du service créance. Chaque jour à cette heure, le responsable du service prenait quelques minutes pour « booster ses troupes » selon son expression. En vérité, cela tenait plus du lynchage public que de la séance d'encouragements. Nous étions là bien loin du manager chevronné transcendant les forces de son équipe par un discours élogieux à la Steeve Jobs. Richard, le chef, en bon dictateur, était plus partisan de la peur comme moteur. Ainsi, à chaque réunion, il comparait les performances de chacun pour créer une compétition sans limites, dézinguait sans aucune compassion tout salarié en baisse de vitesse. Il avait instauré une véritable loi de la jungle où, en lion dominateur, il se chargeait de bouffer les plus faibles et d'utiliser l'énergie des plus forts pour augmenter ses primes, payées au rendement de la plateforme dont il avait la charge. C'était le moment de la journée le plus insupportable pour Miriam, qui s'acharnait à faire mieux que son mieux chaque jour pour éviter une possible sentence. Preuve que, bien que sauvage et inhumaine, la méthode de Richard portait ses fruits. Certes, il y avait beaucoup de casse, de nombreux abandons de poste, des burn-out, mais aucun licenciement ou rupture à l'amiable, et un chiffre d'affaires à la hausse, si bien que la direction, heureuse de l'argent gagné, fermait les yeux sur le système utilisé par son cadre.

Ce matin, Richard arriva à la réunion avec la tête des mauvais jours. Il avait le teint excessivement rouge. Ses cheveux assez courts et bouclés, habituellement impeccables, étaient légèrement décoiffés comme s'il avait pris sa tête entre ses mains. Ses petits yeux bleus perçants étaient injectés de sang. Tout cela ne présageait rien de bon, pensa Miriam. Prenant place en bout de table en bon patriarche, il jeta sa mallette au sol dans la plus grande indifférence. Il était devenu maître en arrivées théâtrales glaçant l'ambiance sans avoir à prononcer le moindre mot.

Avec cette entrée, il n'y avait plus de doutes possibles, le ton était donné. Une bataille navale allait débuter et mieux valait ne pas être touché sous peine de couler.

« Bon. Tout le monde assis, prêts à commencer. C'est parti et je vous préviens, je vais être rapide et tranchant car il y a du pain sur la planche aujourd'hui », commença Richard, à peine installé, d'une voix sèche et forte.

En moins de quelques secondes, l'ensemble de l'assemblée s'était exécuté dans un silence religieux. Sûrement priaient-ils pour leur salut. Le chef reprit son discours :

« Bien, je viens d'avoir le directeur régional. Nous avons échangé un long moment et malheureusement ce n'était pas pour parler de la pluie et du beau temps. Je me suis fait taper correctement sur les doigts. »

Richard marqua une longue pause, tout en dévisageant chacun des douze visages l'entourant.

Il reprit :

« Tout le monde sait dans cette pièce que je n'aime pas me faire tirer les oreilles pour des erreurs qui ne m'appartiennent pas. Comment c'est l'expression déjà ? Un donné pour un rendu ? Oui, c'est ça ! Voilà, eh bien, mes chers collaborateurs, ce que j'ai reçu de mon supérieur, je vais vous le rendre et au quintuple ! »

Il s'arrêta de nouveau quelques secondes pour vérifier l'effet de sa tirade. La plupart des regards étaient maintenant fixés docilement au sol.

« Quinze points de retard sur nos objectifs de décembre. C'est bien à votre incompétence que nous devons ce score ? C'est bien vous qui êtes payés gracieusement pour rester assis toute la journée à passer des coups de téléphone ? »

Regardant à nouveau tour à tour les employés présents, il haussa un peu plus le ton :

« Il y en a qui se sentent concernés ? Levez la tête quand je vous parle ! Un peu de dignité, s'il vous plaît ! J'ai l'impression d'engueuler mon chien qui a chié sur le canapé, là ! »

À chaque fin de phrase, le silence était tel qu'on entendait la pluie s'abattre sur les vitres situées à l'autre bout de l'étage. Jouant de ce malaise ambiant, le responsable patienta un peu avant de reprendre :

« Faites-moi confiance, les coupables vont morfler, promis, mais avant je vais demander à Philipe, Carole, Nicolas et Yves de venir me rejoindre de ce côté de la table. »

Les quatre collègues appelés se regardèrent à tour de rôle, apeurés du sort leur étant réservé. Richard leur fit signe de la main de le rejoindre avant de les rassurer d'une voix tout à coup mielleuse :

« N'ayez crainte, vous verrez qu'il est plus agréable d'être avec moi qu'avec eux. Ce n'est pas à vous de casquer pour les erreurs des autres. »

Les quatre employés désignés s'exécutèrent rapidement. Arrivés derrière leur chef, ils laissèrent apparaître un certain soulagement sur leurs visages. Mieux valait assister à la lapidation que de la subir. Richard se leva alors pour prendre un peu de hauteur tel un rapace face aux proies qu'il venait de choisir comme cibles. Il leur demanda d'un ton autoritaire :

« Alors c'est sympa d'être payé à rien faire ? On pensait continuer comme ça encore longtemps ? »

Miriam qui s'était faite la plus discrète jusqu'à présent ne put se retenir d'éprouver un léger frisson. Sa rage l'impressionnait. Cet homme avait ce quelque chose dans la voix le rendant charismatique malgré sa méchanceté. Cela faisait résonner chacune de ses insultes en vérité.

« Eh bien, j'attends ?! Personne n'assume ? Cela m'aurait étonné ! » continua Richard, qui à présent longeait la table en fixant tour à tour les huit téléprospecteurs assis au banc des accusés.

Son regard cherchait la confrontation, une brèche dans laquelle s'engouffrer. Tel un requin blanc, le manager attendait la moindre goutte de sang versé pour attaquer. Il était maintenant derrière Miriam. Elle sentit son parfum bon marché qui embaumait peu à peu les lieux, marquant de plus en plus son territoire. Son odeur lui prenait peu à peu les narines. Quelle puanteur ! La jeune femme tressaillit lorsqu'elle entendit sa voix forte et portante reprendre dans son dos :

« Personne pour me prétexter une grand-mère malade, morte ou empaillée pour expliquer son mauvais rendement ? Bien ! Parce qu'à la première excuse bidon, c'est la porte assurée ! On est d'accord ?

Miriam serra les poings sous la table pour garder son calme, elle savait que cette pique lui était adressée et qu'à sa première réaction, il en était fini de son poste. Elle sentit sa présence, toujours derrière elle, sûrement devait-il l'observer. Elle inspira par la bouche pour limiter son écœurement face à l'eau de toilette fétide de son boss et garda son regard concentré sur son bloc-notes, attendant qu'il relâche son étreinte. Après un certain temps, la jeune femme sentit un courant d'air et entendit son patron marcher à nouveau. C'est bon, l'orage était passé, la voilà soulagée.

Voyant Richard arriver, Julien, un collègue de Miriam à quelques chaises à sa droite, porta sa tasse de café à ses lèvres, croyant ainsi se cacher et être à l'abri derrière son mug. Mauvaise idée, cela avait attiré l'attention de son directeur, sa cible était maintenant verrouillée. Il l'apostropha :

« Tiens, Julien ! Super ! Tu as raison ! Bois du café ! Sniffe-le même si ça peut te rendre un peu moins lent et inefficace. »

Richard récupéra son bloc-notes sur la table avant de poursuivre :

« 23 % de réussite sur tes dossiers du mois, si on peut appeler cela de la réussite. C'est avec ça que tu comptes valider ta période d'essai ? »

Julien posa son verre, la main tremblante. Ses joues étaient devenues rouge écarlate. Il gratta sa pommette d'un geste frénétique à plusieurs reprises. Son malaise était visible à son attitude.

Richard reprit de plus belle avec la même ironie :

« Bravo, vraiment Julien, bravo ! Tu vas finir par nous coûter plus cher que ces cas sociaux à qui vous réclamez notre argent ! »

Le ton avait gagné en agressivité. Il tourna une page de son rapport et continua sur sa lancée :

« Philipe, qui fait partie des bons élèves de la semaine, nous fait une semaine avec 60 % de résultats positifs, avec une angine, en plus ! Toi qui es dans la force de l'âge, qui sors de deux ans de sieste payée par Pôle Emploi, tu n'es pas foutu d'arriver à ton objectif de 35 % prévu dans ton contrat. Tu peux m'expliquer ? »

Le chef fixa Julien droit dans les yeux. La bouche de ce dernier tenta de formuler une réponse, mais avant que le moindre son ne puisse sortir, Richard le coupa :

« Non, non, t'embête pas, garde ta salive, tu vas en avoir besoin. Je peux te l'assurer ! Je suis d'humeur joueuse aujourd'hui ! Tu vas aller chercher ton listing et d'ici cinq minutes, tu appelles un client de la liste devant nous. Le deal est simple, tu récupères la créance, je te signe ton CDI, si c'est un échec, tu fais tes cartons et tu es parti avant midi. C'est honnête, non ? Peu importe ! Allez, on t'attend ! »

Richard se détourna de Julien après cet ultimatum. Miriam observa son jeune collègue, les larmes aux yeux, se lever pour aller se préparer à rentrer dans l'arène. La jeune femme croisa les doigts sous la table pour lui. Encore plus qu'elle, il avait besoin de ce job, pour faire vivre sa famille. La direction avait fait en sorte de n'embaucher que des personnes dans le besoin, toutes avec un certain niveau d'études, mais que la vie avait tant malmenés qu'ils avaient dû faire le choix d'oublier leur intégrité pour survivre : des mères célibataires, des trentenaires divorcés avec de lourds emprunts immobiliers, des seniors en fin de carrière. Tout cela dans le but d'avoir une emprise suffisante pour tenir tout ce petit monde en laisse, une fois dépendant de leurs bons salaires.

En attendant ce test ultime, le responsable continua sa ronde punitive, balançant les chiffres médiocres aux visages de ses convives, expliquant pour une énième fois que peu importe la situation et l'état de santé de leurs clients, pas de sentiments, au contraire, il fallait se faire payer avant qu'ils « coulent ». Il avait pris à nouveau position derrière Miriam et y campait depuis maintenant un bon moment. Les minutes avançaient, Richard continuait son numéro, Julien n'allait pas tarder à revenir et la salle de réunion devait être libérée pour dix heures. Avec un peu de chance, la jeune femme allait passer à travers les gouttes. Il ne fallait pas faire de faux pas, ne pas attirer l'attention sur elle. Consciente de cette occasion de s'en sortir sans encombre, Miriam commença à se concentrer pour ne pas fauter en attendant la délivrance.

Et évidemment dès cet instant, tout changea. Il avait suffi qu'elle attire son attention sur son comportement pour que son calme jusqu'alors maîtrisé en devienne troublé. Sa gorge commençait à la gratter. Ses vêtements encore humides de la pluie du matin ainsi que les multiples cigarettes fumées ne devaient pas être étrangers à l'apparition de ses maux. Une légère fébrilité commençait à gagner son système ORL. Pendant tout le début de la présentation, aucun symptôme n'avait été ressenti, et là dès que son esprit s'était concentré à ne faire aucune vague, voilà qu'elle aurait aimé se racler la gorge, tousser, se moucher et même faire les trois en même temps. C'était comme si son corps cherchait la confrontation avec son responsable. L'eau de Cologne de Richard n'arrangeait pas les choses, elle commençait à lui chatouiller les narines. Miriam serra les dents. Un premier éternuement fut évité de justesse. Elle regarda par-dessus son épaule. Visiblement, le boss n'avait rien vu, elle reprit son souffle.

« ATCHOUUUUMMM ! »

Cette fois-ci, elle n'avait rien pu faire.

« Merde », se chuchota-t-elle du bout des lèvres, tout en fermant les yeux de désespoir.

Sans grande surprise, la voix de Richard s'éleva alors derrière elle :

« Tiens, Miriam. Merci de me rappeler ta présence. »

Le manager se déplaça de l'autre côté de la table pour faire face à Miriam avant de reprendre :

« C'est vrai qu'on a facilement tendance à oublier que tu es là. Il y a même des jours où j'en oublie ton prénom. J'ai dû réviser avant de venir à la réunion. Et tu sais pourquoi ? »

La jeune femme fit non de la tête devant l'air dominateur de son supérieur qui reprit :

« Parce que tu es dans une normalité affligeante. »

Miriam se mordit les lèvres pour ne pas répondre. Il y a un an, si un homme lui avait parlé de la sorte, il se serait pris un coup de tête. Là, la précarité de sa situation l'obligeait à tourner sept fois sa langue dans sa bouche. 1 800 euros nets les bons mois, elle ne trouverait jamais mieux ailleurs. Et puis il ne lui manquait plus que quatre trimestres d'ancienneté pour prétendre à un transfert au service mutuelle, réputé beaucoup plus cool, et avec un nouveau chef en prime. Prenant en considération cette échéance, la jeune femme transcenda son serrage de dents en un sourire forcé et répondit docilement :

« Monsieur, je fais de mon mieux pour remplir mes objectifs.

— Et c'est bien ce qui te sauve pour l'instant, rétorqua Richard en reprenant sa marche. Tu te débrouilles pour être toujours juste au-dessus de la note éliminatoire. Tu ne fais jamais d'éclats. Tu ne nous fais jamais de belles plus-values. Tu ne fais même jamais de blagues. Tu te contentes de remplir tes objectifs, de dire bonjour, au revoir, on dirait un robot ! 37 %, tout juste la moyenne, et cela invariablement depuis un an. Quelle monotonie ! Cela manque un peu de peps, non ? Mais bon, cela t'évite une évaluation publique comme ton camarade Julien. »

Malgré les insultes et humiliations subies, Miriam relâcha ses épaules, contente d'échapper au même sort que son collègue.

Richard s'arrêta à nouveau derrière elle et la regarda avec malice avant de parler à nouveau :

« Par contre ce à quoi tu n'échapperas pas, c'est un aller-retour immédiat chez toi. Rendez-vous ici pour onze heures pile. »

Miriam se retourna et demanda à la fois étonnée et apeurée :

« Mais pourquoi, Monsieur ? Qu'est-ce que j'ai fait de mal ? »

Il lui fit signe de la main de se lever. La jeune femme s'exécuta sans réfléchir, incrédule face à la tournure des choses. Il la dévisagea alors de la tête aux pieds et répondit :

« Tu as oublié le règlement intérieur de l'entreprise ou quoi ? Tu as vu ta dégaine ? Un pull à capuche, les cheveux trempés, des baskets et puis quoi encore, demain ce sera une casquette ? On n'est pas en train de tourner un clip de rap, là, donc tu remballes ta panoplie et tu respectes le code déontologique des lieux, à savoir robe ou tailleur, chaussure de ville et à défaut d'une belle coupe au moins des cheveux secs, s'il te plaît, c'est pas les Restos du Cœur ici ! »

Miriam se regarda et toucha ses cheveux qui effectivement étaient encore mouillés. À nouveau, la cruauté de Richard sonnait en elle en vérité, elle se sentit honteuse de son accoutrement. Le quinquagénaire, pas rassasié de sa méchanceté, continua :

« Il ne faut pas oublier que vous avez brûlé vos soutiens-gorges pour pouvoir travailler, donc tu gardes tes pyjamas à la maison et tu fais un effort, prends exemple sur Carole. »

Il fit une pause et attrapa Carole, visiblement assez gênée, par la taille pour la montrer à Miriam.

« Regarde, un tailleur élégant, un peu de rouge à lèvres, un parfum autre que celui du tabac froid que tu nous offres, tu vois, il n'y a rien de compliqué. Ce n'est pas parce que ton travail se fait au téléphone que tes collègues autour de toi ne voient pas ta négligence. Et je suis sûr qu'avec un peu de maquillage et un beau décolleté, tu pourrais devenir déjà un peu moins invisible, ajouta-t-il avec un clin d'œil, confiant du bon goût de ses réflexions. Pour faire simple, si tu n'es pas là avant onze heures avec une tenue décente, je peux t'assurer que je ferais tout ce qui est en mon pouvoir pour que tu me donnes rapidement ta lettre de démission. Me suis-je bien fait comprendre ? »

Miriam était vexée et folle de rage intérieurement et resta silencieuse quelques instants, luttant au plus profond d'elle pour contrôler son envie de lui mettre sa main dans la figure. Qu'est-ce qui l'empêchait de lui faire ravaler sa misogynie à grands coups de genoux dans les testicules ? Pourquoi s'imposait-elle pareille souffrance ?

Son image était l'une des dernières choses sur laquelle elle avait de l'emprise. Sa manière à elle d'exprimer sa tristesse, de crier sa douleur. Et voilà qu'un connard à peine plus haut qu'elle venait lui pisser dessus, l'humilier, en l'envoyant courir chez elle comme un toutou qui va chercher la balle qu'on lui envoie.

Une vision mentale de son appartement lui vint en réponse. Et son chez-elle dépendait de ce job. Elle repensa au décès de sa grand-mère, à sa séparation, à son père, à toutes ces parties perdues. Ce travail était la dernière chose où elle n'avait pour l'instant pas échoué. Le dernier filament retenant sa vie au-dessus du vide. La voilà la raison, la seule valable. Ainsi, Miriam hocha la tête pour confirmer à Richard que le message était bien passé.

Depuis le début du monologue de son chef, elle palpait sa plaquette d'anxiolytiques dans sa poche, seul remède pour inverser sa vapeur intérieure. Elle n'était pas censée en reprendre avant midi pour éviter tout surdosage, mais la tension en elle se faisait telle qu'elle ne pouvait faire autrement. Elle goberait ce cachet à la première occasion afin de trouver la force de se calmer et le courage d'obéir. Cet instant arriva rapidement avec le retour de Julien dans la salle. Cela eut pour effet d'attirer l'attention de Richard qui se détourna alors de Miriam. Elle se jeta sur le comprimé et l'avala avec une gorgée du café devant elle. Enfin la bouffée d'oxygène tant attendue qui allait la remettre sur pied. Juste le fait d'y penser la soulageait déjà.

À côté, le responsable continuait son one-man-show.

« *Ladies and gentlemen*, merci de prendre place, le match va commencer, lança Richard surexcité, tout en attrapant le poignet de Julien tel un boxeur rentrant sur le ring. Julien joue son avenir sur ce coup de téléphone, on l'applaudit. Après son combat, on échangera sur sa prestation pour juger ce qui allait et ce qui n'allait pas. Mais comme promis, en cas d'échec, dans tous les cas, ce sera la porte pour lui. »

Il se tourna vers le jeune salarié maintenant blanc comme un linge :

« À toi de jouer ! »

Puis le cadre regarda Miriam en tapotant son index sur sa montre et lui dit :

« Ma chère Miriam, au cas où tu ne parlerais pas notre langue, pour toi, le compte à rebours est déjà lancé. Il te reste une heure cinq pour relever le défi et m'impressionner. Pour pimenter le jeu et parce que je suis bon joueur, en cas de victoire, tu auras toi aussi une récompense. Je sais de source sûre que tu souhaites intégrer le service mutuelle dès que tu auras atteint le premier palier. Gagne ta course et je m'arrangerai pour que tu sois mutée pour début février, sans attendre l'année nécessaire. Ce sera du gagnant pour tout le monde d'avoir quelqu'un d'un peu plus vivant dans l'équipe à ta place. »

Richard se figea en attendant une réaction de Miriam. La jeune femme, à la lumière de ces mots, entrevoyait enfin le bout du tunnel tant attendu.

Mais devait-elle accepter d'être humiliée de la sorte pour se permettre d'ouvrir cette porte de sortie ? Pas le temps de se poser la question, elle avait tant espéré ce moment qu'elle laissa tomber son ego très rapidement dès lors qu'elle sauta de sa chaise, portée par son instinct animal, pour se diriger vers la sortie. Dans son dos résonna le rire surexcité de Richard, trop heureux de régner sur son petit monde comme César pendant ses jeux.

Elle passa à son bureau pour récupérer son sac à la volée, et dévala les cinq cents mètres qui la séparaient de la station de métro en moins de cinq minutes. Arrivée sur le quai, Miriam reprit son souffle, le regard plongé dans ses chaussures, en quête d'air. Cette vision lui permit de réaliser qu'au retour, il lui faudrait prendre ses bottines dans son sac et garder ses Converse aux pieds pour courir. Elle regarda le panneau d'affichage, le prochain métro arrivait dans deux minutes, il était dix heures une. La tâche s'annonçait compliquée, mais pas impossible à condition de sprinter et que les rames ne soient pas trop pleines pour rouler à pleine vitesse. La jeune femme s'énuméra son parcours dans sa tête : il y avait trois stations jusqu'à Saxe-Gambetta, deux jusqu'à Bellecour et encore deux jusqu'à Hôtel-de-Ville, soit bien trente-cinq minutes aller-retour et quinze minutes de course pour les trajets à pied. Il lui resterait donc dix minutes pour se changer et se préparer. « Tu peux y arriver », se persuada-t-elle.

Le métro arriva en station pendant que la jeune femme terminait de planifier sa course d'orientation. Elle s'installa rapidement à l'intérieur. À cette heure, les wagons n'étaient pas pleins, Miriam put même trouver une place assise, ce qui lui permit de faire baisser son adrénaline. Son stress retomba, peut-être bercé par le tunnel défilant et les petites secousses du métro, ou bien par le cachet avalé pendant la réunion qui commençait à faire son effet. Très vite, la jeune femme comprit que c'était bien l'action de son anxiolytique qui était responsable de cette sensation.

C'était la première fois que Miriam avalait deux comprimés dans la même matinée et plus les minutes passaient, plus elle se rappelait que le docteur Berenit lui avait formellement interdit de prendre un tel cocktail sous peine de risquer d'avoir un souci. Ayant succombé à la panique, elle avait laissé de côté les recommandations de son thérapeute et maintenant elle commençait à regretter son geste. C'était comme si chaque information transmise par son cerveau se perdait en route, mettant ainsi quelques secondes à être exécutée. Merde ! Ce n'était pas le moment de dérailler ! Arrivée à Saxe, elle parvint péniblement à se lever pour changer de ligne. En marchant, Miriam se rendit compte qu'en mouvement son cerveau arrivait encore à se faire entendre. Elle décida donc de rester debout durant le trajet de la ligne D. Portable à la main, elle essaya d'obliger ses méninges à travailler pour ne pas s'endormir. Bellecour arriva rapidement, plus que deux petites stations, elle y était presque ! Une fois chez elle, un café et une douche froide lui rendraient le tonus nécessaire pour relever son défi et se débarrasser une bonne fois pour toutes de Richard.

Miriam monta l'escalier la séparant de la voie A. Ses pertes de contrôle se faisaient de plus en plus marquées, si bien que la jeune femme se donna à plusieurs reprises de petites claques pour réveiller son système nerveux. Heureusement que ses pieds continuaient de suivre le mouvement. Pas d'attente à cette station, le métro arriva en même temps qu'elle. Miriam prit place dans le wagon direction Hôtel-de-Ville. Elle y était presque. Trois ridicules petites minutes de trajet, il fallait garder les yeux ouverts, ne pas s'endormir. Après cela, enfin à l'air libre, la pluie tombante lui donnerait le dernier regain de force nécessaire pour arriver jusqu'à son appartement.

Son cachet avait anesthésié tout ressenti. Les informations du monde extérieur arrivaient dans un écho lointain, comme lorsqu'elle avait failli se faire écraser par la moto plus tôt dans la matinée, mais cette fois à un degré supérieur. Elle sentait l'urgence de la situation sans la vivre pour autant, comme si ses émotions étaient régies par un petit être enfermé dans sa tête, avec qui elle n'arrivait plus à communiquer. Miriam observait ce lutin s'égosiller de plus en plus, taper pour briser la cage de Plexiglas le retenant prisonnier, sans arriver à le comprendre. C'était comme si le volume était sur zéro et qu'elle ne parvenait pas à déchiffrer sa petite voix intérieure. La fatigue se faisait de plus en plus pressante. Même le fait de respirer devenait à présent une tâche compliquée. À cet instant, Miriam aurait aimé demander de l'aide autour d'elle, mais sa fierté l'en empêcha. Il fallait qu'elle se débrouille seule et il fallait qu'elle réussisse seule.

Pourtant, les abysses du néant étaient là, en train de l'attirer. Il lui fallait vite trouver un moyen de ne pas couler, une bouée qui la remonterait à la surface, loin des profondeurs. Dans un geste de survie, la jeune femme commença à pianoter frénétiquement sur son portable pour s'obliger à réfléchir. Qu'est-ce qui pourrait lui apporter une décharge d'informations assez importante pour la réveiller ? Dans un dernier éclair de lucidité, le logo de Facebook traversa son esprit. Les doigts tremblants, Miriam cliqua sur l'icône de l'application sur son Smartphone. C'était exactement le genre de défibrillateur qui était susceptible de la remettre sur de bons rails. Laissant glisser son pouce, la jeune femme commença à se gaver des statuts qui défilaient sur son écran.

Le métro arrivait station Cordeliers, Miriam leva la tête pour regarder les quelques nouveaux passagers prenant place dans le wagon. Son objectif n'avait jamais été aussi proche. La sonnerie retentit pour avertir de la fermeture des portes. D'ici trente secondes, elle pourrait sortir. Cette pensée la rassura, tout cela allait bientôt prendre fin. Elle replongea sa tête dans son écran pour faire avancer le temps. Le fil d'actualité s'actualisa laissant apparaître une nouvelle image. Miriam eut un haut-le-cœur en apercevant ce nouveau post. Une bouffée de chaleur envahit sa cage thoracique. Là, sur son écran, une photo laissait apparaître deux sacs à dos plus que chargés posés sur un rocher, une jolie jeune femme blonde, en short et débardeur, posait face caméra, en serrant dans ses bras un beau barbu tout sourire. Miriam laissa échapper une larme spontanée en reconnaissant Florian. C'était lui le beau barbu qui enlaçait la jolie blonde et le post venait de son profil. Une légende accompagnait la photo : « Bien arrivés au Népal, point de départ pour notre road trip en Asie avec mon amour, bisous à tous ! »

Le décor commença à tourner autour de Miriam. Son monde était en train de s'effondrer. Pire, le choc de la nouvelle, mélangé à l'état comateux dans lequel elle se trouvait, la plongea dans une sorte d'asphyxie cérébrale. Coincée entre non-vécu et panique, la jeune femme se retrouva rapidement prisonnière de son cœur et de son corps. La sensation était invivable. L'image de son ex restait clouée dans son crâne. Elle regarda la vitre contre laquelle elle était et hésita à se fracasser la tête contre elle pour arrêter ce cauchemar. Il lui fallait sortir rapidement avant de faire une connerie ou de rentrer dans une crise d'hystérie incontrôlable.

Au même moment, le métro se mit à ralentir. Elle allait enfin pouvoir sortir. Vite, elle avait besoin d'air frais. Miriam commença à avancer vers la porte en titubant. Il lui fallait de l'air, de la lumière, quelque chose pour effacer cette photo de son esprit. C'était elle qui aurait dû être avec Florian au pied de Katmandou pour cette photo. C'était elle qu'il aurait dû aimer à cet instant. Pourquoi, au lieu de cela, sa seule aventure à elle était de s'enfoncer dans un malheur de plus en plus sombre ?

Miriam commença à suffoquer. Ses poumons étaient fatigués et refusaient maintenant de se remplir d'air. Le métro était sur le point de s'arrêter. Ne pouvant tenir plus longtemps à l'intérieur, elle se mit à taper contre la porte pour la faire s'ouvrir, sous le regard désabusé des autres passagers. Tout devenait de plus en plus flou pour la jeune femme, même ses paupières ne tenaient plus ouvertes. Enfin le sas s'ouvrit. Vite, plus que quelques mètres. Miriam sortit de la rame, les jambes flageolantes. Son cœur se mit à résonner dans ses tempes. Elle se rappela sa réflexion du matin : un pied devant l'autre pour continuer d'avancer. « Allez, j'y suis pre... »

Pannnnnn ! Étendue sur le sol, Miriam venait de tomber. Sa tête était posée paisiblement contre l'asphalte. Une auréole rougeâtre s'étendait petit à petit autour de son crâne. Malgré la violence du choc, la jeune femme était consciente, les yeux entrouverts. Impossible de bouger, impossible de lutter ni même de parler. Malgré l'atterrissage sur le quai, c'était comme si Miriam continuait de tomber dans un vide sans limites, dans une chute sans fin. « Pourquoi Seigneur ? » Voilà la seule question qui trouvait chemin dans son esprit.

Était-ce la fin ? Alors qu'elle était allongée, un soulagement gagna ses poumons. Elle comprit que oui. La fin du combat contre elle-même était là, plus besoin de se battre. La douleur n'était plus, les soucis aussi. Il ne restait qu'un battement en elle, un air de déjà-vu rassurant, grandissant au fil des secondes. C'était cela la mort ?

Une silhouette arriva en courant vers son corps. Bien que la vue de Miriam devienne de plus en plus trouble, elle crut reconnaître à hauteur de son visage des vêtements familiers. Des baskets fluorescentes trouées, un vieux treillis militaire, cela ressemblait à la tenue du SDF qui lui avait lancé NAMASTÉ quelques mois plutôt.

Plusieurs pieds l'entouraient maintenant. Sûrement qu'un cercle avait dû se former autour d'elle. Elle aperçut le sans-abri se baisser et prendre son pouls. Ses paupières étaient en train de se fermer, elle entendit la vibration de la voix de son sauveur essayer de lui parler. Dans un dernier effort, elle leva son regard et aperçut alors de grands yeux bleus transparents.

Ce bleu divin décupla le battement présent en elle, l'obligeant à lâcher son emprise sur la vie. Miriam sentit une dernière fois l'air emplir ses poumons, le poids de ses membres sur le sol et pour la première fois le poids de son âme dans son corps. Sa fatigue se fit plus intense, elle ne pouvait plus lutter. La lumière s'éteignit et la vie aussi pour Miriam qui ferma les yeux.

Il n'existait plus de notion de temps pour Miriam perdue dans ce néant. Tout était si obscur, si silencieux en elle, qu'elle n'arrivait pas à savoir si elle était encore en vie. Tel un rocher ne pouvant bouger, elle sentait le tumulte autour, mais cela ne faisait qu'amplifier la léthargie dans laquelle elle se trouvait.

Puisant au plus profond de son être, Miriam essaya d'ouvrir péniblement les yeux, mais fut vite éblouie par une forte lumière blanche venant du ciel. Cet œil céleste au-dessus d'elle, qui la dévisageait, était la seule chose qu'elle pouvait voir, le reste autour était flou. La puissance dégagée par cette source lumineuse était telle que la jeune femme ne put résister longtemps à son intensité.

« C'est donc ça la mort ? » pensa-t-elle en refermant les yeux, épuisée. La fatigue était si grande qu'elle replongea rapidement dans les méandres lunaires de son sommeil.

Aspirée par ce tunnel sans fin, ce puits sans fond, Miriam se laissa entraîner dans une barque remontant le fleuve de sa vie dans une chronologie inverse.

La première image rencontrée fut celle des grands yeux bleus qu'elle avait vus juste avant de sombrer, puis le courant la mena à l'enterrement de sa grand-mère, aux derniers adieux et bientôt ce fut Hatif qui traversa devant elle avec son habituelle bienveillance. Continuant de glisser vers les origines de sa vie, le visage de sa mère plus toute jeune lui apparut puis celui de Florian, leurs derniers baisers touchèrent ses lèvres. Bientôt dépassés, ils laissèrent place au souvenir de sa dernière journée dans la maison de ses grands-parents à Grenoble, seule dans la demeure vide de meubles.

La jeune femme continua de traverser chacun de ses souvenirs sans pouvoir s'y arrêter, entraînée par le courant de sa vie.

Sur sa gauche, à présent, gisaient les amies qu'elle avait laissées de côté au fil des années, à commencer par Sara, sa meilleure amie durant toute leur scolarité. Sur la même rive, elle aperçut non loin l'image de l'obtention de son diplôme. Visiblement, un lien de cause à effet existait entre ces deux évènements. Avant d'avoir eu le temps d'y réfléchir, Miriam se retrouva déjà à l'époque du lycée, visionnant un fou rire mémorable avec ces mêmes copines et puis à quelques mètres, la mémoire d'une après-midi à la vogue se dessina. Miriam se revit tenir par la taille ses deux cousines Sonia et Naëlle, se promettant en haut de la grande roue coincée de rester unies malgré les directions différentes qu'elles s'apprêtaient à prendre, en attendant que l'attraction redémarre. Une odeur de barbe à papa lui chatouilla les narines.

La barque poursuivit son chemin, au même rythme. À chaque évènement, Miriam revivait les joies, les peines de son existence, mais ce fleuve avait aussi le pouvoir de stopper tout effluve de sentiment, une fois le moment passé. Était-ce cela le lâcher-prise ?

Le courant l'emmena toujours un peu plus sur le chemin de son adolescence. Première clope, premier baiser et première déception. Arriva alors sur la berge, à sa gauche, le visage de son père la fixant, un joyeux sourire partiellement caché par sa moustache. Qu'il était beau avec quinze ans de moins ! Miriam se rappela ce moment avec netteté. C'était la dernière fois que son père lui avait souri, qu'il l'avait regardée sans attentes, simplement avec amour. Elle avait alors onze ans et cette soirée, cet instant, étaient les derniers moments précédant ses premières règles. La suite lui apparut. Elle avait appelé sa mère en pleurant, tétanisée dans les toilettes à la vue de cette découverte sanglante. Elle se rappela le sentiment de honte naissant lorsque sa mère lui expliqua que la menstruation était un sujet tabou et sale et qu'il ne fallait mieux pas en parler. Elle se remémora aussi qu'à partir de ce moment, le regard de son père sur elle avait changé, la sortant brutalement de l'enfance. Leur complicité s'était transformée en retenue et le silence était devenu leur langage. Voilà le souvenir de la nuit où elle était devenue femme.

Le bateau continua son trajet, très vite, ce souvenir-là, même douloureux, n'était plus que poussière. Ce fut à son grand-père de faire son apparition. La jeune femme se vit petite, à neuf ans, sur les genoux de son papi, riant à chaudes larmes car ce dernier se faisait disputer par la grand-mère après avoir écrasé la moitié des tulipes en se garant dans la cour. C'était aussi la dernière vision qu'elle gardait de son grand-père parti violemment durant la nuit sans qu'elle puisse lui dire au revoir.

La barque dépassa cette image. Miriam regarda son reflet dans le fleuve. C'était son visage à huit ans qui apparaissait. Elle resta quelques instants à regarder la petite fille qu'elle avait été, humectant le sentiment d'insouciance propre à cet âge-là. Au bout de quelques secondes, des pétales se mirent à recouvrir la surface du courant. Ils étaient d'un violet marqué et très vite Miriam reconnut l'odeur qui les accompagnait. C'étaient les lilas de chez ses grands-parents. Levant les yeux, elle aperçut le jardin magnifique qui l'avait vue grandir, sa mamie y était présente, en train de désherber à la main chaque mauvaise herbe se mettant en travers de son chemin.

Et puis, petit à petit, la pente se fit de plus en plus raide, transformant le fleuve en torrent. Tout s'accéléra, le déroulé des souvenirs aussi.

La couverture du premier livre qu'elle avait lu glissa sur sa droite, c'était un *Chair de poule*, puis le souvenir de ses premières vacances à la mer, à Sète, sa rentrée au CP, Disneyland Paris et le palais des poupées. Miriam se revit marcher main dans la main avec son père et sa mère, protégée et comblée d'amour.

Il n'y avait plus à présent de courant ni de barque. C'était comme si le bateau de la jeune femme avait foncé à travers des rapides jusqu'à de terribles chutes d'eau et qu'elle en avait été éjectée, tombant maintenant le long de ces chutes. Tout tourbillonnait autour d'elle dans un mouvement circulatoire rappelant les vrilles d'un avion en train de s'écraser.

Les images, elles, défilaient de plus en plus vite :

Son premier amour, Marouan, en grande section, sa première dent de lait tombée, le premier butin de la petite souris, une vision de sa mère dans une splendide robe rouge, le jour où elle avait appris à faire du vélo, ses premiers points de suture au coude, son premier goûter d'anniversaire, la varicelle et ses terribles démangeaisons, le zoo du parc de la Tête d'Or avec son papa, ses premiers pas, les grands yeux verts de Luna, le sourire magique de sa grand-mère, les bras réconfortants de sa maman, la vibration de la voix grave de son papa, sécurisante…

Tout était maintenant si rapide que les images avaient laissé place à des sensations. Miriam ne savait même plus distinguer si elle chutait vers le sol ou si elle s'élevait vers le ciel. Et soudain tout se figea. Elle revit sa naissance. Face à elle, son corps de nourrisson flottait dans les airs. L'apesanteur les attira l'une vers l'autre, sans que leur réunification soit évitable. Et alors, quand leurs mains finirent par se toucher, son double venant de naître ouvrit les yeux et prononça très distinctement avec sa propre voix actuelle :

« C'est l'heure de te réveiller ! »

Miriam se sentit alors jaillir d'elle-même jusqu'à sentir son cœur battre à nouveau. Elle ouvrit les paupières, vaseuse. Quelques secondes furent nécessaires pour que ses yeux arrivent en face des trous. Une dame en blouse blanche se trouvait sur sa droite et était en train de bidouiller un tuyau. Miriam vit la bouche de la femme s'articuler sans en comprendre le moindre mot. Quelque chose lui grattait le bras, elle commença à mettre la main dessus pour l'enlever, mais la dame la stoppa net. Se concentrant un peu plus, la jeune femme finit par déchiffrer la voix lointaine de son accompagnante.

« Calmez-vous, essayez de garder vos mains le long du corps, vous sortez de la salle d'examen, vous êtes encore sous anesthésie. Tout s'est bien passé, il est temps de vous reposer. »

Miriam répondit difficilement :

« Je… je ne suis pas morte ? J'ai vu une lum… une lumière et je ne me rappelle plus rien.

— Mais non, ma petite dame ! Vous êtes bien en vie, répondit la femme. Vous avez été transportée aux urgences pour un trauma et fracture après une chute avec perte de connaissance, et vous vous êtes réveillée juste avant l'anesthésie. C'est la lumière de l'IRM que vous avez dû voir ! »

Miriam acquiesça péniblement, fatiguée et un peu perdue, elle venait de comprendre que cette femme était sûrement une infirmière.

La soignante enchaîna :

« Là, je finis de vous équiper et je vous emmène en chambre pour que vous puissiez vous reposer. »

Miriam n'eut même pas la force de répondre. Peu de temps après, elle ouvrit les yeux à nouveau et découvrit qu'elle avait été déplacée dans la fameuse chambre. Sa mère se tenait à côté d'elle et serrait sa main dans la sienne. Une silhouette se dessinait derrière elle proche de la fenêtre, mais le manque d'énergie empêchait la jeune femme de visualiser son visiteur.

« Je suis là, ma fille, tu n'es pas seule. Rendors-toi, je veille », lui glissa sa maman à l'oreille.

Rassurée, Miriam sombra à nouveau dans un sommeil réparateur.

Noir, c'est noir,
Il n'y a plus d'espoir
Gris, c'est gris,
Ça y est, tout est fini
Quand arrive enfin la mort,
Aux confins de la nuit.
Que le silence est d'or
Et paisible est l'ennui,
Apparaît un coffre-fort,
Qui nous éblouit.
En bon prédateur,
On ne peut résister à notre appétit,
Éternelle quête du plus encore
Poussant au jamais réussi.

Mais on le veut ce trésor !

Il en va de notre survie.

On essaye, on s'acharne, on s'écœure

Au point que souvent on s'oublie.

Après maints efforts,

On finit par renoncer de fatigue

Épuisés, en notre corps,

Nos larmes se mélangent à la pluie,

On comprend qu'il est l'heure,

De ranger son épée dans l'étui.

Le coffre, de lui-même, s'ouvre alors

Une lueur en sort et nous dit

Qu'à passer sa vie à combattre la mort

Il n'y a pas pire agonie.

Que perdants et vainqueurs

Seront enterrés dans le même lit

Qu'à vouloir la victoire à tout prix

C'est son temps que l'on perd

Que la paix intérieure,

Elle, ne se gagne pas grâce à la guerre

Il est temps que l'on dorme,

Sans se faire de soucis.

Soyons sûrs qu'une aurore

Prendra toujours le relais de la nuit.

Bercés par la mort,

On finit par s'endormir.

Les ombres passent et la lune veille

Jusqu'au retour du soleil,

Dont la lumière nous réveille

En nous chantant à l'oreille :

Blanc c'est blanc

Ce jour est le plus beau des présents.

Le lendemain matin, Miriam ouvrit les yeux dans la chambre d'hôpital. Cette longue nuit de sommeil lui avait été bénéfique. Consciente et reposée, la jeune femme découvrit au fur et à mesure de son réveil la pièce qui lui avait offert le gîte. Visiblement, elle était seule, il n'y avait pas d'autres lits et pas non plus de visiteurs sur la chaise vers la fenêtre. La chambre était plutôt spacieuse. Pour ce qui était de la déco, pas de surprise, une chambre d'hôpital un peu plus basique. Peinture blanche au mur et lino gris au sol, classique. De l'autre côté, derrière la fenêtre, le jour se levait. La pluie battante de la veille avait laissé place à un ciel dégagé.

Cette gymnastique visuelle pour découvrir son environnement avait permis à Miriam de continuer son éveil doucement. Elle essaya ensuite de lever la tête pour observer son propre corps. Un long tuyau reliait une perfusion à son bras gauche. Cette image la ramena quelques mois en arrière au souvenir de sa grand-mère couchée dans un même lit, dans une même chambre aux mêmes couleurs, et avec les mêmes tuyaux. Cette pensée lui glaça le sang.

Prenant peu à peu conscience de son corps, Miriam se rendit compte que son bras droit était immobilisé contre sa poitrine. Cette vision l'oppressa. Elle se sentit coincée, comme dans une camisole. Essayant de bouger, une vive douleur lui perça l'épaule, l'obligeant à stopper toute tentative. Elle ne pourrait pas s'enfuir. Pour essayer de se calmer, elle voulut passer sa main valide dans ses cheveux. Une habitude prise pour se tranquilliser qui lui rappelait lorsque, plus jeune, sa maman lui peignait ses longs cheveux avant d'aller se coucher. Mais cette fois-ci, au lieu de ses habituels cheveux bouclés, ses doigts découvrirent un épais sparadrap recouvrant la totalité de son crâne. Et à nouveau, une forte douleur, au niveau de la tempe, apparut au moment de la découverte. C'était comme si son corps ne conscientisait les blessures que lorsque ces dernières étaient révélées.

Mais qu'est-ce qui avait bien pu arriver ? C'était le trou noir dans l'esprit de Miriam. Impossible de se rappeler la cause de son hospitalisation. Il lui fallait essayer de se souvenir pour comprendre. Comme un lendemain de fête lorsqu'on tente de réassembler le puzzle de la veille pour savoir pourquoi on se réveille dans la baignoire d'un appartement qui n'est pas le nôtre.

La jeune femme tenta de refaire le film de sa journée dans sa tête, il pleuvait, cela elle s'en souvenait. Elle se souvint aussi être partie au travail, avoir esquivé un accident vers l'hôtel de ville, être arrivée au bureau et de la réunion avec Richard. Jusque-là, rien d'anormal, une journée banale. Pour se rappeler la suite des évènements, Miriam dut se creuser un peu plus les méninges. Après quelques minutes de concentration, la lumière fut ! Tout lui revenait : son patron lui criant dessus, la menace d'un avertissement, le cachet avalé, sa course effrénée jusqu'au métro, son combat contre la somnolence et bien sûr Florian. La photo de son ex-compagnon avec sa nouvelle copine lui apparut avec netteté. Une aiguille transperça son cœur, une douleur de plus irradiant son corps. Une larme coula le long de sa joue. C'était la dernière image qui lui revenait de la veille et elle était bien plus douloureuse que les séquelles physiques qui la clouaient au lit aujourd'hui.

Au même instant, quelqu'un toqua, ramenant Miriam au présent. La porte s'ouvrit dans la foulée. La jeune femme s'essuya rapidement les yeux pour ne rien laisser paraître. Une petite dame, bien en chair, portant un plateau déjeuner, fit son apparition. Le blanc de sa blouse contrastait avec sa peau ébène. Elle avança d'un pas rapide et d'un air féroce. Sa bouche laissait apparaître un rictus entre sourire et agacement, préservant le mystère quant à ses émotions. Derrière d'épaisses lunettes, ses grands yeux couleur café fixaient la jeune femme, sans cligner. Face à elle, Miriam se sentit un peu gênée, ne sachant pas à quelle sauce elle allait être mangée. Elle se contenta d'un timide bonjour et d'un sourire maladroit.

Posant le plateau sur la table, la dame s'exclama :

« Bonjour ma belle, moi c'est Denise. Voilà ton petit déjeuner. »

Un beau sourire ponctua sa phrase. Elle approcha le repas du lit. Miriam se sentit rassurée, cette soignante avait l'air gentille.

« Merci », répondit la jeune femme tout en forçant sur son bras gauche pour se relever.

Être servie de la sorte, cela n'avait pas fait partie de son éducation et elle ne voulait pas renvoyer cette image à son interlocutrice.

« NON, NON, NON, NON, NON, mais qu'est-ce qui te prend, ma jolie ? Tu veux qu'on te plâtre de la tête jusqu'aux pieds, ma parole ? » aboya la petite dame avec colère en s'apercevant des mouvements de sa patiente.

Visiblement, il ne fallait pas abuser de sa gentillesse sous peine de l'énerver rapidement. Elle chercha la télécommande derrière le lit et la tendit à Miriam en lui demandant :

« Personne ne t'a expliqué comment marche ton lit ?

— Pas vraiment, répondit Miriam. Je ne sais même pas pourquoi je suis à l'hôpital, à vrai dire. »

Denise, qui était en train de regarder le sac de perfusion, tourna son regard rapidement vers la jeune femme. Elle fronça les sourcils et remua la tête pendant quelques secondes avant de parler :

« Tu es en train de me dire qu'aucune infirmière ni aucun médecin n'est venu te voir depuis ton réveil pour t'expliquer ? »

Sa colère était si palpable que Miriam ne savait plus quoi répondre pour éviter l'explosion du volcan.

Hésitante, elle répondit d'une voix infantile :

« Euh, non je ne crois pas, en tout cas je n'en ai pas le souvenir.

— Oh là là là, bonté divine », s'écria la soignante en levant les yeux au ciel tout en continuant de s'activer dans la pièce.

Cela faisait à peine une minute qu'elle était rentrée dans la chambre et en si peu de temps, elle avait servi le repas, ouvert les rideaux, regardé les perfusions, pris le temps de parler et le plus important apporté un peu de vie à cet endroit aseptisé. Miriam la regarda, amusée. Elle la trouvait rigolote et cela lui permettait de dédramatiser. Après avoir noté quelque chose sur le bloc-notes accroché au lit, Denise se rapprocha de la jeune femme et posa sa main sur sa cuisse pour lui dire :

« Je ne suis pas habilitée à te donner le premier diagnostic, mais je vais aller t'appeler une infirmière de ce pas, pour qu'elle puisse te rassurer. En attendant, mange un peu, cela va te faire du bien. »

Miriam acquiesça avec un sourire. L'intonation très maternelle dont faisait preuve la soignante la rassurait. Denise lui fit un clin d'œil et s'éloigna avec la même énergie qu'à l'aller. Tout en marchant, elle se parla à nouveau à elle-même râlant contre sa hiérarchie jusqu'au seuil de la porte où elle se retourna pour crier à Miriam d'une voix forte et enjouée tout en lui montrant son bras en écharpe :

« Une chose est sûre, ma belle, tu n'es pas là pour l'appendicite ! »

La porte se referma, laissant résonner à travers elle le rire saccadé de Denise rigolant à sa propre blague.

Après cette première visite, Miriam engloutit rapidement son petit déjeuner, impatiente de voir défiler le temps pour en savoir plus sur son état. Le ventre plein, son regard se figea sur les aiguilles de l'horloge avec la volonté de faire avancer les minutes un peu plus vite, sans réussite.

Dix, quinze, vingt, trente minutes que Denise avait maintenant quitté sa chambre en lui disant qu'elle appelait quelqu'un pour lui expliquer sa situation et toujours personne. Le temps commençait à être long pour la jeune femme allongée sur ce lit, sans télé, ni portable, ni présence.

Après encore cinq minutes de solitude, la porte s'ouvrit enfin, laissant apparaître un homme aux cheveux grisonnants en blouse blanche et deux jeunes hommes de l'âge de Miriam en blouse verte. Arrivés dans la pièce, les deux jeunes se placèrent à droite de Miriam, tandis que le plus ancien prit place à gauche faisant face à Miriam et à ses deux collègues. Rapidement, l'homme en blanc prit la parole, sans prendre la peine de regarder Miriam dans les yeux :

« Bonjour, je suis le docteur Azinef.

— Bonjour », répondit discrètement Miriam.

Le médecin, absorbé dans ses pensées, ne s'arrêta pas de parler et continua son monologue :

« Je suis là pour faire le point avec vous sur les circonstances de votre hospitalisation, les soins qui vous ont été prodigués à votre arrivée et la suite à donner à votre traitement. »

Le docteur s'avança vers le bout du lit et attrapa un bloc-notes accroché au montant puis reprit sa place et parcourut le document des yeux. Visiblement, il le découvrait en même temps que sa patiente.

« Bien, au vu du rapport, il apparaît qu'hier matin aux alentours de dix heures trente, vous avez heurté le sol d'une station de métro après un évanouissement. Vous avez été inconsciente un petit moment avant l'arrivée des secours. Il est noté qu'à leur arrivée, vous saigniez du crâne et que votre épaule semblait démise. Vous vous êtes ensuite réveillée dans l'ambulance. Votre état ne permettait pas une communication verbale suffisante avec nos services. En arrivant aux urgences, au vu du choc subi et des possibles lésions, nous avons pris la décision de vous faire passer une batterie d'examens. »

Le docteur fit une pause pour tourner la page afin de continuer sa lecture :

« Face à votre état second et l'agitation dont vous faisiez preuve, il a été nécessaire de vous tranquilliser à l'aide d'un masque anesthésiant afin de passer l'IRM crânien. »

Le médecin se tourna vers Miriam :

« Pas de souvenir de cet épisode ? »

La jeune femme, assez gênée par ces révélations, sentit ses joues virer au rouge écarlate. Elle se contenta de répondre non d'un mouvement de tête.

Le docteur Azinef marqua quelque chose sur le calepin et reprit :

« Après différents examens : électrocardiogramme, IRM, radiographie et patati et patata… Il apparaît que la clavicule droite a été fracturée au niveau du tiers moyen, qu'un traumatisme crânien modéré a été subi avec œdème nécessitant une prise de corticoïde, ce trauma entraînant perte de connaissance avec visiblement amnésie post-traumatique, et que l'examen sanguin révèle un taux anormalement haut de globules rouges. »

Face à ces nombreux termes médicaux inconnus mais, semble-t-il, bien violents, Miriam se sentit vite assez mal. Cherchant à être rassurée, elle questionna son médecin d'une voix tremblante :

« Je ne comprends pas très bien. C'est grave ? Mes jours sont en danger ? »

Le docteur Azinef, toujours plongé dans son bloc-notes, leva alors la tête avec un air très suffisant pour répondre :

« Non, il faut vous détendre, Mademoiselle. Si à la moindre égratignure, on risquait la mort, la médecine serait un métier bien trop compliqué. J'aurais choisi croque-mort. »

Les deux jeunes hommes, à la droite du lit, gloussèrent, visiblement admiratifs de la blague de leur collègue. Pour Miriam, c'était tout le contraire. Il n'y avait rien de drôle. Égratignures, égratignures, ils n'avaient visiblement pas la même définition. Elle n'avait pas rêvé, elle avait bien entendu « trauma crânien », « œdème », « globules rouges ». Des mots qu'elle n'avait jusqu'alors entendus que dans certains épisodes de *Grey's Anatomy* et ce n'était pas pour parler d'angines ou de coupures au pouce. Elle décida de retenter sa chance pour comprendre un peu mieux :

« Je m'excuse, docteur, mais j'ai du mal à comprendre les termes que vous utilisez. Pouvez-vous être un peu plus clair vis-à-vis de ma situation ? »

Cette remarque eut l'air d'agacer le médecin qui regarda sa montre en gonflant les joues avant de répondre :

« Pour ce qui est des détails, vous verrez avec l'infirmière. D'autres examens sont à prévoir pour mieux comprendre cette perte de connaissance et vos résultats globulaires. Afin d'orienter nos recherches, merci de me dire s'il y a de choses à savoir sur vous. Alcool, drogue, cachet, tout ce que vous auriez pu prendre et qui aurait pu provoquer cette syncope.

— Syncope ? demanda Miriam, qui à nouveau n'avait pas l'impression de parler la même langue que son médecin.

— Oui, syncope, malaise, perte de connaissance », répondit-il avec nonchalance.

Était-ce trop lui demander de faire son travail de toubib ? pensa la jeune femme. Le voyant s'impatienter, elle réalisa soudain, en repensant à sa question, que si elle souhaitait être honnête, elle devrait lui avouer ses prises régulières de shit, vodka et anxiolytiques. C'était un peu trop lui demander. Ce docteur ne la mettait pas vraiment à l'aise, ni lui ni les deux autres apprentis médecins se trouvant en face. Déjà que son intonation lorsqu'elle ne comprenait pas un mot donnait l'impression à Miriam d'être jugée et rabaissée... Alors, quelle serait sa réaction en apprenant ses addictions ? Miriam choisit alors de maquiller la vérité en jouant sur les mots :

« Euh, hier matin je me suis trompée dans ma dose quotidienne de Xanax, j'ai pris deux fois 0,25 mg en moins de trois heures. »

Il était difficile à Miriam de se livrer à des inconnus de la sorte. Et même si elle avait en quelque sorte menti en omettant de dire que la veille au soir de son accident, elle avait fumé un joint et bu quelques shots, comme à son habitude, pour trouver le sommeil, avouer un besoin journalier d'anxiolytiques pour affronter le quotidien était déjà une sacrée entrave à sa pudeur. Dévoiler sa faiblesse à des inconnus qu'elle trouvait antipathiques, de surcroît de sexe masculin, quelle épreuve accomplie ! Miriam attendait maintenant la réaction du médecin. Sûrement allait-il lui dire que ceci expliquait son malaise et qu'il fallait faire attention. La jeune femme attendait. Les secondes passaient sans qu'un son sorte de la bouche du docteur Azinef. S'était-il endormi sur ses feuilles ?

Et puis après quelques instants, il leva enfin les yeux de son bloc-notes et le remit à sa place, puis s'adressa à Miriam :

« Ouais. Bon, c'est peut-être ça ou peut-être pas. 0,50 mg de Xanax, ça n'a jamais tué personne. On va continuer les examens et on verra bien. Pour ce qui est de cette accoutumance, vous êtes bien jeune pour déjà être accro aux anxiolytiques. Voyez avec votre généraliste pour des antidépresseurs à votre sortie, c'est mieux pour vous. S'il n'y a pas de complications, on ne se revoit pas, c'est l'infirmière qui se chargera de votre sortie. Bonne continuation. »

Le docteur fit signe à ses acolytes et tous les trois prirent la direction de la sortie.

À cet instant, à nouveau seule dans sa chambre, Miriam se rendit compte que la frontière entre aider et faire souffrir était infime. Le passage du médecin avait eu l'effet inverse de celui attendu. Elle n'avait toujours aucune idée de l'état dans lequel elle se trouvait si ce n'était que sa clavicule et son crâne avaient morflé. Elle avait attendu de connaître son diagnostic avec l'espoir de mieux comprendre sa situation pour se rassurer, mais l'air supérieur de ce docteur n'avait fait que l'enfoncer un peu plus dans le doute.

La jeune femme essaya de résumer la situation dans sa tête. Si le docteur Azinef avait évoqué une possible sortie demain, cela voulait sûrement dire que sa situation n'était pas critique. Mais en même temps, une petite voix résonnait dans sa tête, lui répétant que le docteur avait aussi parlé d'un problème au niveau des globules.

Miriam se rappela un reportage médical sur la 5 qu'elle avait vu un soir tard dans la nuit. Il y avait, dans cette émission, un scientifique qui expliquait qu'un taux des globules anormal pouvait montrer la présence de cancers, mais impossible pour la jeune femme de se rappeler si le chercheur parlait de globules blancs ou rouges et du taux anormalement haut ou bas de ces derniers.

« Et si j'avais une tumeur au cerveau ? » se dit-elle. Après tout, selon le docteur Azinef, la thèse de l'évanouissement dû aux anxiolytiques ne semblait pas tenir la route. Était-ce possible que ce soit une tumeur qui soit à l'origine de tout ça ? Et si c'était le cas, pourquoi était-elle en train de moisir dans cette chambre au lieu de passer des examens et de commencer son traitement ? Miriam chercha des yeux son portable autour d'elle, mais impossible de le trouver. Submergée par l'angoisse, elle aurait aimé le prendre et chercher sur Internet pour savoir si ses peurs étaient fondées.

Clouée au lit avec son épaule douloureuse et seule à en crever, Miriam se mit à pleurer à nouveau.

Plus tôt dans la matinée, elle avait sangloté, privée de repères par l'amnésie de la veille, mais même maintenant qu'on lui avait conté son passé, cela ne l'empêchait pas d'être perdue au présent. Le plus dur dans tout cela, plus que la douleur ou que le contrecoup moral, c'était la solitude. Plus les minutes passaient et plus la chambre spacieuse de son réveil se transformait en cachot isolé, où elle pensait finir morte, oubliée de tous. « Encore un comble, pensa-t-elle, d'être aussi seule dans un lieu où l'on vient pour justement ne pas mourir seul. »

Les larmes continuèrent de couler le long de ses joues, entraînant avec elles la Bétadine séchée au niveau de sa tempe. Miriam passa sa langue sur ses pleurs arrivés au coin de ses lèvres et en découvrit le goût inhabituel dû à l'antiseptique. Elle leva les yeux et entrevit son reflet dans l'écran éteint de la télé suspendue. Quelle sale tête, avec son sparadrap autour du crâne, les coulées orange de Bétadine et noires de mascara laissées par ses pleurs, on aurait dit une folle. Le docteur Azinef avait peut-être raison, il était peut-être temps de prendre des antidépresseurs. De toute évidence, ça ne tournait pas rond là-dedans, même son médecin traitant lui en avait déjà parlé. Pourquoi s'imposer une telle souffrance ? Ne serait-ce pas plus facile d'accepter l'aide de ce médicament ? Au bureau, la moitié des collègues en prenait. Pourquoi ne pas faire comme tout le monde pour une fois ?

Miriam en avait marre de se sentir si différente, si mal dans sa peau, si seule. Pourquoi même dans un hôpital, là où la place est censée se faire rare, le destin l'avait encore laissée seule, sans un voisin de chambre, un autre malade avec qui se serrer les coudes ? Ou encore mieux, simplement avoir la présence de sa mère à ses côtés, de son épaule sur laquelle pleurer, de son sourire pour se réchauffer, mais elle n'était pas là, ni elle ni personne. Aucun de ses proches n'était venu depuis son réveil. Et ce n'était pas étonnant. Il ne restait plus grand monde dans sa vie. C'était la première fois que Miriam s'en rendait compte. Le temps avait eu raison de la plupart de ses relations. À moins que ce soit elle-même la seule responsable, à force de ne plus répondre aux SMS des copines et de s'enfermer dans sa tour d'ivoire. La famille, elle, n'était plus depuis longtemps, et la dispute avec son père n'avait fait que rendre tout cela plus clair. Quant à l'amour, il l'avait trop fait souffrir pour qu'elle lui laisse une seconde chance de lui briser le cœur.

Au fil de ses pensées, Miriam se rendit compte qu'effectivement c'était bien elle qui avait choisi sa solitude par ses actes qui n'avaient fait que l'éloigner de la vie environnante. La seule personne qu'elle avait daigné garder auprès d'elle était sa maman et c'était bien elle qu'elle désirait plus que tout à cet instant. Pourquoi n'était-elle pas là ? Avait-elle été prévenue ? Est-ce que son père lui avait interdit de venir ? Ou n'avait-elle simplement pas envie d'être ici ?

Continuant de pleurer comme une madeleine, Miriam fut bientôt détrempée, ses larmes venant terminer leur course dans le creux de son cou.

Quelqu'un toqua de nouveau à la porte. Miriam retint son souffle, espérant voir un visage familier rentrer dans sa chambre.

Malheureusement non, ce fut une jeune femme blonde d'une trentaine d'années qui arriva. Contrairement à la première visite du matin et les larmes qu'elle avait essuyées pour ne rien laisser paraître de son mal-être, cette fois-ci, épuisée, Miriam ne chercha pas à dissimuler ses sentiments. Tant pis pour les bonnes manières.

« Ah, enfin réveillée ! Dis donc, il y en avait du sommeil à rattraper ! N'est-ce pas, Miriam ? » lança la soignante tout en s'approchant du lit avec un sourire malicieux.

Miriam, un peu décontenancée, l'observa pour essayer de se souvenir d'elle. La jeune femme avait un carré mi-long d'un blond vénitien lui arrivant aux épaules, un petit nez en trompette entouré de quelques taches de rousseur de chaque côté des pommettes et de petits yeux verts qu'elle n'avait pas eu besoin de maquiller pour les mettre en valeur. Miriam lui trouva beaucoup de charme, mais n'eut aucun souvenir d'elle et lui répondit assez froidement :

« Bonjour, désolée, mais on se connaît ? »

L'intervenante, qui était maintenant arrivée au chevet de sa patiente, dut s'apercevoir que ses joues étaient détrempées et ses yeux tout rouges, si bien qu'elle s'empressa de dire :

« Eh bien, qu'est-ce qui se passe ? Pourquoi toutes ces larmes ? Denise m'a dit que votre réveil avait laissé quelques zones d'ombre sur votre accident. Cela fait beaucoup de choses à encaisser. Pour la petite info, oui, on se connaît. Je suis l'infirmière qui vous a installée ici, hier soir. Vous étiez sacrément vaseuse, mais heureusement vos parents étaient là pour vous surveiller.

— Mes parents ? Vous êtes sûre ? questionna rapidement Miriam.

— Ça, c'est certain. Ils sont restés jusqu'à dix heures du soir à votre chevet, ils ne voulaient plus partir. C'est un agent de sécurité qui a dû forcer votre père à sortir, on l'a entendu protester au moins sur trois étages. »

Miriam resta sous le choc. Son père était venu ? Malgré le conflit les opposant, ce geste lui fit chaud au cœur. Elle se sentit tout de suite moins seule.

Profitant de sa lancée et de la compagnie de la soignante semblant bien encline au bavardage, Miriam lui demanda :

« Le docteur Azinef est venu me voir ce matin, mais il n'a pas été très explicite quant à mon état et m'a laissée avec toutes mes questions, voire plus. Est-ce que vous pouvez me renseigner ?

— Ah, sacré docteur ! Il est vrai que le contact ce n'est pas son fort. Pour être franche même, il déteste ça, mais c'est un chirurgien hors pair et son diagnostic est toujours très fiable. Au final, il faut mieux ça que l'inverse, non ? Je vais répondre à vos questions avec plaisir pendant qu'on change le pansement sur votre crâne.

— Merci », répondit Miriam pendant que l'infirmière l'aidait à se redresser pour commencer les soins.

À peine assise, elle reprit :

« Qu'est-ce que c'est un œdème crânien ? C'est grave ? Et est-ce que mon problème de globules peut être lié à un cancer ? »

Tout en commençant à dérouler le sparadrap autour du crâne de sa patiente, l'infirmière eut un sourire compatissant.

« Je vois que la peur a fait travailler vos méninges ce matin. C'est bien, c'est qu'ils fonctionnent encore, plaisanta-t-elle avant de répondre sérieusement : Alors, un œdème, pour faire simple dans votre cas, c'est la formation d'un liquide qui est venu éponger la zone de votre crâne qui a cogné le sol. Au vu des résultats, votre œdème n'a pas entraîné d'hémorragie interne ni de fracture crânienne. Ce qui est bon signe. Le traitement aux corticoïdes mis en place sera prolongé jusqu'à demain. Il va permettre de faire baisser la masse de l'œdème.

— Aïeee ! s'écria Miriam alors que l'infirmière venait d'arracher assez rapidement le tissu recouvrant la plaie.

— Oui, désolée, ce n'est pas ce qu'il y a de plus agréable. Donc pour en revenir à nos moutons, pas de soucis pour votre tête, le nécessaire a été fait. Il peut subsister une impression de congestion au niveau du crâne et des vertiges, mais tout cela devrait partir dans les jours à venir. Et l'autre question ? C'était quoi déjà ? »

« C'était pour ma tumeur, répondit machinalement Miriam avant de se rendre compte de sa bourde. Euh, non, enfin pour ma prise de sang qui n'est pas bonne. Est-ce que cela peut montrer un cancer ou quelque chose comme ça ? C'est pour cela que je me suis évanouie ?

— Mais qui donc vous a mis cette idée dans la tête ? répondit l'infirmière amusée.

— Moi-même à vrai dire, avoua Miriam.

— Vous avez passé une IRM cérébrale à votre arrivée, s'il y avait eu une tumeur, cela se serait vu. Vous ne croyez pas, non ? »

Miriam acquiesça d'un signe de tête en réalisant le ridicule de sa demande.

« Que je suis bête », se dit-elle à haute voix.

L'infirmière reprit :

« Il ne faut pas avoir honte de vos peurs, elles sont humaines et compréhensibles. Mon expérience m'a appris que la meilleure manière de s'affranchir de ses peurs, c'est de les écouter. Elles ont toujours quelque chose d'intéressant à nous raconter, si on sait tendre l'oreille. Pour vos globules rouges, rien de grave, je pense. Le taux normal d'hématies se situe entre 4,2 à 5,4 millions/mm^3 chez la femme. Le vôtre était à 7,2. Ce qui est un peu plus haut que la moyenne, mais pas dramatique, à condition de comprendre pourquoi. »

Miriam repensa à la question du médecin passé plus tôt concernant sa prise d'alcool et de drogues et se sentant plus à l'aise avec l'infirmière, elle décida de se confier :

« Il y a quelque chose que je ne suis pas arrivée à dire au docteur tout à l'heure, mais qui a peut-être son importance. »

La soignante qui avait quasiment terminé le nouveau pansement rassura Miriam :

« Parlez sans crainte, je ne jugerai pas. Ça peut même vous permettre de sortir plus vite de là si cela explique votre malaise.

— J'ai dit au docteur que je prenais simplement des anxiolytiques quotidiennement. Mais je dois avouer que ces derniers temps, je traverse une phase un peu dépressive, on va dire. »

Miriam prit une grande inspiration pour continuer sa phrase :

« Et depuis quelques mois, je… je bois pas mal d'alcool, tous les jours, de la vodka plus précisément, et je fume aussi un joint tous les soirs pour m'endormir. Voilà. Et aussi, j'ai oublié de dire que je prenais des anti-inflammatoires car j'avais des douleurs chroniques à l'épaule sur laquelle je suis tombée.

— D'accord, effectivement ce sont plus que des détails. Vous fumez ? »

Miriam se trouva soulagée de s'être confessée, et encore plus de n'avoir senti aucune once de jugement dans le regard de sa confidente. Elle répondit :

— Oui, je fume quinze, vingt cigarettes par jour environ.

— OK, bon, avant de donner un diagnostic sûr à 100 %, je dois voir le médecin de garde, mais il me semble que nous avons là la cause de votre bilan sanguin anormal. C'est ce qu'on appelle de l'hypoxie. Elle peut être due à une consommation de tabac, d'alcool et autre substance et provoque des vertiges, acouphènes et céphalées. Rien de grave, à condition de revoir votre mode de vie pour ne pas que ça se reproduise.

— Merci d'avoir pris le temps de m'expliquer, répondit Miriam soulagée.

— Mais c'est mon métier. Rassurer et apaiser les peurs, et il y a déjà 90 % de la guérison qui est faite. »

L'infirmière alla jusqu'à la table en dessous de la télé pour trouver une feuille dont elle déchira un morceau. Elle attrapa un stylo accroché à sa blouse et se mit à écrire puis, revenant vers Miriam, elle glissa le mot dans sa table de chevet avant de lui dire :

« Je vous ai inscrit le nom d'un livre pour vous aider à arrêter de fumer, mais cela reste entre nous, sans quoi j'aurai des problèmes avec ma direction, ajouta-t-elle avec un clin d'œil.

— Merci, répondit Miriam, touchée par la bienveillance de cette femme, qui avait peu à peu dissipé ses doutes par la force de ses paroles.

— Mais c'est avec plaisir, j'ai aussi été un jour à votre place. Pas avec cinq points de suture sur le front ni la clavicule fracturée, mais j'ai moi aussi été perdue et j'ai moi aussi eu besoin de quelqu'un pour m'indiquer la bonne direction. On reçoit puis on donne, on donne puis on reçoit. Ainsi va la vie… »

L'infirmière marqua une pause avant de reprendre :

« Bien, ce n'est pas tout, mais il y a d'autres patients qui attendent, je vais y aller. »

Miriam fut déçue d'apprendre cette nouvelle, mais comprit qu'elle n'était pas la seule à avoir besoin de ces soins et de ce moment de compagnie. Elle allait de nouveau se retrouver seule, et cela l'inquiéta de nouveau. Alors que l'infirmière avait déjà repris le chemin de la sortie, Miriam l'apostropha :

« Attendez, s'il vous plaît, une dernière chose.

— Oui ? dit la soignante en se retournant, toujours aussi aimable avec un sourire rayonnant.

— Depuis ce matin, je stresse vite lorsque je suis toute seule. Est-ce je peux appeler ma mère pour lui demander de venir ?

— Elle est déjà en bas votre maman, mais les visites ne commencent que dans une heure. Patience, cela va passer vite. En attendant, profitez-en pour méditer sur vous-même. La peur d'être seule ramène souvent à la peur de s'écouter. Profitez de la solitude et d'être alitée pour commencer ce dialogue.

— Plus facile à dire qu'à faire, rétorqua Miriam.

— C'est toujours plus facile que de fuir, et on n'a jamais vu personne courir assez vite pour distancer son ombre. »

La porte se referma laissant Miriam face à sa réflexion.

Il y a cet instant juste avant le devenir

Ce moment éternel ne semblant jamais finir

Cette passerelle du peut-être

Bien instable nous menant à l'avenir

Et cette question qui nous guette

Résonnant dans notre tête

Et qui ne cesse de nous dire

« Puis je seulement être ?

Ou pour plaire devrai-je me mentir ? »

N'est-ce pas là toute notre quête ?

S'éloigner de soi pour mieux y revenir ?

« Tu es sûre que ça va aller toute seule ? Je peux rester, ma chérie.

— Mais oui, Maman, c'est bon. Tu en as déjà fait beaucoup. Tout va bien se passer, répondit Miriam en espérant se convaincre elle-même aussi.

— Tu sais que tu es la bienvenue à la maison. Je suis certaine que ton père en serait heureux.

— Maman », la coupa Miriam.

Son regard en disait assez sur cette hypothèse pour qu'elle n'ait pas besoin d'argumenter.

« Oui, oui, je sais que ce n'est pas encore le bon moment pour vous retrouver. C'était une simple proposition », répondit la maman tout en attrapant sa valise posée sur le canapé.

Arrivée sur le pas de la porte, la mère reposa une dernière fois ses bagages au sol pour pouvoir prendre sa fille dans ses bras. Miriam lut sur son visage l'inquiétude de la laisser à nouveau seule face à elle-même. Elle redoubla son étreinte pour lui signifier à nouveau que tout allait bien se passer et lui murmura à l'oreille un « merci » aux allures de « je t'aime ». Sa maman la serra à son tour encore plus fort pour lui signifier qu'elle aussi elle l'aimait. Ce moment de tendresse dura encore quelques instants puis les deux femmes se décollèrent enfin, chacune les larmes aux yeux regardant l'autre avec émotion. Ces jours ensemble avaient resserré leurs liens, ravivé l'amour qui ne peut se désunir d'une mère et son enfant. Miriam ouvrit la porte et, quelques instants plus tard, se retrouva seule chez elle pour la première fois depuis douze jours et sa sortie de l'hôpital.

Son hématome cérébral était résorbé, la cause du malaise élucidée. Les médicaments et son hygiène de vie n'y étaient pas étrangers. Il ne restait que sa blessure la plus incommodante : sa fracture à la clavicule. Le médecin avait évalué la guérison à quatre mois. Une nouvelle radio était programmée d'ici trois semaines pour confirmer la durée. En attendant, Miriam devait porter en permanence des anneaux claviculaires pour garder son épaule en place. La douleur était assez cuisante pour que Miriam continue à avaler quelques anti-inflammatoires par jour malgré ses récents déboires.

La bonne nouvelle dans tout cela était que la secrétaire de son entreprise l'avait appelée dès les premiers jours pour l'avertir que compte tenu de la tournure des évènements, Richard avait été licencié, que son arrêt était considéré comme accident du travail avec une indemnisation à 100 % et que, cerise sur le gâteau, à son retour, elle serait mutée au service mutuelle avec une revalorisation salariale. Les patrons devaient avoir drôlement peur d'une plainte aux prud'hommes pour avoir mis le paquet de la sorte !

En tout cas, ces nouvelles avaient permis à la jeune femme de se tranquilliser un peu. L'horizon n'avait pas été aussi dégagé devant elle depuis longtemps. Quatre mois de convalescence, un nouveau poste avec un meilleur salaire, Richard congédié, que de bonnes nouvelles !

Et puis le livre d'Allen Carr *La Méthode simple pour en finir avec la cigarette* avait fonctionné à merveille. Miriam l'avait commandé sur son lit d'hôpital le jour même où il lui avait été conseillé et elle l'avait reçu le lendemain de son retour chez elle. Elle l'avait tout bonnement dévoré. Tout d'abord sceptique, elle n'avait pu qu'admettre en terminant la dernière page que la méthode fonctionnait. Entre l'hôpital et sa convalescence, cela faisait maintenant plus de deux semaines qu'elle n'avait pas fumé et elle n'en ressentait aucun manque. Elle respirait même à nouveau !

Ces jours avec sa maman avaient aussi été un bol d'air. Une complicité retrouvée, se sentir maternée, cela avait été un sas sécurisant afin de revenir doucement à la réalité pour Miriam.

Pour ce qui était de son père, passé le coup de l'émotion et sa présence lors de son hospitalisation, une fois qu'il avait su que sa fille n'était pas en danger, la fierté avait repris le dessus. Les chiens ne faisant pas des chats, Miriam en avait fait de même, ne profitant pas de cet élan pour renouer le contact. Le silence entre eux avait donc repris ses droits.

Et c'était peut-être mieux ainsi, ne pouvait s'empêcher de penser la jeune femme qui, encore à vif contre son père, savourait cette coupure plus qu'elle ne la regrettait.

De retour sur son canapé après le départ de sa mère, Miriam contempla son appartement. Tout était rangé, propre grâce à sa maman. C'était la première chose qu'elle avait faite avant même que sa fille ne sorte de l'hôpital. Profitant d'un passage pour récupérer des affaires pour sa sortie, elle s'était appliquée à nettoyer les vieilles scories et la saleté afin de créer un environnement sain pour la convalescence de Miriam. Plus de mégots ni de cadavres de bouteilles et encore moins d'assiettes sales gisant sur le moindre espace disponible. Tout avait disparu sans pour autant que la jeune femme en subisse les conséquences. Sa mère avait totalement évité le sujet, sûrement par pudeur. Miriam se sentit emplie de gratitude en pensant à sa mère, elle qui par son amour et sa présence lui avait apporté le meilleur des remèdes durant cette semaine. La jeune femme s'était même promis, au même titre que les cigarettes, de ne pas retoucher à l'alcool, il était temps de se reprendre en mains.

Sur la table basse devant elle était empilé un tas d'ordonnances et de papiers à envoyer. Peu à l'aise avec le silence qui peu à peu se réappropriait les lieux depuis le départ de sa mère, Miriam attrapa les documents pour s'occuper l'esprit.

La première feuille était le certificat d'accident de travail à transmettre à son entreprise. Après une lecture rapide, il s'avéra qu'il ne manquait qu'une signature pour compléter l'arrêt, ce qui fut fait maladroitement par la jeune femme de sa seule main encore valide. Le papier glissé dans l'enveloppe, et une chose de moins à faire, se dit Miriam.

Arriva la seconde tâche de la pile : prendre rendez-vous avec un kiné pour la rééducation de son bras. À l'hôpital, une infirmière lui avait conseillé de s'inscrire rapidement car les délais d'attente étaient selon elle assez longs pour trouver une place.

N'ayant jamais eu besoin de faire de la rééducation, Miriam ne connaissait pas de kinésithérapeutes pour la recevoir. Elle décida donc d'utiliser Google pour trouver un cabinet. Face à la longue liste de kinés qui apparut sur son écran, la jeune femme se trouva un peu perdue. Laissant glisser le fil de résultats, elle espéra qu'un nom lui sauterait aux yeux comme une évidence. Bingo ! Après quelques instants, ce fut chose faite, elle reconnut un cabinet médical non loin de chez elle aux locaux resplendissants. « Des avis positifs, un site Internet, une page Facebook avec des centaines d'abonnés, voilà des éléments rassurants », pensa la jeune femme. Elle cliqua sur le lien téléphonique pour être mise en relation.

Après quelques minutes d'attente en musique, une secrétaire décrocha :

« Cabinet Kiné Premium, que puis-je faire pour vous ? »

Bercée jusqu'alors par la mélodie, Miriam sursauta avant de répondre maladroitement :

« Oui, bonjour, je vous appelle pour planifier des séances suite à une fracture de clavicule. On m'a dit d'appeler rapidement pour trouver une pl… »

La secrétaire lui coupa la parole :

« Attendez, je vous transfère au service rééducation. Merci. »

La musique d'attente reprit, laissant Miriam seule avec la fin de sa phrase pendue au bout de sa langue et la frustration de s'être fait couper la parole.

Quelques secondes plus tard, un homme décrocha le combiné :

« Service rééducation Kiné Premium, je vous écoute ? »

La jeune femme, cette fois-ci bien décidée à terminer sa phrase, répondit :

« Bonjour, je souhaite prendre rendez-vous pour de la rééducation suite à une fracture de la clavicule qui s'est produite il y a une semaine.

— D'accord, répondit l'interlocuteur tout en marquant une pause. On peut vous prendre après-demain à seize heures, c'est bon pour vous ?

— Euh, cela n'est-il pas un peu précipité ? Le médecin avait conseillé d'attendre quinze jours, répondit Miriam prise de court par ce rendez-vous si rapide.

— Il n'est jamais trop tôt pour commencer une rééducation, Mademoiselle. De plus, une place vient de se libérer suite à un désistement. En cas de refus, la prochaine place disponible n'est pas avant un mois. Alors, que décidez-vous ? »

Miriam hésita quelques secondes, mais trop anxieuse de ne pas trouver de place ailleurs, elle se résigna à accepter :

« Oui, c'est bon pour moi.

— Très bien, ce sera donc avec Monsieur Alledo, mercredi 8 à seize heures. Je vous renvoie vers le standard pour créer votre dossier. Au revoir. »

Avant d'avoir eu le temps de répondre, la mélodie d'attente reprit à l'autre bout du fil. Après encore quelques minutes d'appel, Miriam put raccrocher. Son bras resté scotché à son oreille était ankylosé, et son écran de portable recouvert de buée suite à ces longues minutes collé à l'oreille.

En enlevant cette feuille de la pile des choses à faire, Miriam découvrit ensuite son prochain travail herculéen. Devant ses yeux se trouvait une ordonnance pharmaceutique délivrée par son médecin traitant. En effet, le docteur Berenit, informé par l'hôpital de son accident, lui avait délivré une ordonnance pour des antidépresseurs accompagnée d'un Post-it jaune avec les coordonnées d'un psychologue à Lyon.

Occupée jusqu'alors par la présence de sa mère et sa récupération physique, Miriam n'avait pas eu ou n'avait pas souhaité réfléchir à cet aspect de sa convalescence.

Le regard perdu dans les hiéroglyphes d'encre laissés par son médecin, la jeune femme ne pouvait s'empêcher de se questionner afin de savoir si elle en avait vraiment besoin.

Elle sortit de sa poche sa plaquette d'anxiolytiques bien entamée, puis se tourna vers son appartement qui lui parut à nouveau triste et vide de sens.

À l'évidence, il semblait bien que oui, elle avait besoin d'aide. Le cauchemar des derniers mois n'était pas loin et sa volonté bien trop fragile pour ne pas lui succomber.

Là, à la croisée des chemins entre vieux démons et nouveau départ, Miriam ne devait pas craquer. Un changement radical devait être opéré pour ne pas replonger.

La jeune femme prit les coordonnées du psychologue. Bridée par sa pudeur et sa fierté, elle préféra attendre avant de s'occuper de cette facette-là de sa convalescence. La pharmacie était ouverte, mais il y avait beaucoup de monde dans les rues à cette heure-là, et cette source d'oppression angoissait quelque peu la jeune femme. Elle décida donc aussi d'attendre le lendemain pour y aller plus sereinement.

En attendant, Miriam alluma la télé à la recherche de voix pour casser le silence et lui tenir compagnie.

Le lendemain matin, Miriam sortit de chez elle pour aller chercher son traitement à la pharmacie. Au moment où la porte claqua derrière elle et que ses Stan Smith touchèrent le bitume, une pensée traversa la jeune femme : « Et s'il m'arrivait de nouveau quelque chose seule en dehors de chez moi ? » À peine formulés, ces mots avaient, semble-t-il, modifié le monde l'entourant. Sa rue lui sembla plus grande, plus hostile, les regards plus agressifs et le bruit multiplié par dix, les cinquante mètres la séparant de sa destination s'étaient, eux, transformés en cinq cents.

La jeune femme garda une main contre le mur de son immeuble comme pour ne pas perdre le contact et regarda au loin l'enseigne lumineuse de la pharmacie avec découragement. « Qu'est-ce qui m'arrive ? » pensa-t-elle. Essayant de puiser au fond de ses réserves, Miriam commença à marcher en direction de son but. Chaque pas supplémentaire lui coupait un peu plus le souffle, ses jambes étaient remplies d'acide lactique. Plusieurs fois elle se retourna, tiraillée entre son envie de retourner se réfugier chez elle et sa volonté de ne pas céder à cette panique qu'elle ne comprenait pas en continuant son chemin. Après ce labeur insensé, Miriam arriva enfin devant l'officine.

Les portes automatiques s'ouvrirent et la vue de blouses blanches rassura quelque peu la jeune femme qui s'installa dans la queue. Après quelques minutes d'attente, une pharmacienne lui fit signe de la rejoindre. Un peu honteuse, Miriam tendit l'ordonnance, le regard fuyant. Du coin de l'œil, elle essaya quand même de percevoir la réaction de son interlocutrice à la découverte du médicament en question, prête à sortir de ses gonds si elle se sentait jugée, mais rien, la pharmacienne se contenta d'aller chercher sa boîte d'antidépresseurs en toute neutralité. Au moment du règlement, elle expliqua à Miriam comment prendre son traitement et lui somma de s'accrocher les premiers jours, l'adaptation n'étant jamais simple. La jeune femme la remercia et se retrouva rapidement à nouveau dans la rue. Toujours en proie à la panique, elle s'empressa de parcourir rapidement le trajet retour, composa hâtivement le code d'entrée de son immeuble. La porte se referma, et Miriam se laissa glisser contre le mur, les jambes flageolantes et le cœur palpitant. Son bras en écharpe était tout ankylosé et ses yeux remplis de larmes face à cette anxiété tyrannique qui l'avait envahie. De sa main valide, elle sortit les cachets de leur sac en plastique et les regarda avec un mélange de fatalité et d'espoir.

Drôle de réveil

Pour celle qui s'éveille

Dans un brouillard qui jamais ne se lève

Un matin ordinaire

Même café, même fenêtre, même ornière

Elle s'assoit, elle se noie

Dans une routine la rendant prisonnière

La voilà toujours là

À faire tourner sa cuillère

Dans un moka devenu froid

Mais qu'attend-elle pour passer la première ?

Peut-être un signe de sa foi ?

Peut-être un clin d'œil de l'hiver…

Bien que péniblement, Miriam s'efforça d'entreprendre sa convalescence. Ses mésaventures tout d'abord dans le métro puis en allant à la pharmacie avaient révélé une agoraphobie jusqu'alors méconnue. Les antidépresseurs étaient tombés à pic pour l'aider face à ce monstre d'anxiété.

Ses journées étaient donc jonchées de rendez-vous pour retrouver la forme. Du kiné pour le physique et du psychiatre pour le psychique, voilà le régime qui devait la sortir de ce merdier.

Ainsi, trois fois par semaine, la jeune femme se rendait au centre Premium Santé, armée de son legging et de sa gourde. À chaque séance, elle traversait la salle de motricité baignée dans une odeur de transpiration mélangée à celle du plastique des machines et appareils maltraités jour après jour par une horde de bodybuilders en herbe.

Les premiers temps, les soins étaient réduits, son épaule n'étant pas du tout consolidée. Ainsi, il suffisait de quatorze minutes d'électrodes pour faire travailler les muscles pectoraux et de seize minutes sous les lampes chauffantes pour décrisper l'épaule et la nuque mises à rude épreuve avec les anneaux muselant la clavicule la plupart du temps. Des horloges de toute sorte recouvraient les murs du centre pour être sûr de ne pas gaspiller une minute. Et le kiné, Arthur, un jeune homme d'une trentaine d'années, se contentait souvent de mettre en route les machines en échangeant quelques banalités avant de partir répéter la même opération dans les salles voisines. Oui, dit comme cela, on aurait pu croire à de la manutention.

Miriam se roda vite à ce système robotique. Pour elle, toute action schématisée et répétée était devenue sécurisante car cela l'éloignait de l'inconnu.

Au bout de quatre semaines cependant, le caractère de ses soins évolua. En effet, après le premier examen de contrôle vingt-huit jours après sa chute, le radiologue lui signifia que la consolidation de son tiers moyen avançait bien et que la vraie rééducation allait pouvoir commencer d'ici quinze jours.

La décision avait été communiquée directement par mail au Centre Premium et dès la séance du lendemain et malgré le fait qu'il eût fallu attendre normalement quinze jours avant d'entreprendre la rééducation physique, le changement opéra.

Ainsi, les soins électrodes plus lampes étaient maintenant réalisés en deux fois moins de temps. Ce après quoi Arthur envoyait Miriam dans la salle de motricité pour trente-cinq minutes de « sport ». Les cinq premières séances et sûrement du fait qu'il était encore un peu tôt, Miriam travailla tout sauf son bras : vélo, abdos, équilibre, vraiment tout sauf le bras.

Dans cette grande salle aux allures de gymnase, la jeune femme croisait jour après jour les mêmes visages. Au fond à gauche, trois papis faisaient du vélo d'appartement, du moins essayant d'en faire entre chaque conversation. Miriam, amusée, les regardait en se disant que leurs langues tournaient visiblement beaucoup plus que leurs jambes. Sur le rameur, une quarantenaire à la taille parfaite et empestant le parfum ramait avec vélocité comme pour s'éloigner de ses problèmes. Plus loin sur le tapis de course, une jeune adolescente à la tignasse arrivant jusqu'aux fesses profitait des absences répétées de son kiné pour arrêter ses exercices et s'évader sur son portable. Bref, une vraie salle de sport, la volonté en moins !

Miriam, guidée par Arthur, naviguait d'exos en exos pour muscler et préparer son épaule à travailler lorsque les quarante-cinq jours seraient passés et la consolidation un peu plus ancrée. Lors de sa dernière séance, Miriam s'était rendu compte que, de toute façon, peu le lui importait, les séances étaient prises en charge, il lui suffisait simplement de suivre le mouvement.

En ce qui concernait la rééducation de l'esprit, cela était un peu différent. En effet, premièrement ce n'était pas remboursé, donc à raison d'une séance par semaine depuis trois semaines chez la docteure Brodard, cette thérapie lui avait déjà coûté 210 euros. Et 200 balles pour quoi ? Pour l'instant, pas grand-chose. Contrainte par son angoisse de sortir de chez elle seule, Miriam avait cherché une thérapeute avant tout proche de chez elle.

Elle avait donc laissé de côté les coordonnées du psychiatre que lui avait transmises son médecin traitant car ce dernier se trouvait à Mermoz. Étant novice dans le domaine des médecins qui réparent les cerveaux, Miriam avait appliqué la même stratégie que pour le kiné, à savoir la règle du produit en croix. Proche de chez elle/Des locaux grands et chers, gage de qualité/Des avis positifs sur Google = la thérapeute parfaite.

Oui, parfaite avec un « e » car Miriam avait besoin d'une douceur féminine pour appréhender cette partie d'elle-même. Sa formule lui avait donc laissé le choix entre deux spécialistes répondant à ces quatre critères. Dr Brodard et Dr Ziani. Cependant, Doctolib indiquait, pour la deuxième, trois semaines d'attente. Délai trop long pour Miriam, elle qui agonisait devant ses peurs la harcelant depuis trop longtemps. Maintenant qu'elle avait décidé de se prendre en main, il fallait agir vite !

Les cachets l'aidaient bien à être moins sensible au quotidien, mais Miriam avait cette drôle d'impression que le volume de ses émotions avait juste été coupé, la déconnectant de ce qui se passait à l'intérieur d'elle et la rendant prisonnière de sa chair, sans oublier les troubles intestinaux et autres effets secondaires liés au traitement, revers de la médaille oblige.

Cécile Brodard avait pu la recevoir dès le surlendemain. « Super », s'était dit Miriam. 4/5 sur Google, cent quarante-sept mètres à pied de chez elle, selon les indications de la même application, et réactive. Que de bons signes pour s'en sortir rapidement.

Lorsqu'elle était arrivée pour la première fois devant la belle entrée de son immeuble, devant la splendide plaque dorée arborant son nom, Miriam s'était encore plus sentie rassurée. Après avoir passé la grande porte en bois, avoir monté les marches la menant au troisième étage jusqu'à la salle d'attente pour s'installer sur un beau siège en velours tout en regardant les moulures accrochées aux hauts plafonds, la voilà encore un peu plus rassurée. Peu importe sa méthode de travail, cela devait forcément fonctionner au vu des charges élevées que représentait ce local. Son bureau était lui aussi décoré avec goût. Un vieux bureau style Renaissance, des luminaires modernes, une cheminée restaurée et une vue magnifique sur Fourvière en arrière-plan. On ne pouvait rêver mieux.

La docteure Brodard était une femme d'un certain âge. Son physique était en parfaite adéquation avec son cabinet. Sophistiqué et classe. De grandes jambes mises en valeur dans un magnifique tailleur noir, des talons hors de prix et tellement beaux qu'à chaque pas ils foulaient le sol d'une note pratiquement musicale. Pour le haut, un chemisier blanc classique, mais odieusement efficace pour sublimer la chevelure blonde de la praticienne. Bref, de quoi, pour quelqu'un comme Miriam, susciter admiration et jalousie à la fois.

Cela faisait donc la quatrième séance à laquelle se rendait aujourd'hui la jeune femme. Et l'éblouissement du début avait laissé place à un sentiment quelque peu plus mitigé. En effet la splendeur du lieu et de la thérapeute avait vite rimé avec froideur pour Miriam. Rien ne la rapprochait de cette psychiatre, qui n'en apparaissait que plus hautaine et inaccessible pour la jeune femme. Pas de feeling ni compassion, si bien que le charme du prime abord avait laissé place à une ambiance ne prêtant pas aux confessions. Le bureau chaleureux et somptueux s'était, lui, transformé en une sorte de bloc opératoire de l'esprit aseptisé et froid.

En ce qui concernait les séances en elles-mêmes, il n'y avait pas eu réellement d'amélioration pour Miriam. La distance la séparant de la docteure Brodard et les « hum hum » en réponse aux révélations honteuses faites par la jeune femme commençaient même à détériorer le faible capital confiance qui restait à Miriam.

Encore une fois, heureusement que les antidépresseurs faisaient leur job, étouffant son angoisse sous-jacente au détriment de son âme. Parler de son enfance, de son deuil, de sa rupture ou de son overdose médicamenteuse à quelqu'un d'antipathique qui n'a rien à répondre n'était pas chose facile pour Miriam. La jeune femme commençait même à douter du bien-fondé de sa venue, à douter même de sa capacité à guérir.

Il avait donc fallu un mois pour mener Miriam à ce jour fatidique de sa guérison. Lors de cette quatrième séance, en fin d'entretien qui n'avait encore abouti à rien sauf pas grand-chose, Miriam osa demander à sa thérapeute :

« Docteure Brodard, je n'ai pas l'impression d'avancer et vos silences me font douter. Qu'est-ce que vous pensez de mon cas ? Suis-je récupérable ? »

Apeurée, la jeune femme attendit, pendue aux lèvres de la psychiatre, une réponse pouvant la sauver.

« Une analyse est un travail de longue haleine. Les résultats ne seront pas là avant quelques années. C'est le prix à payer. En attendant, prenez bien votre traitement et nous ferons un bilan d'ici six séances pour voir si cela est suffisant ou si un séjour en psychiatrie peut vous faire du bien », répondit sèchement la docteure Brodard.

Son regard vert, caché derrière de luxueuses lunettes, se chargea de dire le reste en la regardant à peine.

Miriam, si ankylosée par son traitement, ne sut rien répondre. Tout était tellement lent en elle. Sa tête était si lourde que pour ne pas se fatiguer, il était plus facile d'acquiescer fidèlement comme un brave toutou que de répondre.

La psychiatre clôtura ce rendez-vous en réceptionnant son joli chèque de 70 euros et en programmant la prochaine entrevue une semaine plus tard.

La jeune patiente fit mine d'accepter, recevant le Post-it vert mentionnant la date du prochain rendez-vous qu'elle garda soigneusement dans sa main tout en s'habillant doucement pour ne pas forcer sur son bras encore bien douloureux.

Encore une fois, elle avait acquiescé docilement. Encore une fois, elle avait laissé quelqu'un d'autre décider pour elle, comme avec Richard ou avec son oncle avant cela. Cette voie ne lui convenait pas, mais Miriam se sentait si ensuquée et mollassonne qu'il était plus facile pour elle de suivre le pas que de dire stop. « Le prix à payer » pour quoi ? Qu'avait-elle fait de si grave pour mériter ça ?

Ainsi, sa seule rédemption ne pouvait se trouver que dans un bagne médicamenteux et psychique ?

Lorsque, quelques secondes plus tard, Miriam poussa la grande porte la séparant de l'extérieur, elle eut la surprise de découvrir des flocons de neige virevolter au-dessus de sa tête. Le temps s'était refroidi, si bien qu'après quelques bouffées d'air, son souffle devint vapeur. Cette fraîcheur lui fit du bien. Ainsi, pour la première fois depuis son accident, la jeune femme décida de rester quelques minutes dehors sans raison, juste pour flâner avant de regagner son appartement. Sur la place des Célestins, Miriam trouva facilement un banc libre. La neige et le froid avaient rendu les Lyonnais encore plus rapides et pressés dans leurs trajets quotidiens.

La jeune femme regarda autour d'elle. Il était dix-sept heures quinze, la nuit était en train de tomber. Le théâtre des Célestins s'éclaira comme pour valider sa réflexion. Qu'importe, il n'y avait pas le feu pour Miriam, ou plutôt il n'y avait plus le feu. Pas de boulot le lendemain, personne ne l'attendant chez elle. Elle avait tout son temps. Se délectant de chacun des va-et-vient glacés pénétrant ses narines, elle retrouvait peu à peu quelque chose ne faisant plus partie de sa vie : l'impression de vivre. L'air frais pénétrant ses poumons la rendait vivante.

Un flocon termina sa course sur son front, allégeant instantanément l'énorme poids que semblait peser la tête de

Miriam, puis un deuxième et un troisième et ainsi de suite, la libérant à chaque impact de cette chape de plomb qui avait emprisonné son monde intérieur.

Son corps, sa tête, son esprit, tout ce dont Miriam s'était déconnectée, se mettaient à revivre. Quelle joie de sentir ses fesses trempées par le banc humide ! Quel bonheur de sentir le froid lui piquer les doigts de pieds et quel délice d'enfin s'entendre penser à tout cela ! Des larmes commencèrent à couler de ses yeux, emportant dans leur cours les quelques flocons écrasés sur ses pommettes.

Son cerveau et son cœur libérés de leurs entraves commençaient peu à peu à retrouver leurs droits et à interroger la jeune femme : comment en était-elle arrivée là ?

Le regard perdu dans le vide, Miriam ne le savait pas vraiment. Son accident n'était vraisemblablement pas l'origine de sa chute. En était-ce le point d'impact ? Peut-être ou peut-être pas selon ce qu'elle en ferait. Une chose était sûre, plus jamais elle ne couperait les ponts avec elle-même. En choisissant de se fier aux cachets et aux médecins, elle avait certes congédié sa peur et ses angoisses, mais elle avait aussi par la même occasion chassé son intuition et son cœur. Levant les yeux vers les bassins s'éclairant à leur tour au pied du théâtre, Miriam se fit la promesse de garder ce lien avec elle-même coûte que coûte, même si la peur venait souffler sur ce serment pour le rompre. Se sentir vivre était sûrement un des seuls luxes qui ne se paye pas et pourtant la jeune femme en avait payé le prix fort à vouloir l'étouffer en inhibant ses sens. Il était temps de faire le ménage en soi. Finis les antidépresseurs et cette fois pas de produits de substitution. Miriam n'avait pas oublié que si elle avait pris ces médicaments, c'était avant tout pour se défaire de l'alcool et des anxiolytiques. Cette fois, il n'y aurait rien d'autre pouvant la couper de son cœur.

Deuxième décision, il lui fallait revoir qui l'accompagnerait dans sa convalescence. Ses choix actuels n'avaient pas été guidés par son intuition, mais par sa peur ! Et mieux valait arrêter le carnage dès à présent et commencer réellement le travail. La docteure Brodard ne faisait pas l'affaire. Rien n'avait bougé si ce n'était son compte en banque, et cette dernière lui avait fait comprendre que rien n'avancerait d'aussi tôt. Il était temps d'écouter son instinct. Si quelques flocons de neige avaient su lui ouvrir les yeux et la délivrer d'une telle soumission, Miriam eut l'intime conviction qu'avec le bon thérapeute, rien ne lui serait impossible. Idem pour le kiné, il était temps de leur dire *bye bye* avant de terminer comme ces femmes en séances depuis des années et qui ne savent même plus quel était le motif initial de leur venue. Terminée la règle du produit en croix, ne plus se fier au standing social et patrimonial ni à sa peur, Miriam avancerait au feeling, en écoutant son cœur.

Voilà la première règle qu'elle venait d'apprendre :

Le cœur est une boussole qui indique toujours la bonne direction.

Il avait suffi d'un peu de neige et de la nonchalance de la docteure Brodard pour que Miriam comprenne cela. Une « mauvaise direction » permet de chercher à retrouver le bon chemin.

Dès le lendemain, Miriam appliqua ses décisions de la veille. Les boîtes de cachets furent rangées dans un tiroir avec un léger pincement au cœur. La jeune femme savait que les prochains jours seraient compliqués, sevrage oblige. Dans la foulée, elle décida d'enfiler ses baskets et de partir direction Premium Kiné pour régler son dû d'un coup de carte Vitale et avertir de l'annulation de ses prochaines séances, ce qui eut pour effet de transformer le joli sourire commercial de la secrétaire en une mine antipathique lorsque cette dernière comprit que la décision de la jeune femme était irrévocable. Cette attitude ne fit que confirmer un peu plus Miriam dans sa décision. Cinq minutes de paperasse plus tard, Miriam se retrouva dehors, plus légère qu'avant d'être entrée.

La neige tombante de la veille au soir n'avait pas tenu ; le froid, lui, était resté, donnant au soleil un teint pâle. Miriam leva les yeux vers l'astre, en quête de lumière et d'encouragement. Dans sa démarche d'aller mieux, elle s'était fixé un objectif quotidien : défier sa peur du monde extérieur en marchant chaque jour un petit peu à la redécouverte de cette ville qu'elle aimait tant. Ainsi, en sortant de Premium Kiné, la jeune femme prit l'avenue à l'opposé de chez elle, direction rue de la Ré. Il était dix heures trente un mardi matin, il ne devrait pas y avoir beaucoup de monde. Ce fut effectivement le cas.

Après quelques pas apeurés, Miriam se surprit à prendre plaisir à repousser mètre après mètre les limites mentales qu'elle s'était érigées. Rapidement, elle arriva place de la République, cela faisait au moins six mois qu'elle n'y était pas allée. Même avant sa chute, son quotidien bien morose l'avait déjà éloignée du plaisir de marcher sans but ni contrainte. Profitant de sa venue, la jeune femme décida d'entrer chez Sephora. Cela faisait des lustres qu'elle n'était pas entrée dans un magasin de cosmétique. Elle se dirigea d'abord vers le rayon parfums sans réellement s'y attarder. Il devait y avoir chez elle quelques flacons à moitié pleins qui n'attendaient que d'être de nouveau utilisés. Il y avait autre chose dans ce magasin qui l'attirait sans qu'elle se l'avoue complètement : le maquillage. Miriam, un peu garçon manqué, ne s'y était jamais vraiment intéressée. Bien sûr, elle avait chez elle le strict minimum : fond de teint, eye-liner et rouge à lèvres pour les grandes occasions, mais elle considérait davantage tout cet attirail comme un cache-misère que comme autre chose. Très discrètement, Miriam commença à zieuter ces articles de plus en plus près. Des ustensiles en mousse, poudres matifiantes, fard à paupières. C'était la caverne d'Ali Baba, encore plus pour une fille qui n'était pas encore devenue entièrement femme. Elle ne connaissait pas tous ces objets et savait encore moins comment les utiliser. Une voix dans son dos la surprit alors, lui faisant lâcher le pinceau qu'elle tenait entre ses mains :

« Bonjour, je peux vous renseigner ? »

Miriam se retourna en sursaut pour répondre : « Bonjour, désolée pour le pinceau », puis elle s'accroupit pour chercher du bout des doigts l'objet par terre. L'employée était une jeune femme visiblement un peu plus jeune que Miriam, mais son maquillage et sa tenue lui donnaient une prestance supérieure. Elles avaient les mêmes cheveux longs et bruns, le même pigment de peau. Miriam se demanda si, apprêtée de la même façon, elle pourrait être aussi belle.

« C'est pas grave, faut pas vous en faire pour ça », s'empressa de répondre la jeune vendeuse tout en se mettant à genoux elle-même afin d'attraper le pinceau qui était derrière la chaussure de Miriam.

Après l'avoir frotté contre son tablier, elle ouvrit un tiroir et l'y déposa avant de reprendre :

« Vous recherchez un produit en particulier ?

— Pas vraiment, je n'y connais pas grand-chose.

— Vous avez quand même l'habitude de vous maquiller ?

— Pas vraiment, avoua honteusement Miriam qui se sentit rougir pour le coup sans maquillage.

— C'est pas grave ! Il faut un début à tout ! J'ai pas grand monde ce matin, je vous maquille gratuitement et vous montre les bases, si vous le souhaitez ? Au fait, moi c'est Louisa. »

Miriam hésita quelques secondes. Être maquillée par une étrangère à la vue de tous heurtait sa pudeur, mais en même temps son cœur lui criait son envie d'apprendre à se trouver belle. Quelle meilleure occasion que de commencer dès maintenant ?

Le cœur est une boussole qui n'indique jamais de mauvaise direction.

Appliquant son nouveau mantra, la jeune femme accepta et se retrouva en deux temps trois mouvements au premier étage, assise devant une coiffeuse à laisser Louisa remodeler son visage.

Laisser quelqu'un prendre soin d'elle se révéla être très agréable pour Miriam. Au fur et à mesure des va-et-vient des pinceaux sur son visage, la jeune femme sentit ses traits se décontracter et sa souffrance passée s'envoler. Louisa était douée pour son métier, même plus, c'était une vocation. Cette jeune maquilleuse expliqua à Miriam que ce CDI était un emploi stable en attendant de terminer une formation parallèle mélangeant maquillage et développement personnel, ce qui interloqua Miriam qui lui demanda :

« Eh alors, cela donnerait quoi si tu me faisais la démonstration de ta méthode maintenant ? »

Louisa, concentrée, eut un petit sourire en réponse, tandis que sa main ferme et précise dessinait le contour de l'œil de sa cliente.

L'intimité du moment et la bienveillance qui émanait de cette rencontre avaient donné l'intuition à Miriam qu'elle devait poser cette question. Le tutoiement lui était venu spontanément.

La maquilleuse, après avoir terminé le premier des deux yeux, lui répondit :

« Sais-tu pourquoi le maquillage a été créé ?

— Pas vraiment, répondit Miriam. Sûrement pour plaire aux autres, j'imagine.

— Eh bien, détrompe-toi. Le maquillage dans la plupart des cultures a souvent été un moyen d'extérioriser un état intérieur.

— Tu as des exemples ? s'empressa de demander Miriam en bonne mordue d'histoire qu'elle était.

— Bien sûr. Les peintures de guerre sous forme d'ornements permirent pendant longtemps d'effrayer l'ennemi. Les Indiens d'Amazonie l'utilisaient pour signifier leur appartenance à un certain clan. En Égypte, le khôl qui s'appliquait autour des yeux permettait de protéger son âme du mauvais œil. Le rouge à lèvres en Grèce antique était un moyen de montrer qu'on se prostituait. Bref, comme tu le vois, se maquiller c'est avant tout une manière de s'exprimer. »

Miriam regarda Louisa dans le reflet du miroir, impressionnée par cette découverte. Cette dernière reprit son explication :

« Il est aussi évident que de nos jours, le maquillage est tout autre. Redécouvert en Europe après les Croisades, il a été dans un premier temps diabolisé au Moyen Âge par les prédicateurs qui voyaient en lui une offense à Dieu. La suite de l'histoire est en dents de scie selon les époques : signe de noblesse à la Renaissance avec le teint pâle et les faux grains de beauté, etc., etc. »

La maquilleuse accompagna ses mots d'un geste circulaire pour écourter son exposé.

« Tout cela pour dire qu'aujourd'hui, le maquillage n'est pas forcément utilisé pour les bonnes raisons. Souvent, il est plus employé pour cacher ou travestir le vrai soi que pour l'exprimer ! On cache les cernes, les boutons, les défauts, mais quand est-ce qu'on montre sa beauté intérieure ? »

Louisa regarda Miriam dans les yeux sans que la jeune femme sache vraiment quoi répondre. Elle faisait elle aussi partie de ces femmes se camouflant derrière ces peintures.

Tout en continuant son travail, la jeune maquilleuse l'interrogea sur ce terrain :

« Et toi alors, même si tu n'es pas une grande fan du maquillage, comment tu l'utilises ?

— C'est effectivement plus un cache-misère qu'autre chose pour moi.

— De quelle misère parle-t-on ? Celle du cœur ou du corps ?

— Un peu des deux, je pense, répondit Miriam qui, à l'aise et dorlotée, fut moins pudique qu'à l'accoutumée.

— Bien, je vais te demander de fermer les yeux quelques secondes et me dire quelle a été la dernière fois que tu t'es sentie belle ? »

Quelques instants furent nécessaires pour permettre à Miriam de remonter loin dans ses souvenirs lorsque Florian, après lui avoir fait l'amour, avait plongé ses yeux dans les siens et lui avait dit pour la première fois « Je t'aime ». La jeune femme s'en était sentie sublimée.

« C'était il y a deux ans lorsque mon ex m'a dit "Je t'aime" pour la première fois.

— Hummm, OK. Je vais reformuler ma demande, garde bien les yeux fermés en attendant. Quand était-ce, la dernière fois que tu t'es sentie belle sans l'aide de personne ? »

Il fallut moins de temps à Miriam pour se souvenir de ce moment, elle répondit quasi instantanément :

« C'était juste avant la remise de mon diplôme, je me préparais dans ma chambre chez mes parents. J'étais heureuse et fière de moi. Mon visage était harmonieux, ma tenue m'allait bien. Je me suis regardée dans le miroir avec l'assurance d'être belle.

— Super ! C'est cette sensation qu'on va venir chercher. Garde les yeux fermés et connecte-toi à ce souvenir. Laisse ce sentiment de beauté, de fierté t'envahir, prendre possession de ton être. Rappelle-toi ta chambre, souviens-toi du parfum que tu portais, de cette joie qui te transcendait. La vie s'ouvre devant toi. Ton miroir te dit que tu es belle, que tu es femme, que tu es reine. Inspire toute cette confiance en toi. Inspire cette chaleur et nourris-t'en. Je te laisse apprivoiser cet état de félicité en respirant profondément pendant que je termine les derniers ajustements. »

Miriam savourait ce moment. C'était comme si une boule de chaleur partait de son cœur pour venir irriguer chaque cellule de son corps. Tout était beau, tout était chaud, tout était amour en elle.

Louisa vint avec légèreté ramener Miriam à la réalité :

« Bien, avant de revenir parmi nous, je vais te demander d'enregistrer les coordonnées de cet endroit pour pouvoir y retourner dès que tu le souhaites, simplement en t'y connectant comme tu viens de le faire. Cet état t'appartient et cette beauté est avant tout intérieure, c'est le vrai toi. Avant d'ouvrir les yeux, je vais te demander de répéter cinq fois à haute voix : "Je suis une belle personne. Je m'aime et je m'accepte telle que je suis." Avec ces mots, ton souvenir va venir se mélanger pour ne faire plus qu'un avec eux, si bien qu'en disant cette phrase chaque matin tu appelleras la sensation qui en découle. »

Miriam s'exécuta docilement :

« Je suis une belle personne. Je m'aime et je m'accepte telle que je suis. »

« Je suis une belle personne. Je m'aime et je m'accepte telle que je suis. »

« Je suis une belle personne. Je m'aime et je m'accepte telle que je suis. »

« Je suis une belle personne. Je m'aime et je m'accepte telle que je suis. »

« Je suis une belle personne. Je m'aime et je m'accepte telle que je suis. »

Un crépitement se fit ressentir dans la gorge de Miriam comme si quelque chose s'était dénoué. C'était comme si une vague chaude déferlait le long de son œsophage. La jeune femme ouvrit les yeux.

Miracle, Miriam eut du mal à se reconnaître dans le miroir. Scrutant chaque centimètre de son visage, elle n'en revenait pas. Sa bouche était devenue pulpeuse, le rouge à lèvres brun choisi par Louisa y était pour beaucoup. Le vert de ses yeux s'était transformé en émeraude, les paupières dorées ne faisant qu'accroître la beauté, ses sourcils étaient dessinés et symétriques, une première. Rien n'avait été laissé au hasard. Les larmes lui montèrent aux yeux. Miriam se tourna vers Louisa le cœur rempli de gratitude. La maquilleuse la regarda avec un sourire malicieux.

« Je ne sais pas comment te remercier, c'est énorme ce que tu as fait, lança Miriam émue.

— Peut-être déjà commencer par te remercier toi-même, répliqua Louisa avec un clin d'œil.

— Pourquoi dis-tu cela ? C'est ton travail pas le mien !

— Eh bien, oui et non, si tu veux tout savoir ! Tu vas comprendre rapidement ! Tu t'es vue devant ce miroir pratiquement tout le long de notre entretien, tu es d'accord ? »

Miriam acquiesça d'un bref hochement de tête, curieuse d'entendre la suite.

« Et il n'y a que quand tu as ouvert les yeux que tu as enfin vu la beauté en toi ? On est d'accord ?

— Oui, mais tu as continué le travail pendant que mes yeux étaient fermés, c'est sûrement là que tu as mis la touche manquante !

— Oui, mais non ! En fait, les cinq dernières minutes lorsque tes paupières étaient closes, j'ai fait semblant de travailler. Il n'y avait rien sur le pinceau, répondit Louisa, amusée.

— Mais pourquoi ?

— Mais pour te faire comprendre l'essence même du maquillage ! Il n'est qu'exhausteur de l'opinion que tu as de toi-même. Il a fallu te reconnecter à ta beauté intérieure, à ta confiance en toi pour qu'elle soit visible à l'extérieur. Tu m'as dit tout à l'heure que tu cachais ta misère intérieure derrière cette façade. Je pense que ce n'est pas ta misère que tu caches, mais ta féminité. Cette part de toi recèle une source de beauté inépuisable. Mais pour te trouver belle, ce n'est pas du regard des autres dont tu as besoin, mais de ton propre regard. Pour te trouver belle, tu dois apprendre à t'aimer, à t'aimer dans ton entièreté, c'est-à-dire dans ton masculin et ton féminin. Et pour cela, la fille doit devenir femme autant à l'intérieur qu'à l'extérieur.

— Quelle claque ! s'exclama Miriam. Je n'avais jamais vu les choses sous cet angle-là ! »

La jeune femme approcha son visage de la glace comme pour vérifier que c'était bien elle.

« Oui, c'est bien toi, ou du moins c'est bien la femme qui sommeille en toi et qui n'attend que d'être réveillée, renchérit Louisa.

— Mais comment y arriver ?

— Comment es-tu arrivée jusqu'ici ?

— En suivant mon instinct, répondit Miriam tout en repensant à son cœur.

— Génial ! C'est ça, écoute ton cœur, il te guidera toujours et puis maintenant tu as de nouveaux outils en plus dans ta trousse de beauté ! Tu sais qu'à tout instant tu peux utiliser ton maquillage pour booster la confiance en toi. Pense aussi à répéter la petite phrase apprise à haute voix tous les matins devant le miroir pour raviver ta propre flamme intérieure. Eh oui, même pour soi il faut entretenir son amour avec des petits gestes du quotidien ! »

Ce moment de bien-être se termina ainsi. Louisa laissa son numéro à Miriam pour aller boire un verre à l'occasion. Miriam sortit ébahie par cette rencontre. Quelque chose en elle avait bougé, s'était même rectifié au fil de ces minutes passées avec Louisa. Son estime d'elle-même ou plutôt sa non-estime d'elle-même avait commencé à se transformer. Elle le sentait au plus profond de son cœur, il y avait du mouvement là-dedans et qu'est-ce que ça faisait du bien !

En prenant la direction de chez elle après cette matinée bien remplie, Miriam chercha son image plusieurs fois dans le reflet des vitres des magasins. À chaque regard, elle se trouvait toujours aussi belle, voire plus. Et au-delà de l'aspect physique, c'était bien un amour plus profond qui avait été ranimé par ces coups de pinceau. Dopée par cet élan d'amour envers elle-même, Miriam sentit les peurs qui l'accompagnaient se faire plus petites sur le chemin du retour. En partant ce matin, Miriam était venue pour redécouvrir son quartier, pousser un peu ses limites. En rentrant ce midi, elle se rendit compte que c'était avant tout une partie d'elle-même qu'elle avait redécouverte.

Miriam avait suivi son cœur. Ce dernier l'avait amenée à comprendre l'importance de nourrir son âme insatiable d'un amour toujours plus fort envers soi. Là était la leçon du jour. L'amour est l'essence du cœur.

Magie d'un premier regard envers soi-même
Regard flatteur, regard bohème,
Des yeux qui brillent, des yeux qui aiment,
Éloignent le doute, éloignent la haine.
Transforment corbeau en hirondelle
Et mon reflet devient diadème
Je me sens forte, je me sens belle
Plus je m'accepte, plus je m'élève
J'étais aveugle, maintenant je veille
J'étais esclave, me voilà reine.

« Quel mal de tête ! »

Le soleil de la veille peut laisser place à une pluie diluvienne sans avoir à se justifier. Ainsi va la vie. Elle ne subit aucune loi, mais dicte la sienne. Telle la houle qui se veut tour à tour creuse puis pleine, mais nous laisse le choix : lutter au risque de boire la tasse à chaque vague ou suivre le courant de la vie vers le chemin qu'elle nous réserve.

Tout tanguait autour de Miriam. Avachie sur son canapé, une bassine sur les genoux, la jeune femme écœurée au plus haut point, subissait à-coup après à-coup les râles de son estomac. Son cerveau était d'une lourdeur telle que plus rien n'avait de place dans son esprit. La belle journée de la veille était loin. Pas de maquillage aujourd'hui, et difficile d'écouter son cœur dans de telles conditions. Cela faisait depuis quatre heures du matin que cela durait. Les volets étaient restés clos. Miriam ne pouvait garder ses paupières fermées sans avoir envie de vomir. Il était onze heures trente-deux sur l'écran de son portable quand elle se décida enfin à appeler le docteur Berenit pour comprendre ce qu'il se passait.

C'est la secrétaire qui répondit. Le docteur était en domicile le mercredi, compressée par son mal de tête Miriam l'avait oublié. Compte tenu de la douleur palpable au bout du fil, l'assistante accepta de prendre les coordonnées de la jeune femme pour que Berenit la rappelle dès que possible. Après avoir raccroché, Miriam, épuisée par ces quelques mots, s'assoupit sur le canapé.

C'est la sonnerie de son téléphone qui la réveilla deux heures plus tard de cette sieste vaseuse.

« Allô, dit Miriam d'une voix pâteuse.

— Oui, docteur Berenit à l'appareil. Que se passe-t-il ?

— Bonjour docteur. J'ai appelé votre cabinet car j'ai des nausées et une chape de plomb au niveau du front depuis ce matin.

— D'accord, des convulsions ?

— Non.

— Pas de fièvre ? »

Miriam posa sa main sur son front.

« Non plus.

— Une impression d'engourdissement ?

— Non, plus un manque d'énergie.

— Avez-vous modifié votre traitement d'antidépresseurs ? »

Miriam hésita quelques secondes avant de répondre :

« Je les ai arrêtés…

— Ne cherchez pas plus loin, voilà la cause de votre mal-être. Qu'est-ce qui vous a pris ?

— Ces cachets m'empêchaient de ressentir.

— Oui, c'était leur but, jeune fille, je vous rappelle que vos idées noires vous ont déjà conduite à l'accident une première fois. Je vais vous faire une nouvelle ordonnance, nous allons changer de molécule pour que vous soyez plus à l'aise avec votre traitement. En attendant, reprenez vos anxiolytiques pour accompagner la descente des hormones. Les deux prochains jours seront de toute évidence compliqués, mais s'il n'y a pas d'aggravation des symptômes, cela devrait passer tout seul. Ne tardez pas à prendre le nouvel antidépresseur pour éviter toute rechute. Bonne journée. »

La tonalité de la ligne changea. L'appel était terminé.

Miriam laissa tomber son portable sur le sofa à côté d'elle et regarda le tiroir où elle avait emprisonné tous ses cachets la veille. Que faire ? La nausée était telle qu'elle aurait fait n'importe quoi pour arrêter ce supplice. En même temps, n'était-ce pas le prix à payer pour quitter ce navire médicamenteux qui la retenait prisonnière depuis si longtemps ? N'était-ce pas lui-même qui était responsable de ses nausées ? Si ! Pourquoi alors s'enfermer encore dans un nouveau traitement si ce n'était par peur de s'en libérer définitivement ?

Deux jours avant, assise sous la neige, Miriam se l'était promis, jamais plus elle ne se couperait de ses émotions. Finalement peut-être que ces maux étaient une épreuve que lui envoyait son cœur pour vérifier la véracité de sa promesse ?

« Oui », résonna dans sa poitrine. Voilà la confirmation que Miriam attendait !

Non, elle ne craquerait pas, elle ne retomberait pas dans le panneau. Les mots du docteur Berenit avaient eu l'effet inverse que ce pour quoi ils avaient été prononcés. Ils avaient juste confirmé à Miriam que ces médicaments étaient un poison, un poison l'éloignant d'elle-même.

Mais alors, comment endiguer son mal ? La jeune femme repensa aux flocons guérisseurs qui avaient béni son front quarante-huit heures plutôt, puis au lendemain de la dispute avec son père six mois auparavant. Sortir de son appart lui avait permis encore une fois de ne pas imploser. De l'air frais, était-ce là son radeau de sauvetage ?

Puisant dans les dernières gouttes d'énergie qui ne l'avaient pas abandonnée, Miriam se mit en mouvement pour descendre en quête de mieux-être. Chaque pas était un combat, chaque mètre parcourut un exploit. Alors qu'elle arrivait sur le bitume, pas de miracle : l'air gelé n'estompa pas sa douleur. Pire, le bruit des voitures et la foule continue exacerbèrent ses maux. La pression dans sa tête était cependant si grande que, cette fois, aucune anxiété ne trouva la place de germer pour occuper ses pensées. Miriam, ne perdant pas espoir, décida de s'éloigner des artères centrales pour se diriger vers un endroit plus calme. Éreintée par son état, elle s'arrêta quelques dizaines de mètres plus loin sur la place Sathonay.

Le souffle coupé et la tête en béton armé, Miriam trouva refuge sur un banc dans le square au centre de la place. Premier constat, la situation n'était pas pire que dans son appartement. L'air frais commençait même après quelques minutes à chatouiller ses sinus, ce qui apaisait légèrement sa migraine.

Le mal de tête se faisant plus supportable, le décor aux alentours arrêta de tanguer. Miriam leva alors la tête pour examiner l'environnement dans lequel elle avait trouvé refuge. Il n'y avait pas un chat à l'horizon. Les autres bancs étaient vacants, la terre battue encore immaculée et les grands platanes, quadrillant le square, dénués de toute feuille. C'était comme si l'espace d'un instant, le temps s'était arrêté à cet endroit précis. Un bug dans la fourmilière ! Miriam n'aurait pu rêver mieux pour soulager son mal de crâne. Silence et air frais, un luxe difficilement trouvable en métropole.

Bercée par ce calme ambiant, la jeune femme resta là assise un long moment. Son cerveau était toujours aussi ankylosé, impossible de faire plus que de patienter pour le moment.

Faire de son mieux avec ce qu'on a, simplement. Traverser les bourrasques avec la seule conviction qu'avancer peut permettre de dépasser. Voilà l'expérience inconsciente entreprise par Miriam cette après-midi-là. Inconsciente, car on n'apprend la leçon qu'une fois l'expérience terminée. Pour le moment, perdue dans les méandres de son être, Miriam ne semblait qu'attendre un mieux. Mais attendre en accueillant, c'est aussi quelque part avancer.

Après quelques heures, la jeune femme décida de rentrer chez elle. Épuisée, elle se coucha en même temps que le soleil pour se réveiller le lendemain à l'heure où ce dernier était déjà remonté au zénith.

Pas de mieux, pas de pire, une chape du même poids lui plombait les méninges. Miriam se força à boire un peu d'eau. Pour ce qui était de la nourriture, rien que le fait de penser au mot manger lui brassait l'estomac. Finalement après encore quelques gorgées et des nausées un peu plus fortes, il s'avéra que sa forme du jour était moindre que la veille. N'ayant la force de sortir aujourd'hui, Miriam resta au chaud, coincée entre somnolence et haut-le-cœur l'obligeant à se pencher au-dessus de la bassine. Les neurones encore bien engourdis, le temps passa sans passer. Sensation assez bizarre que cette douleur si lourde qu'elle nous déconnecte de notre espace-temps.

Cet état se prolongea ainsi jusqu'au lendemain en fin d'après-midi. Quelle tempête !

Retrouvant à ce moment-là un semblant de réflexion et un peu d'énergie, Miriam décida de sortir se dégourdir les pattes et de s'acheter un petit truc à manger. Ces deux jours de diète l'avaient épuisée. Lorsqu'elle fut enfin dehors, la nuit était déjà en train de tomber. Miriam se décida à prendre à gauche à la sortie de son immeuble, direction la supérette la plus proche. Arrivée dans le Casino, elle se dirigea vers les grands réfrigérateurs au fond du magasin. Ses papilles réclamaient du frais. Une salade de carottes et une citronnade feraient l'affaire pour ce soir. Après un passage express aux caisses automatiques, Miriam se retrouva à nouveau sur le bitume. Continuant son petit tour dans son quartier, son regard fut attiré par la vitrine d'une boutique abritant un diffuseur dont s'échappait une brume envoûtante. Elle était passée des centaines de fois devant cette devanture sans jamais s'y intéresser.

Et ce soir, un peu comme à Sephora, son cœur la suppliait d'y entrer.

Miriam décida de l'écouter à nouveau en franchissant la porte d'entrée. Un carillon résonna tandis que la porte se refermait. La jeune femme fut de suite plongée dans une odeur d'encens assez agréable. Son regard parcourut d'une vue panoramique la boutique. Au fond, une dame à la longue chevelure noire était en pleine discussion avec un monsieur. Elle était vêtue d'une combinaison noire et d'une écharpe violette venant casser la monotonie de sa tenue. Au vu de la parka de son interlocuteur, il semblait bien qu'elle était la vendeuse et lui le client. Le regard de Miriam continua son tour. À gauche, des pierres étaient exposées dans une armoire vitrée. Il y avait là une sacrée collection. Miriam reconnut un cristal par sa couleur transparente, mais d'autres minéraux lui étaient complètement étrangers. Une pierre aux petits pics violets portait l'étiquette « améthyste », un galet rouge aux fissures dorées « jade » et une pointe d'un noir éclatant portait la mention « onyx ». Autant de noms inconnus pour Miriam, mais dans leur éclat, une beauté attirante fit vibrer son cœur. Cette mise en bouche intrigua la jeune femme qui dépassa le paillasson d'entrée pour s'aventurer dans l'antre de la boutique. Il y avait là beaucoup de plantes sous forme de tisanes, d'ampoules et de gélules, des flacons au nom mystérieux, une mini-bibliothèque aux titres farfelus *Le Dictionnaire des rêves*, *Le Tao, la voie du milieu,* ou encore *Les Esprits de la forêt*. Visiblement, passée la beauté au prime abord des pierres, rien ne lui était destiné, mais pour ne pas paraître impolie, Miriam continua son tour du propriétaire.

S'approchant du fond de la boutique, la jeune femme entendit alors une bribe de la conversation en cours entre la vendeuse et le client.

« Pour votre mal de tête, essayez la camomille et le desmodium et on refait le point d'ici une semaine. »

Ces mots si anodins eurent quand même un impact sur Miriam. Et si son intuition l'avait guidée dans cette boutique en quête de remède ? Pour en avoir le cœur net, elle décida de patienter le temps que la conseillère termine avec le monsieur pour lui demander son aide. Prenant son mal en patience, la jeune femme s'avança vers une table sur laquelle étaient entreposées des cartes de thérapeutes. Réflexologie, reiki, art-thérapie, médecine ayurvédique, bio-acupressing, EFT, PNL, EMDR, le regard de Miriam se perdit vite au milieu de tous ces noms dont elle ne connaissait même pas l'existence jusqu'alors… Toutes ces cartes arboraient des couleurs et symboles différents, de quoi brouiller encore un peu plus le cerveau de la jeune femme. C'est alors qu'au milieu de ce large panel de coloris s'extirpa une carte parmi cent. La plus basique ! Une carte blanche, concise, laissant apparaître la mention « Marc Brassant – Masseur-Kinésithérapeute ». Enfin quelque chose que Miriam comprenait ! Et comme une évidence n'arrive jamais seule, la jeune femme n'avait encore trouvé aucun kiné pour poursuivre sa rééducation. Elle récupéra donc une carte qu'elle glissa dans la housse de son Smartphone pour appeler en rentrant. Au même moment, derrière elle, la caisse enregistreuse se mit en marche dans un bruit sourd pour imprimer le ticket de caisse. Le client et la vendeuse se saluèrent et quelques instants plus tard, le carillon résonna au moment où l'homme quitta les lieux. Miriam essaya de résumer dans sa tête tous les tenants de son histoire afin d'être sûre de ne rien oublier en s'approchant du comptoir pour demander conseil.

La vendeuse à la longue chevelure noire, de dos, était visiblement occupée à réapprovisionner son imprimante en encre. La jeune femme l'apostropha timidement par un « Bonsoir ».

La dame se retourna alors les mains chargées du toner usé.

« Mademoiselle, que puis-je faire pour vous ?

— J'aurais aimé des conseils pour m'aider à sortir d'une phase compliquée, s'il vous plaît.

— Oui, avec plaisir, je range cela, dit la vendeuse en montrant la cartouche du bout des doigts et je suis toute à vous. »

Miriam acquiesça et en profita pour dévisager son interlocutrice pendant que cette dernière s'activait à se rendre disponible. Elle devait avoir quarante-cinq ans peut-être un peu plus. Difficile d'en avoir le cœur net tant sa grande chevelure d'un noir immaculé semblait juvénile. Ses yeux étaient d'un vert légèrement ambré. Son regard était franc et bienveillant, donnant un sentiment de confiance. Il y avait quelque chose chez cette femme d'à la fois féminin et sauvage, ce qui ne laissait pas Miriam indifférente. Son maquillage était soft, ses bijoux épurés et peu voyants, mais son allure inspirait le respect. C'était comme si, déchargée du sophistiqué, la féminité exprimait son vrai message.

Après les quelques secondes nécessaires à effectuer sa tâche, la conseillère retrouva sa place derrière le comptoir et interrogea Miriam :

« Alors, je vous écoute. Vous me parliez d'une période compliquée. Puis-je en savoir un peu plus ? Est-ce difficile physiquement, mentalement ?

— Les deux, je crois. »

Miriam leva la tête après avoir parlé. La vendeuse la regardait fixement avec ce même regard rassurant. Elle sentit qu'elle pouvait reprendre :

« Pour faire court, je suis en arrêt depuis cinq semaines pour une fracture de la clavicule après un accident. Suite à cela, le médecin m'a prescrit un antidépresseur pour calmer mon anxiété. J'ai tout arrêté il y a trois jours sans avis médical car je ne supportais plus cette impression d'être coupée de mes émotions. Et là, c'est invivable depuis, j'ai la tête dans un étau, des nausées, impossible de manger ni d'avancer, bref, invivable. »

Une fois de plus, Miriam se surprit à savourer le fait d'exprimer son ressenti. La dame, en face, avait écouté sans broncher, ses yeux toujours aussi fixes et objectifs. Après quelques secondes de silence, elle nota quelque chose sur son calepin au crayon puis releva la tête.

« Bien, déjà premièrement vous avez eu tort d'arrêter votre traitement de la sorte. »

Miriam baissa les yeux comme une enfant ayant fait une bêtise, elle n'aimait pas les remontrances.

« Grossièrement, les antidépresseurs agissent en bloquant et régulant l'information entre certaines parties du cerveau. Ce dernier s'est donc habitué à vivre selon ces nouvelles règles et vous, d'un seul coup, vous faites exploser le barrage en arrêtant le traitement, ce qui relance une activité à l'arrêt depuis un mois. C'est un sacré chamboulement ! Pour certaines personnes, ces symptômes peuvent durer des mois voire des années. »

La jeune femme eut un coup de flip en entendant cet avertissement et s'empressa de demander, paniquée :

« Vous pensez que c'est ce qu'il va m'arriver ?

— Non, répondit la femme aux cheveux noirs. Votre traitement n'a pas duré longtemps, vous êtes jeune et puis nous allons tâcher de trouver ensemble quelque chose de naturel pour dorloter votre cerveau dans ce processus. »

Miriam acquiesça, soulagée d'apprendre qu'une solution existait. Comme à l'hôpital après son malaise lorsque l'infirmière avait pris le temps de lui expliquer la nature de ses maux, cette conversation avait permis à Miriam de comprendre son erreur et ce qu'il se passait en elle. Comprendre où l'on est permet de donner un point de départ pour savoir où l'on va.

La vendeuse reprit :

« Bon, donc arrêt d'un traitement d'antidépresseurs, OK, syndrome de sevrage sévère depuis trois jours, d'accord. Pour qu'on adapte au mieux l'accompagnement, j'aurais besoin de comprendre le contexte qui vous a menée à cet épisode. D'accord ?

— Oui, qu'est-ce que vous voulez savoir ? répondit avec détermination Miriam voulant avancer.

— Pour trouver le "remède" correspondant au mieux à votre histoire, il faut comprendre pourquoi vous en êtes là aujourd'hui. On va essayer de remonter dans l'ordre chronologique inverse et à chaque fois avec le maximum d'honnêteté. Ne laissez pas votre ego maquiller la vérité. »

Miriam fit oui de la tête.

« Premièrement, pourquoi ce traitement ?

— Il m'a été prescrit à l'hôpital pour gommer mon addiction aux anxiolytiques et retrouver de la sérénité, mais je ne me suis décidée à le prendre qu'une semaine après, lorsque j'ai fait une crise d'angoisse en ressortant pour la première fois depuis mon accident.

— OK, vous pouvez me décrire cette crise d'angoisse ?

— Oui, une fois la porte de mon immeuble franchi, l'extérieur m'est apparu hostile, plus grand, plus bruyant. Mon équilibre était plus précaire, mes jambes flageolantes, mon cœur battait fort. J'ai eu une sensation de vertige, un peu… un peu comme si je marchais au-dessus du vide.

— D'accord, vous me parlez du vide, vous êtes sujette au vertige ? »

Miriam prit quelques secondes pour y réfléchir puis répondit :

« À vrai dire, non, j'ai toujours aimé prendre de la hauteur pour observer le monde que ce soit en haut d'un gratte-ciel, de Fourvière ou en avion. Cependant, depuis cet accident, il est vrai que j'ai un peu de mal avec la hauteur. J'habite au quatrième étage et rien que regarder par ma fenêtre m'oppresse.

— D'accord, vous utilisez beaucoup le mot ACCIDENT, concrètement que s'est-il passé ?

— J'ai perdu connaissance dans le métro. En tombant, j'ai eu une commotion cérébrale et la fracture à la clavicule et je me suis réveillée à l'hôpital.

— Qu'est-ce qui a provoqué le malaise ?

— Les médecins m'ont dit que c'étaient les anxiolytiques mélangés à mon hygiène de vie qui auraient provoqué l'accident.

— D'accord, mais alors si c'est le cas, pourquoi utiliser le mot accident qui vous prive de votre responsabilité dans ce qui vous est arrivé ? C'est bien vous qui avez pris les cachets ?

— Je ne... Je ne sais pas », balbutia Miriam.

La jeune femme prit une grande inspiration et essaya de répondre le plus honnêtement possible :

« Peut-être que c'est plus facile de me dire que tout n'est pas de ma faute, simplement.

— Ah, voilà votre ego qui lâche. Très bien ! Cependant, petite rectification de la plus grande importance : il y a une énorme différence entre faute et responsabilité. Ce malaise n'est pas arrivé pour vous accabler de culpabilité en vous disant que vous êtes nulle, que votre hygiène de vie l'est aussi et que vous allez porter cette faute à vie. Non, au contraire, ce qui est arrivé est arrivé pour vous dire de devenir responsable de votre santé, de vos pensées et de votre corps, pour vous faire prendre conscience de ce merveilleux pouvoir qui sommeille en vous et qui peut changer votre vie.

— C'est vrai, avoua Miriam qui n'avait encore jamais regardé son histoire sous cet angle.

— Bien, reprit la vendeuse. Alors, revenons à nos moutons. Pourquoi preniez-vous ces cachets et quelles autres habitudes ont provoqué votre malaise ?

— Cela doit faire cinq, six ans que j'ai commencé les anxiolytiques. Au début, c'était pour le stress des exams puis après pour le stress tout court. L'année passée, j'ai connu une rupture amoureuse, une grosse dispute avec mon père et le décès de ma grand-mère. Ma consommation n'a fait qu'augmenter. À cela, il faut rajouter cigarette, alcool, un peu de shit, des Doliprane et anti-inflammatoires. Mais depuis mon acci... depuis mon malaise, se reprit la jeune femme, j'ai arrêté alcool, cigarettes et drogue.

— D'accord, et comment s'est passé l'arrêt de ces trois substances ?

— Ma mère est restée avec moi la semaine suivant mon retour de l'hôpital et sa présence m'a bien aidée. Une infirmière m'avait parlé d'un livre pour arrêter de fumer. Je l'ai lu en trois jours et cela a été miraculeux. Pour ce qui est de l'alcool et du shit, je ne peux pas nier que leur arrêt correspond aussi au début des antidépresseurs et que l'effet du nouveau produit a peut-être substitué celui des anciens.

— Tant mieux, il faut bien qu'ils aient des avantages ces cachets, rétorqua la vendeuse qui souhaitait encore une fois déculpabiliser la jeune femme. Bien, visiblement cette année passée vous a fragilisée et a touché, pour reprendre vos mots, votre équilibre. Ce qui explique ces vertiges, votre chute, vos angoisses et la recherche de sécurité dans la présence de votre mère où lors de ses absences dans vos anciennes addictions. »

La dame aux cheveux noirs marqua une pause comme pour laisser ses paroles imprégner le subconscient de Miriam. Jusqu'alors la conversation était baignée dans un fond sonore comprenant une multitude de petits bruits aux alentours. Après ces mots, tout sembla s'arrêter, même le temps lui-même, rendant la parole quasiment divine.

Quelle claque pour la jeune femme ! Cette inconnue avait visé juste, mieux que la psychiatre qui l'avait suivie pendant quatre séances, mieux encore qu'elle-même. Une larme coula sur sa joue. Enfin un début d'explication quant à ses angoisses lui était proposé. Quel soulagement !

Presque instantanément, la dame en face lui tendit un mouchoir avec un air compatissant.

« Pleurez sans crainte, laissez ces larmes vous quitter pour vous rendre plus légère. »

Miriam accepta le mouchoir en murmurant un timide « merci » et d'autres larmes suivirent le courant.

« Même si la période est douloureuse et que l'arrêt des cachets de cette manière n'était pas du tout recommandé, tout cela laisse présager que le changement opère au plus profond de vous. Nous sommes quasiment tous passés par là. Rares sont ceux qui ont guéri leurs blessures d'un coup de baguette magique. Le chemin peut être par moments ardu, mais encore une fois ne vous en voulez pas de vous être échouée aussi loin, mais félicitez-vous d'avoir commencé à revenir vers vous-même. La plupart des gens n'ont pas cette chance. »

La jeune femme acquiesça en s'abreuvant de ces paroles pleines d'espoir.

« Je vais vous conseiller des compléments naturels pour vous aider dans ce passage. Cependant, pour le reste, il vous appartient de vous entourer de bonnes personnes pour vous aider à sécuriser votre corps et votre esprit, dit la dame à la chevelure noire en regardant l'épaule de Miriam. Bon, pour pallier le sevrage des antidépresseurs, je pense qu'on va partir sur du *Rhodiola rosea* en ampoule, une par jour. Il existe des plantes plus puissantes, mais celle-ci est la plante de l'équilibre. »

La vendeuse envoya un clin d'œil à Miriam et sortit de derrière la caisse pour aller chercher une boîte bleue où une fleur rose était imprimée sur le devant. À son retour, elle posa le complément sur le comptoir, nota le dosage sur l'emballage et reprit :

« Pour accompagner cela, des fleurs de Bach, un mélange châtaignier et mélèze devrait faire le job. Le châtaignier permet de se libérer de ce qui n'est plus utile pour se transformer et le mélèze, lui, booste la confiance en soi pour agir et avancer. »

Encore une fois la vendeuse se déroba à sa position pour aller chercher deux flacons.

« Six gouttes de chaque dans une bouteille d'eau tous les jours pendant les deux prochains mois. Voilà, je pense que cela sera amplement suffisant.

— Je l'espère », rétorqua Miriam en posant son sac sur la caisse pour y récupérer sa carte bleue.

Ses courses faites une demi-heure plus tôt, entassées à l'intérieur, l'empêchant de récupérer son portefeuille, la jeune femme décida de les sortir pour accéder plus facilement à l'objet de sa recherche.

« Intéressant, l'apostropha la vendeuse en regardant le repas de la jeune femme sur le comptoir.

— Pourquoi ça ? répondit Miriam surprise.

— Carottes au jus de citron, citronnade, pamplemousse. Petite envie d'agrumes ?

— Oui, une grosse envie même. C'est la seule chose qui me fait envie après ces trois jours de nausée.

— Humm, je vois, le foie crie au secours.

— Ah bon ? Pourtant je n'ai pas de douleurs, aucune.

— Pas besoin, mais quand l'envie d'agrumes se fait trop pressante, c'est en général que le foie cherche à se détoxifier. Et à vrai dire ce n'est pas du tout étonnant si vos derniers mois ont été riches en alcool et cachets, il y a un réel besoin d'éliminer ce qui est toxique.

— D'accord, que me conseillez-vous alors ? demanda la jeune femme.

— Des radis noirs pendant vingt jours devraient nettoyer tout cela.

— Très bien, en route pour le grand nettoyage. »

Miriam avait envie de faire confiance à cette dame aux longs cheveux. Elle avait envie de faire confiance à la nature et à des produits au nom de plantes bien réelles et plus à ces cachets aux noms inventés et aux effets si controversés.

Encore une fois, si son cœur l'avait menée là, si ses courses et son cœur se trouvaient là étalés sur le comptoir d'une parfaite inconnue et si cette étrangère l'avait cernée et délivrée de larmes empoisonnées en quelques mots, c'est qu'il y avait bien une raison.

La vendeuse partit chercher la boîte de radis noirs. Miriam en profita pour enfin extraire son portefeuille de son sac à main et en sortir sa carte bleue.

À son retour, la vendeuse prit un petit sac en papier kraft et y glissa les trois articles avant de demander si la jeune femme souhaitait qu'elle y mette aussi ses courses, ce à quoi Miriam répondit « oui » en la remerciant. Elle régla ensuite la note : 43 euros. C'était à la fois cher par rapport à ses précédents achats en pharmacie, mais en même temps, une fois son code bancaire validé, Miriam eut l'impression d'avoir fait quelque chose de bon pour elle. Un sentiment d'apaisement la parcourut. L'espoir, cette fois-ci le véritable espoir, se trouvait dans cette nouvelle manière de vivre.

Avant de reprendre le chemin de chez elle, la vendeuse glissa un dernier message à Miriam :

« En attendant de consolider votre épaule et de trouver le thérapeute qui vous accompagnera, il pourrait être intéressant de lire *L'Alchimiste* de Paulo Coelho. On ne marche toujours que sur son propre chemin. Mais pour avancer, il est important d'accepter de lâcher des bagages, des compagnons et certaines directions. Ayez confiance en vous, acceptez de devoir à l'occasion vous arrêter, respirez pour prendre le recul nécessaire à la prise de décision. Et tout se passera bien. On a tous besoin d'un peu de hauteur pour regarder notre position avec un regard neuf. »

La vendeuse lui adressa un clin d'œil.

« Ma porte vous reste ouverte. Au plaisir. »

Miriam salua la dame à la longue chevelure noire et ouvrit la porte faisant résonner le carillon. Dehors, l'air glacé lui saisit le visage et lui brûla les narines, mais sous son manteau, une flamme s'était rallumée d'un feu qui ne s'éteindrait plus. Confiance.

Quelques jours plus tard, le vent s'était calmé.

Délivrée de sa migraine et de ses nausées, Miriam retrouva peu à peu un peu plus de légèreté. Le ciel n'était cependant pas totalement dégagé. La brume dissipée de ces antidépresseurs avait, hélas, laissé réapparaître les peurs jusqu'alors cachées, mais les compléments alimentaires conseillés s'avéraient efficaces et permettaient à la jeune femme de ne pas se laisser ensevelir par ces vagues, mais au contraire de les accueillir. Suivant les conseils de la vendeuse aux cheveux noirs, elle avait même repris son chemin vers la guérison dès le soir même. Après avoir laissé un message sur son répondeur, le kiné dont elle avait trouvé la carte au magasin lui avait proposé un rendez-vous par SMS. Miriam avait accepté le rendez-vous prévu une semaine plus tard. Le thérapeute se trouvait dans le Vieux Lyon. Cela serait la première fois pour elle, depuis son malaise, qu'elle allait retourner de l'autre côté de la Saône. Cette sortie vers un quartier connu et aimé devenu inconnu au fil des derniers mois destructeurs amenait son lot d'émotions à Miriam, stress et envie se battant pour gagner la première place dans sa psyché sans jamais arriver à se départager. Lorsque l'anxiété grondait trop fort, la jeune femme s'efforçait de retrouver le calme. En fouillant Internet, elle avait découvert des exercices de respiration sur YouTube. La vidéo s'appelait *Cohérence cardiaque* et mettait en scène une balle montant et descendant. L'objectif étant d'accompagner les mouvements de la balle en inspirant et expirant. Miriam avait, la première fois, trouvé le concept trop con pour qu'il soit efficace, mais avait quand même décidé de tenter l'expérience pour ne rien regretter. Et le résultat fut au rendez-vous. Concentré sur la baballe montant et descendant, calant sa respiration sur son rythme, son mental lâchait au fur et à mesure. C'était bluffant.

Ainsi un autre outil, cette fois numérique, vint s'ajouter à sa collection. Le jour de sa première séance chez son nouveau kinésithérapeute était arrivé. La nuit la précédent en fut quelque peu agitée. Le rendez-vous était prévu pour onze heures. Miriam avait passé une bonne partie de la matinée devant ces vidéos antistress en quête de sérénité pour son expédition du jour. Enfin, trente minutes avant l'heure, la jeune femme arrêta son application, attrapa le dossier contenant ses radios et plia bagage en direction de Saint-Jean. Arrivée dehors, elle fut accueillie par un soleil brillant de précocité pour un mois de février.

Sortant de sa rue pour se diriger vers le pont de la Feuillée, Miriam continua de respirer selon les principes de sa vidéo pour gérer au mieux son trajet. Il y avait au grand maximum quinze minutes à pied pour aller jusqu'au cabinet de ce monsieur Brassant. Pas plus que lorsqu'elle était allée à Sephora, et en plus son tonus avait quand même bien augmenté depuis qu'elle avait commencé à prendre le *Rhodiola*. Ainsi, le chemin se déroula sans encombre. Miriam traversa le quartier Saint-Paul, prit la rue Juiverie avec le plaisir de retrouver les pavés du Vieux Lyon et l'odeur de friture et de persillade qui émanait des nombreux bouchons dont les cuisines tournaient déjà à plein régime en vue du service du midi. Après quelques minutes, elle arriva finalement sans encombre à l'adresse que lui indiquait son Google Maps. Premier soulagement pour Miriam, pas de malaise, pas d'angoisses, ses vieux fantômes ne l'avaient pas suivie jusqu'ici. Elle leva la tête devant son lieu de rendez-vous.

À première vue, ce n'était pas le même cadre que le Centre Premium Santé. Le bâtiment qui s'offrait à elle était un vieil immeuble vétuste, de la rue de la Fronde. D'aspect jaune, on n'aurait su dire si cela était sa couleur d'origine ou si c'était l'humidité qui avait repeint les murs de la sorte. Le restaurant à côté semblait lui à l'abandon, la poussière sur les vitres était telle que ces dernières en étaient devenues opaques. Miriam regarda à nouveau son portable, espérant s'être trompée de rue. Hélas, non.

Pas de plaque sur la devanture, elle n'eut confirmation de l'adresse qu'après avoir trouvé le nom du kinésithérapeute sur les boîtes aux lettres. L'ambiance était un peu glauque, mais la jeune femme se décida quand même à franchir la porte déjà à demi ouverte. Il faisait sombre et Miriam tâtonna quelques instants avant de trouver l'interrupteur qui éclaira un long couloir devant elle. Coup de bol, pas besoin de s'aventurer trop loin dans cette bâtisse de l'horreur, cette fois une plaque portant la mention « Marc Brassant » était fixée à la première porte se trouvant à sa droite. Une feuille A4 scotchée à la porte indiquait « Entrez sans frapper ». Miriam s'exécuta. Derrière le battant, une petite pièce avec trois chaises se dessina. Une petite lucarne laissait rentrer la lumière. La peinture sur les murs n'était pas de première jeunesse, mais la pièce semblait propre. Miriam s'installa sur la chaise en mousse. Il y avait cependant une odeur assez particulière qui embaumait les lieux. Un mélange de cigare et de marijuana. Difficile à définir, mais avec cela cumulé au reste, Miriam commençait vraiment à se demander à quelle sauce elle allait être mangée et si elle n'aurait pas mieux fait de continuer son train-train répétitif chez son ancien kiné. Il était vrai que son épaule ne la faisait plus souffrir, mais elle semblait aussi s'être figée sous les anneaux. La jeune femme ferma les yeux et prit une grande inspiration pour se rappeler à nouveau sa promesse intérieure. Elle ne se trouvait pas là par hasard : son cœur l'avait à nouveau guidée et malgré ce cadre peu ragoûtant, rien ne pouvait lui faire fuir cette pièce et sa destinée. Son esprit imagina un gros rat traverser la pièce en sa direction. Miriam esquissa un sourire à cette pensée. Bon, effectivement ce scénario-là lui ferait prendre ses jambes à son cou. Elle regarda son portable pour connaître l'heure. Dix heures quarante-sept. Un petit quart d'heure se profilait devant elle avant l'heure de son rendez-vous et pas l'ombre d'un rongeur à l'horizon. La jeune femme fouilla son sac à la recherche du livre qu'elle s'était acheté la veille, *L'Alchimiste* que lui avait conseillé la vendeuse, pour tuer les minutes restantes. Déjà hier au soir, elle avait dévoré une cinquantaine de pages avant d'aller se coucher. Le roman racontait l'histoire d'un jeune berger partant à la recherche d'un trésor au pied des pyramides, laissant derrière lui une vie confortable et tracée pour découvrir sa légende personnelle, le chemin lui étant destiné. Cela se lisait plutôt bien, pensait Miriam page après page, curieuse de connaître le fin mot de l'histoire, mais surtout de comprendre pourquoi on lui avait conseillé ce livre. Pour l'instant, Santiago, le jeune héros de l'histoire, avait tout perdu et se retrouvait à faire le ménage dans une boutique, coincé dans un pays étranger entre ses racines et son trésor en Égypte. Difficile de voir le verre à moitié plein dans de telles circonstances. Des bruits de pas résonnèrent derrière la porte.

Miriam leva la tête de son bouquin : des bruits de pas résonnaient derrière la porte. Rapidement, cette dernière s'ouvrit laissant apparaître une dame âgée qui lui adressa un sourire tandis qu'elle traversait la pièce, claquant le sol de ses talons pour regagner la rue. La jeune femme ne put s'empêcher d'éprouver un soulagement en voyant un individu du sexe féminin sortir sain et sauf de cet endroit mystérieux. Cependant, pas de thérapeute derrière elle. La porte à présent entrouverte laissait apparaître un couloir long de quelques mètres. Miriam, qui avait levé la tête en pleine page, décida de reprendre sa lecture jusqu'à l'arrivée de son hôte.

Santiago, occupé à nettoyer minutieusement la boutique du marchand de cristaux qui l'avait embauché, commençait à redonner vie à l'étable qui n'attirait plus grand monde jusqu'alors. Les commandes affluaient à nouveau et le marchand qui était honnête homme décida de lui rétrocéder une partie de ses gains pour le récompenser de ses efforts. La chance semblait commencer à tourner pour lui.

« Sacré écrivain ce Coelho, n'est-ce pas ? »

Miriam sursauta. Cette fois-ci, elle n'avait rien entendu venir. Levant les yeux, une impression de déjà-vu s'empara d'elle. Ce timbre de voix, ces vieilles baskets fluorescentes, ce pantalon kaki usé. Non, ce n'était pas possible. Un frisson la parcourut. Elle leva la tête et vit ce regard bleu, ce regard qu'elle avait déjà croisé et qu'elle n'avait pu oublier. Ces yeux limpides qui avaient été sa dernière vision avant de s'écrouler sur le quai du métro. Nul doute, c'était bien cet homme, ce regard ne pouvait être usurpé. C'était bien lui, cet homme qu'elle avait pris pour un mendiant lorsqu'il lui avait lancé « Namasté » quelques mois auparavant. Comment ce marginal pouvait-il être médecin ? Impossible !

« Bonjour, Marc Brassant. Miriam, je présume ?

— Oui, bonjour », répondit Miriam un peu gênée, tout en découvrant pour la première fois le visage qui accompagnait ce regard azur.

Au vu des quelques rides se dessinant autour de ses yeux et de ses cheveux grisonnants, il devait avoir la cinquantaine. Sa bouche était cachée derrière une barbe de quelques jours, mais laissait apparaître un sourire le rendant sympathique.

« Je vous en prie, suivez-moi. »

Plus de doute possible, le mystérieux ermite sans abri n'était que préjugé et imagination. Miriam s'était trompée, pire elle avait jugé ce pauvre homme à son apparence, le rangeant dans une case sans même le connaître. Elle qui avait connu la discrimination féminine, raciale, voilà qu'à son tour elle s'était rendue bourreau et coupable de cet acte. Tandis qu'elle suivait le praticien dans le couloir en enfilade menant à son bureau, un sentiment de honte lui prit la gorge, elle espérait de tout cœur que cet homme ne se rappellerait pas le regard méprisant qu'elle lui avait jeté lors de leur première rencontre, qu'il ne se souviendrait pas d'elle tout simplement. « Quelle drôle de coïncidence », pensa Miriam qui commençait à prendre goût au jeu de piste que lui livrait son cœur. Arrivé dans la pièce, Monsieur Brassant demanda à Miriam de s'installer pendant qu'il allait aux toilettes. Laissée seule, la jeune femme en profita pour découvrir un bureau beaucoup plus accueillant que l'immeuble et la salle d'attente. Devant elle, une porte-fenêtre donnait accès sur une cour intérieure où le soleil commençait timidement à pointer le bout de son nez. Sur sa droite se trouvait une bibliothèque débordant de livres. Sur l'étagère au niveau de sa tête, Miriam eut même la surprise de découvrir la Bible, le Coran et la Torah accolés ensemble comme une trilogie. « Sacré pied de nez aux religions », pensa Miriam amusée. Elle entendit la chasse d'eau retentir et alla vite s'installer sur la chaise devant le bureau avant que le kiné fasse son retour. Même la table devant elle regorgeait de mystères. Un mannequin d'un demi-mètre parcouru de nombreux trajets numérotés la regardait. En regardant à gauche, elle comprit enfin pourquoi le lieu sentait le tabac. Un cendrier se trouvait là et abritait un cigarillo ainsi qu'un gros tube ressemblant fortement à une énorme cigarette si ce n'était un énorme joint. La peur du début avait laissé place à une envie de lever le voile du mystère concernant ce cher Monsieur Brassant. Qui était-il ? Et pourquoi le destin semblait vouloir absolument que Miriam le rencontre ?

La porte s'ouvrit et rapidement le thérapeute prit place de l'autre côté du bureau. Sans prononcer un mot, il fixa Miriam de ses yeux transperçant pendant plusieurs secondes. Merde, il l'avait reconnue, la jeune femme se sentit démasquée et commença déjà à préparer mentalement un plaidoyer pour se dérober à son passé. Elle n'osait même pas soutenir son regard. Craignant la confrontation, Miriam essaya de le distraire :

« On ne se doute pas qu'il existe pareil endroit lorsqu'on se trouve devant l'immeuble, il est vraiment joli votre bureau.

— Oui, j'aime la beauté cachée et je n'attache que peu d'intérêt à l'apparence extérieure. Autant pour mon cabinet que pour moi-même, comme vous pouvez le constater, répondit le thérapeute tout en montrant sa tenue du doigt avant de reprendre : Vous nous avez fait une belle frayeur sur ce quai de métro. Je suis content de vous savoir sur pied. »

Il l'avait bien reconnue. Miriam sentit ses joues rougir, plus moyen de se débiner, autant parler le plus honnêtement possible maintenant :

« Oui, je n'étais pas sûre que ce soit vous. Je ne me rappelais que vos yeux bleus. C'est l'occasion pour moi de vous remercier de vous être occupé de moi. C'est quand même une drôle de coïncidence de vous retrouver ici aujourd'hui.

— Oui, le hasard fait toujours bien les choses », répondit l'homme tout en dévisageant Miriam de son regard perçant.

Cette fois, la jeune femme ne baissa pas le regard. Visiblement, lui comme elle, à travers ces amabilités sur les coïncidences, savaient que leur rencontre d'aujourd'hui ne devait rien à la chance.

Le vieil homme regarda le porte-documents où étaient rangées les radios de la jeune femme posées sur le bureau devant elle et dit :

« Bien, regardons ce que dit votre contrôle technique, s'il vous plaît. »

Miriam comprit qu'il faisait référence aux radios et lui tendit la pochette.

Il ouvrit le porte-documents et leva les deux radios en direction de la lampe au plafond. Il resta ainsi quelques secondes puis reposa silencieusement les feuilles devant lui.

Il regarda ensuite Miriam et lui demanda :

« Comment vous sentez-vous un bon mois après la fracture ? »

— Je dirais que l'épaule en elle-même ne me fait pas souffrir, mais l'articulation a l'air rouillée. J'ai du mal à bouger le bras. Et puis je ne sais pas si c'est lié, mais j'ai des douleurs aux trapèzes et dans la nuque qui ont du mal à partir.

— D'accord, et du coup vous me disiez sur votre message que vous aviez déjà entamé la rééducation auprès d'un confrère. Qu'avez-vous fait jusqu'à présent ?

— Oui, j'ai déjà eu une vingtaine de séances. En général, c'était toujours un peu de massage, des électrodes et des exercices de musculation pour compléter.

— Eh bien, de quoi se préparer pour les JO, ponctua Monsieur Brassant en riant. Avant que l'on commence, je vais vous expliquer un petit peu comme je travaille afin que vous ne me preniez pas encore un peu plus pour un fou. »

Miriam acquiesça avec le sourire. Difficile de faire plus mauvaise impression que lors de leur première rencontre, pensa-t-elle.

« Je suis kinésithérapeute depuis bientôt trente années et si, au début de ma carrière, mon savoir médical appris à la fac de médecine m'a suffi à exercer et soigner sans me poser trop de questions, très vite j'ai senti qu'il me manquait quelque chose. J'ai d'abord fait des formations en techniques articulaires, en ostéopathie puis en homéopathie, et rapidement aussi je suis arrivé aux limites de ce que pouvait m'enseigner la médecine dite occidentale. J'avais passé dix ans à apprendre ce qu'il y avait de plus récent en recherche sur le corps. Pour équilibrer la balance, je me suis donc rapproché tout naturellement de la médecine la plus ancienne : la médecine chinoise. »

Il attrapa la statue aux traits multicolores que Miriam avait regardée à son arrivée et l'agita comme un trophée puis reprit :

« Aujourd'hui, même si je suis encore kinésithérapeute, ma méthode de travail se rapproche plus d'un pont entre Orient et Occident. Je traite chaque mal du corps comme un message devant vous être transmis pour avancer. Pour faire court et pour être sûr que nous sommes sur la même longueur d'onde, ici il n'y aura pas d'électrode, pas de musculation. Il est possible qu'il y ait des massages, mais ce ne sera sûrement pas ceux que vous avez connus avec mon prédécesseur. Je n'ai que peu de places disponibles et je préfère les octroyer à des personnes qui souhaitent jouer le jeu, le jeu de la guérison, celle qui implique de laisser mourir la partie malade en soi pour avancer. C'est pour cela qu'on ne me trouve pas sur Internet ou qu'il n'y a pas de plaque sur la devanture. Je fais du cas par cas. Chaque séance est individuelle et dure une heure. Des exercices seront à faire à la maison. Ce n'est pas un club de sport ou un centre Yves Rocher où se faire masser. C'est un véritable investissement personnel. En sachant tout cela, voulez-vous poursuivre selon ma méthode ? »

Miriam avait bien écouté et rien ne l'avait surprise dans tout ce qui avait été dit. Cet homme atypique ne pouvait pas pratiquer la même kinésithérapie qu'Arthur de Premium Santé, cela était marqué sur son visage. Ici, il n'y avait pas d'horloges à tout va pour rappeler que le temps c'est de l'argent. Non, ici, il n'y avait qu'une petite pendule contre le mur du fond, une pendule ancienne qui se balançait en rythme en arrière-plan de leur conversation pour rappeler que le temps est au contraire précieux.

« C'est exactement le pourquoi de ma venue, répondit Miriam, sûre d'elle.

— Bien, nous allons pouvoir commencer alors. »

Monsieur Brassant se leva et alla dérouler un drap jetable sur la table de massage.

« Je vais vous demander de vous mettre en sous-vêtements et d'enlever tout objet métallique », dit-il en se touchant les oreilles pour faire allusion aux boucles de Miriam.

La jeune femme s'exécuta. Enlever son tee-shirt avec son épaule capricieuse était toujours un exercice fastidieux et long. Après quelques secondes, Miriam arriva enfin à s'extirper de ses vêtements et rejoignit le kiné.

« Asseyez-vous là, s'il vous plaît », lui indiqua-t-il en montrant la table.

La jeune femme s'installa.

« Tirez la langue, s'il vous plaît, et dites A. »

Encore une fois Miriam s'exécuta sans trop comprendre le pourquoi du comment, elle n'avait pas une angine. Monsieur Brassant se plaça devant elle et regarda attentivement.

« Feu sur le cœur, humidité sur les reins. OK », marmonna-t-il.

Il passa ensuite de l'autre côté de la table et posa ses mains d'une extrême chaleur sur les épaules de la jeune femme. Miriam sentit son corps et ses muscles se relâcher sous l'effet de cette chaleur qui se diffusait. Le kiné resta ainsi un bon moment. Miriam avait l'impression par moments de ressentir des décharges modifiant la posture de sa colonne. Les trapèzes douloureux se faisaient de plus en plus légers. Effectivement, si cela était la forme de massage qu'il pratiquait, elle n'avait jamais connu cela avant.

« OK, regardons au niveau mécanique ce qui se passe. Je vous laisse vous allonger. »

Le soignant se dirigea vers les pieds de la jeune femme et exerça une pression équivalente sur les deux chevilles, puis se déplaça et effectua le même geste sur les hanches puis sur les épaules. Il demanda ensuite à Miriam de se redresser et attrapa sa main droite pour effectuer un mouvement circulaire entraînant la totalité du bras jusqu'à l'épaule. Miriam grimaça, sa clavicule n'avait plus l'habitude de ce genre de gymnastique. L'exercice dura quelques minutes, puis il fit pareil de l'autre côté. Monsieur Brassant semblait très concentré et ne parlait pas plus que nécessaire, ce qui obligea Miriam à être aussi silencieuse et donc plus à l'écoute de son corps. Tout cela était totalement inconnu pour elle, mais plus la séance avançait et plus des craquements salvateurs se faisaient en elle.

Le kiné lui demanda de s'allonger à nouveau et palpa plusieurs points sur son ventre.

« Je vous demanderai de m'indiquer votre ressenti par les mots "mal", "rien" ou "bien" à chaque point touché. »

Miriam acquiesça et rapidement la palpation commença. Certains étaient indolores, d'autres au contraire très douloureux, notamment au creux des épaules. Encore plus bizarre, deux points, un sous le nombril, l'autre non loin du foie, furent très agréables au toucher. Miriam avait fermé les yeux pour mieux ressentir les choses, mais elle entendit le vieil homme parler dans sa barbe tandis qu'il s'éloignait d'elle. Un bruit d'allumette retentit et un crépitement suivit comme si le thérapeute était en train d'allumer quelque chose. « Son cigare peut-être », pensa la jeune femme. Elle sentit l'homme revenir vers elle. Effectivement, une odeur de brûlé était arrivée avec lui, mais ce n'était pas celle d'un cigare ou d'une cigarette. Cela sentait un peu l'herbe.

« Voilà du moxa. »

Miriam ouvrit les yeux et découvrit devant elle le gros cône ressemblant à une cigarette qu'elle avait vu un peu plus tôt.

« Pour faire simple, c'est issu de l'armoise, une plante aux vertus thérapeutiques. On l'utilise depuis la nuit des temps pour apporter de l'énergie aux points d'acuponcture. Je vais l'approcher des points qui vous ont fait du bien à trois reprises et dès que vous sentirez la chaleur, vous prendrez une grande inspiration. Cela sera le signal pour que j'éloigne le moxa et que je ne vous brûle pas. OK ?

— OK », répondit Miriam de plus en plus détendue et confiante au fil de la séance.

Le kiné approcha sa grosse cigarette en dessous du nombril et resta immobile. Miriam, attentive, ne sentit pourtant rien. Les secondes dictées par la pendule passaient si bien que la jeune femme finit par se demander si le fameux moxa ne s'était pas éteint. Et puis tout d'un coup, une légère chaleur apparut et devint très vite une boule de feu en son ventre. Miriam inspira à pleins poumons, surprise de cette brûlure soudaine.

Son ventre se fit alors plus mou.

« Eh bien, c'était un grand vide ça », commenta le thérapeute avant d'approcher à nouveau sa baguette magique de Miriam.

Les deux fois suivantes, la chaleur arriva beaucoup plus rapidement comme si la première fois avait été un amorçage et que le système s'était ensuite réenclenché.

Le point plus haut fut docile, la chaleur arriva doucement comme si elle avançait à reculons, mais arriva quand même à bon port.

« Bien, je vais vous laisser vous asseoir. On va maintenant disperser les énergies stagnantes dans votre épaule et pour cela, dès que vous sentirez la chaleur, vous direz stop six fois. »

Le kiné palpa plusieurs points tout autour de l'épaule jusqu'à ce que Miriam grimace, il approcha alors son moxa et cette fois pas besoin d'attendre, la chaleur arriva instantanément.

« Stop ! » cria Miriam trouvant bizarre que son corps réagisse si différemment selon les endroits à la même source de chaleur.

Cinq points douloureux furent traités ainsi et pour terminer, le vieil homme demanda à Miriam de se lever pour aller s'allonger sur le tapis de sol juste à côté.

Il approcha un tabouret où il souleva les jambes de Miriam et lui demanda d'attraper les pieds de cette chaise avec ses mains, il vint alors se placer derrière elle et fit pivoter sa tête tout en la tournant. La jeune femme souffla pour évacuer la douleur provoquée par cette posture.

« Très bien, nous allons tenir cette position quinze grandes inspirations de chaque côté. »

Miriam souffrait le martyre durant ces étirements. Plus de doute possible, le vieil homme n'avait pas menti, sa méthode de travail demandait une grande implication. Après encore quelques minutes, Miriam sentit qu'il attrapait à nouveau ses jambes pour cette fois les ramener au sol.

« Bienvenue sur le plancher des vaches », dit le thérapeute pour ponctuer la séance qui se termina ainsi.

Monsieur Brassant invita la jeune femme à se relever à son rythme, se rhabiller et le rejoindre à son bureau.

Après quelques instants nécessaires à rassembler son peu de force restant, Miriam s'exécuta puis vint s'asseoir péniblement sur sa chaise. Elle était lessivée sans réellement comprendre pourquoi. À part respirer et suivre les indications du kiné, elle n'avait pas fait grand-chose. Pour dire, les séances beaucoup plus sportives de Premium Kiné ne l'avaient jamais fatiguée autant.

« C'est normal que je sois exténuée ? demanda-t-elle, avide de comprendre ce qui s'était passé.

— Oh oui, et cela risque de durer quelques jours », répondit le vieil homme sans lever la tête, occupé à griffonner des formules sur son bloc-notes.

Miriam, éreintée, resta assise, les yeux dans le vide et les épaules entièrement relâchées, attendant que son interlocuteur ait terminé.

« Bien, merci d'avoir patienté. Je vais vous faire un petit check-up de la séance avant de vous relâcher. Comme je vous l'ai dit avant de commencer, mon rôle d'accompagnant dans votre démarche au-delà des soins apportés est de vous transmettre les messages que souhaite vous faire parvenir votre corps de la manière la plus audible et compréhensible possible pour vous. »

Le vieil homme marqua une pause et regarda son calepin avant de reprendre :

« Je vais vous proposer un portrait de votre état actuel pour vous permettre de comprendre pourquoi vous en êtes là aujourd'hui et surtout de trouver des solutions pour avancer à nouveau. D'accord ?

— D'accord », répondit Miriam luttant contre sa fatigue pour rester lucide.

Affaissée dans son siège, elle sentait que le moment devenait solennel, que sa quête était en train de prendre une tout autre tournure.

« Super. Alors, commençons par ce que dit votre corps au sens de la chair. Oui, évidemment la partie visible de l'iceberg c'est votre clavicule. C'est elle qui a morflé dans votre chute. La clavicule symbolise les fondements de notre capacité à agir, à être dans l'action. Ainsi, que votre épaule droite ait souffert au point de connaître la fracture, cela semble montrer qu'il a une manière d'agir dans votre vie professionnelle, dans votre vie de femme, peut-être bien dans ces deux sphères à la fois, qui avait besoin de voler en éclats pour se reconstruire différemment. »

Miriam avala sa salive frénétiquement pour ne pas laisser paraître ses émotions. Il y avait effectivement beaucoup de vrai dans ce début d'analyse. D'ailleurs, le jour de son malaise en avait été le parfait exemple. Comment pouvait-il tomber si proche de la vérité ?

« Comme je le disais, ce n'est que la partie visible de vos maux. Lorsque j'étais derrière vous, les mains sur vos épaules, j'ai senti un grand manque de stabilité, et même beaucoup de peur. Et si un arbre tombe ou perd l'équilibre, le problème vient en général de ses racines. Vos chevilles et vos hanches m'ont confirmé mon ressenti. Il semble que le manque d'enracinement vienne du côté du papa. Est-ce exact ?

— Euh, oui, c'est cela », répondit Miriam un peu déboussolée.

Les larmes lui montaient aux yeux, elle vint appuyer avec son index sous sa paupière pour les faire remonter.

« Les relations avec mon père sont compliquées depuis l'adolescence. Être femme dans ma famille n'est pas chose facile et dernièrement nous avons eu une grosse dispute, à la suite de quoi il a rompu les liens. »

Les larmes coulaient maintenant à flots après cette révélation, Monsieur Brassant lui tira une boîte de mouchoirs de dessous la table et la lui tendit avec un regard compatissant.

« Je comprends mieux. En médecine chinoise, nous parlons de yang pour caractériser tout ce qui a trait au masculin, au jour, au soleil, à Dieu, et de yin pour ce qui correspond au féminin, à la nuit, à la lune et à la Terre. Chacun a en lui autant de yin que de yang en équilibre. Dans votre cas, cela donne plus l'impression que vous vous êtes coupée ou que l'on vous a coupé de votre part yang. Avez-vous un chéri ?

— Non, personne depuis une rupture douloureuse il y a environ un an, répondit Miriam dans un sanglot.

— Votre père qui vous lâche, votre compagnon, c'est légitime de perdre l'équilibre et la confiance en tout ce qui correspond à l'homme. Cela m'amène aux messages délivrés par les points qui vous ont soulagée au toucher. Pour ceux qui vous ont fait mal, nous y reviendrons les prochaines fois. »

Miriam acquiesça tout en tamponnant son mouchoir contre son nez dégoulinant.

« Visiblement, il semble que pour réaliser votre légende personnelle, pour reprendre les termes du livre que vous lisiez en arrivant, il vous faut accepter de mourir à ce que vous pensez être pour renaître à ce que vous êtes réellement. Ces points qui étaient agréables signifient que le travail a déjà débuté et que votre corps avait justement besoin d'énergie pour continuer ce cycle de renaissance. »

Miriam ne pouvait qu'être d'accord avec sa conclusion. Une page de sa vie s'était tournée pour qu'elle puisse en écrire une nouvelle. Alors qu'elle avait ouvert la bouche pour lui répondre, ce fut un énorme bâillement qui sortit à la place de ses mots. La jeune femme se rendit compte qu'elle était complètement lessivée.

Le kiné rigola avec compassion avant de répondre :

« Oh, c'est la sieste qui s'annonce en rentrant. Super ! Soyez à l'écoute de vos sensations. C'est un gros nettoyage que nous avons fait aujourd'hui, il va falloir du repos. »

La séance se termina ainsi. Après avoir planifié de nouveaux rendez-vous, le praticien raccompagna Miriam jusqu'à la salle d'attente qui était vide.

Alors qu'il était sur le point d'ouvrir la porte, la jeune femme, dans un dernier élan d'énergie, l'interrogea :

« Monsieur Brassant, juste une dernière question, s'il vous plaît.

— Oui, je vous écoute, l'invita aimablement l'homme.

— Pourquoi m'avoir dit "Namasté" la première fois que nous nous sommes vus ?

— Ah, disons que j'ai senti la peine vous habiter et que c'était un moyen de vous en couper pour vous reconnecter à l'amour universel. »

La porte d'entrée s'ouvrit, laissant apparaître une dame arrivant en béquilles.

« Namasté, Miriam, à la semaine prochaine, conclut le thérapeute en lui faisant un clin d'œil.

— Merci, bonne journée », répondit Miriam tout en sortant.

À la fois fatiguée et euphorique, elle ne regrettait pas cette étrange rencontre avec ce médecin pas comme les autres. Elle avait même hâte de découvrir ce que lui réservaient ses prochaines séances et de savoir où cela allait la mener.

Guérir

Ça demande du temps

Oui, guérir

Ça demande du cran,

De plus me mentir en me cachant

Derrière des maux me rendant enfant

Oui, guérir c'est

Avoir le courage de devenir Moi

Rien que moi, un moi notable

Ni plus victime ni plus malade,
Non, plus d'excuses, plus de mascarade
À bas les masques, être responsable.
Guérir c'est vivre, voilà l'enjeu
Pour ça, je suis prêt, Je lâche le Jeu,
Je quitte mon rôle et deviens Je.

Ainsi fila le deuxième mois de convalescence pour Miriam. Et si le premier mois avait été laborieux à ses débuts avec les angoisses, les questions sans réponses et les traitements inefficaces, depuis que la jeune femme avait décidé d'écouter son cœur, les choses étaient devenues de plus en plus faciles grâce aux personnes rencontrées, mais surtout grâce à elle-même. Miriam utilisait donc les conseils de Louisa pour apprendre à s'aimer, les produits naturels trouvés dans l'herboristerie pour nourrir son courage et sa confiance et bien sûr les séances avec Monsieur Brassant pour comprendre dans quelle direction avancer.

Son épaule était pratiquement guérie, Miriam pouvait la bouger sans douleur ni gêne. Le vieil homme avait fait des miracles. Le moxa était devenu une habitude, les étirements aussi. Chaque séance se voulait intense, mais toujours efficace. Il prenait le temps à chaque fois d'expliquer chaque détail de sa guérison à Miriam pour la rendre encore plus responsable de son corps. Parfois, quand la fatigue était trop intense ou bien que le praticien pensait que la séance devait être allégée pour ne pas se noyer dans la complexité, Marc de son prénom (car il avait demandé à Miriam après quelques jours de l'appeler ainsi) s'asseyait à son bureau et allumait son cigare tout en enseignant à Miriam les paroles de Lao-Tseu ou Confucius, des poèmes simples et toujours emplis de vérité et de bon sens par rapport à ce qu'elle vivait actuellement. Les peurs de la jeune femme avaient retrouvé une place totalement gérable dans sa vie comme si le gigantesque monstre la terrorisant n'était en réalité que l'ombre décuplée d'une fourmi. Cependant, elle restait prudente par rapport à cela, Marc lui avait rappelé à plusieurs reprises que la fuite vers l'avant restait une fuite et qu'il lui faudrait un jour accepter d'écouter ses tourments afin de les apprivoiser et avancer réellement.

Au fil de leurs conversations, la jeune femme apprit aussi que le vieil homme qui se présentait très humblement comme kinésithérapeute utilisant la médecine chinoise était en fait un véritable puits de savoir. Cet autodidacte connaissait les écrits religieux des trois grandes religions sur le bout des doigts, lui permettant d'adapter sa manière de parler et ses exemples à la personne se trouvant en face de lui. Il avait étudié Freud, Jung, savait lire l'hébreu, le latin, le mandarin. Encore plus surprenant, Marc s'intéressait à des méthodes beaucoup plus ésotériques. Miriam comprit alors que la chaleur ressentie dans ses épaules lors de la première séance était sûrement le fruit de cette pratique. Cette découverte du mystique à travers sa propre guérison fit remonter à la surface un autre souvenir lié à sa grand-mère et à sa famille. La jeune femme pensait de plus en plus à Luna, sa grand-tante, justement, rejetée des siens pour son goût pour ces choses-là.

Cette grand-tante avec qui elle partageait le même regard dont, selon sa grand-mère et même Hatif, elle était la digne héritière. Ces souvenirs, fruits d'une période douloureuse, avaient été mis aux oubliettes pendant toute sa descente aux enfers. Maintenant qu'elle allait mieux, ils poussaient fort dans le cœur de Miriam pour remonter à la surface de sa conscience. Elle avait eu l'occasion d'échanger sur le sujet avec Marc. Pour lui, au contraire de la grand-mère et de son frère, « épouser », selon son expression, la magie qui est en soi était offert à chacun sans exception à qui était prêt. Le point où néanmoins il rejoignait les deux aînés était celui sur lequel le regard de Miriam était révélateur de cette capacité. Selon lui, le voile devant les yeux de la jeune femme avait été levé depuis déjà quelque temps, ce qui lui permettrait de pouvoir voir la lumière sous son vrai jour une fois son initiation terminée.

Miriam lui avait expliqué aussi que ses ancêtres lui avaient révélé qu'une partie d'elle-même se trouvait dans le Vercors, là-haut dans les montagnes où vivait Hatif et où Luna était morte, ce à quoi le vieil homme avait répondu dans l'un de ses jeux favoris, la langue des oiseaux ou la manière de donner un autre sens au mot prononcé :

« Vercors, vers corps, vers cœur, oui, effectivement cela sonne bien. »

À force de le côtoyer, Miriam avait compris que le thérapeute attachait plus d'importance à ce qui n'était pas dit qu'à ce qui l'était. Il préférait laisser place à l'intuition pour qu'elle élabore sa propre réponse plutôt que de révéler ce qui devait être découvert, si bien que sa réplique n'avait fait qu'éveiller encore plus la curiosité de la jeune femme.

Mars était passé comme cela, rempli d'énigmes, de jeux de piste et de découverte de soi. Miriam avançait, elle le sentait, la voile de son âme s'était levée, lui permettant de reprendre la mer, aidée par le vent.

Le chemin vers elle-même, voilà l'objet de toutes ses pensées. Souvent le soir avant de dormir, elle repensait à l'année passée, aux conseils qu'elle avait mis tant de temps à entendre. Il lui avait fallu se casser réellement la gueule sur cette rame de métro, mettre sa vie en stand-by complet le temps de sa convalescence pour prendre le recul nécessaire à repenser sa vie. C'était comme si sa grand-mère avait deviné son avenir avant de mourir, qu'elle avait balisé son chemin futur pour l'aider dans sa quête. Rien n'était arrivé par hasard, et Miriam en était de plus en plus persuadée à mesure que sa voie se dessinait sous ses pieds. *L'Alchimiste* terminé n'avait fait que légitimer encore plus ce sentiment. Tous les coups durs arrivés en pleine face apparaissaient à la jeune femme aujourd'hui comme de beaux cadeaux. Une chance de pouvoir se rectifier. Sa fracture en était la preuve, sans elle, elle n'aurait su apprendre à écouter son cœur, cet allié irremplaçable. Et sans lui, le jeu de piste la menant à elle-même n'aurait jamais existé. Parfois, lorsqu'elle flânait sous les premiers rayons de soleil printaniers, assise sur les quais, Miriam imaginait sa vie si elle ne s'était pas évanouie, si elle n'avait pas eu le droit à cette guérison. Où en serait-elle aujourd'hui ? Aspirée par sa douleur et ses cachets, sûrement plus bas que terre si ce n'était en dessous.

Miriam avançait, oui, le temps aussi. Nous étions maintenant en avril, il ne restait déjà plus que trois semaines avant la fin de son arrêt. Un rendez-vous avec le radiologue avait confirmé sa bonne récupération physique, plus rien ne l'empêchait de retourner au travail. Pour se rendre à l'hôpital où elle avait fait ses examens, Miriam avait même repris le métro, balayant son appréhension de revivre une autre mésaventure. Encore un signe que son état s'améliorait. Concernant sa reprise, Miriam ne pouvait s'avouer pleinement enthousiaste de reprendre, mais elle n'appréhendait pas non plus son retour. Elle avait vaincu le dragon Richard, il n'était plus là. Le nouveau service où elle serait affectée était top, le salaire avantageux lui permettrait de mettre de côté et d'enfin pouvoir planifier des voyages autour du monde. Et cerise sur le gâteau, dans son équipe se trouvait Sam. Un garçon qui ne la laissait pas indifférente. Depuis qu'elle était arrivée dans l'entreprise, il avait essayé de lui parler plusieurs fois à la cafeteria. Miriam, d'abord en couple avec Florian puis avec ses problèmes, l'avait jusqu'à présent rembarré. C'est pourquoi elle avait été surprise de recevoir la semaine dernière un message de sa part se réjouissant qu'ils travaillent ensemble. La jeune femme, maintenant plus confiante en elle grâce à ses séances d'autocongratulation devant le miroir chaque matin, s'était promis de se laisser une chance de voir où ce flirt en devenir la mènerait. Bref, rien ne semblait s'opposer à ce nouveau départ, rien si ce n'était ce mot de plus en plus présent dans sa tête, ce mot résonnant de plus en plus fort : « Vercors ». Cette pensée ne faisait qu'accroître son emprise jour après jour, au point certaines nuits d'empêcher la jeune femme de trouver le sommeil.

C'était encore le cas cette nuit-là et c'est ainsi qu'elle arriva, des valises sous les yeux à sa séance chez Marc. La jeune femme avait pris ses aises dans le cabinet, retrouver l'ambiance du cabinet était devenu une réjouissance et les minutes à patienter dans la salle d'attente un rituel avant d'avancer sur le chemin de la guérison.

Miriam arriva donc dans le bureau l'esprit obnubilé par sa fameuse montagne et avec le souhait d'échanger avec son mentor sur le sujet. Comme à son habitude, Marc se faisait attendre durant son passage aux toilettes. À son retour et comme toujours, aussi flegmatique que possible, le vieil homme prenait le temps de s'asseoir et de rapprocher son siège de son bureau avant d'entamer la conversation, enthousiaste :

« Alors, Mademoiselle, comment se sent-on aujourd'hui ?

— Bien, mais de plus en plus attirée par le Vercors, Marc, au point de ne pas en trouver le sommeil.

— Ah, la fougue de la jeunesse, le chemin a à peine commencé que l'on voudrait déjà atteindre le sommet, sacrée jeunesse », répondit le vieil homme sans que Miriam parvienne à savoir si ces mots lui étaient destinés à elle ou à lui-même.

Il se leva pour se rapprocher de la table d'auscultation. Il tira sur le drap jetable jusqu'à recouvrir le tout. D'un geste de la main devenu lui aussi habituel, il invita Miriam à le rejoindre dans l'espace de travail.

La jeune femme s'installa et le kiné attrapa son bras bientôt guéri pour commencer une série de distorsions dans tous les sens imaginables. Cependant, pas une bride de souffrance n'apparut sur le visage de la jeune femme, son corps n'avait jamais été aussi flexible que depuis ces derniers jours.

« Cela a avancé avec votre papa, jeune fille ? »

Il profitait souvent de ces phases corporelles pour interroger Miriam sur des points cruciaux comme s'il attendait sa réponse, mais aussi celle de son corps.

« Toujours aucune nouvelle et pour l'instant pas l'envie de faire le premier pas non plus. »

Cela avait le mérite d'être clair. Le vieil homme esquissa un sourire. Les éclairs de franchise de la jeune femme avaient le don de le faire rire. Suite à cela, un silence s'installa durant la suite du protocole de soin. Un silence laissa le temps à Miriam de réfléchir à tout cela. Oui, pour l'instant elle ne souhaitait pas reparler à son père. Il y avait en elle encore trop de colère et de rancœur. Beaucoup de souvenirs douloureux étaient remontés à la surface depuis leurs disputes. Et même si la mère de Miriam essayait de déblayer le terrain de chaque côté pour retrouver au plus vite sa famille, Miriam ne pouvait revenir pour revivre la même situation. Non, impossible, si un jour elle revenait à son père, ce serait affranchie de ses lois. Il y avait un peu de cela aussi dans son obsession du Vercors. Elle n'avait pas oublié les mots d'Hatif le soir où les liens s'étaient coupés.

« Lorsque tu auras trouvé ton trésor, tu pourras revenir ici sans crainte, libre de tout regard, le partager avec ceux qui souhaitent ton bonheur. »

Est-ce que la paix se trouvait là-haut avec ce butin ? Miriam l'espérait de tout cœur, car même si le calme semblait revenir dans sa vie, il ne suffisait que d'amener le sujet « Papa » sur la table pour que le banquet se transforme en bain de sang. La rage prenait place, balayant toute quiétude sur son passage. Plus jamais on ne lui marcherait dessus de la sorte, non, plus jamais son honneur de femme serait bafoué, non, plus jamais un homme ne lui dicterait sa conduite, qu'ils essayent son père, son oncle ou un autre Richard au travail, ils verraient de quel métal elle était faite…

« Aïeeee ! »

Une douleur cuisante foudroya le pied de Miriam la ramenant dans la pièce. Marc la regarda malicieusement, l'index posé sur la zone douloureuse.

« Ouh là là, c'est qu'il y en a de la colère là-dedans pour que ça réagisse de la sorte. On va catalyser tout cela. »

Touché coulé, à peine ces mots furent-ils prononcés et le point pétri par les mains du vieil homme que le soufflé commença à retomber à l'intérieur de la jeune femme. Il avait vraiment la faculté de lire dans son corps comme dans un livre ouvert.

La séance se termina ainsi. Comme à son habitude, le vieil homme alla se rincer les mains avant de regagner son bureau tandis que la jeune femme renfilait chaussettes, pull-over et baskets. Une fois qu'elle fut rhabillée et disponible, Marc lui dit :

« Bien, Miriam, est-ce que tu acceptes que je te tutoie ? »

La jeune femme acquiesça de la tête.

« C'était notre dernière séance dans le cadre de ta convalescence. Ton épaule est guérie, ton corps l'est aussi. Il est temps pour toi de voler de tes propres ailes.

— Ah. »

Miriam eut du mal à cacher le choc de cette nouvelle. Dorlotée de la sorte depuis un mois, elle n'avait que très peu envisagé l'« après ». Arriverait-elle à continuer sur sa lancée ?

« Vous croyez vraiment ? Et si tout n'était pas réglé ? Et si je retombais ? »

Miriam sentit le stress regagner pour la première fois un peu de terrain depuis une longue période.

« Un guide n'est là que pour montrer la voie, mais n'est pas le chemin lui-même. Tout est OK, tu as toutes les capacités pour reprendre la route de manière autonome. Et puis tu pourras venir me voir en séance quand le besoin se fera trop grand. »

Le vieil homme la fixa de son regard si bleu. Un calme hypnotique s'en dégageait, impossible de lutter si bien qu'au bout de quelques secondes la jeune femme n'eut d'autre choix que de lâcher son inquiétude. Elle commençait à comprendre qu'elle serait toujours et à la fois jamais seule sur son chemin.

« Ton cœur te demande de partir à la découverte de tes montagnes familiales et il te reste quelques jours avant que ton arrêt se finisse pour le faire. Il semblerait que les planètes se soient alignées pour t'emmener vers ton destin.

— C'est vrai que le moment ne pourrait pas mieux être choisi, répondit Miriam enjouée par la perspective de ce voyage.

— Toujours. »

Ce moment touchait à sa fin. Miriam sortit sa carte Vitale pour régler son reliquat des séances encore impayées. Durant les quelques secondes nécessaires à l'opération, la jeune femme ne put s'empêcher d'imaginer la suite, perdant le contact avec la réalité.

Est-ce qu'Hatif pourrait l'accueillir ? Comment vivrait-elle ce voyage vers l'inconnu ? Est-ce que ses angoisses allaient réapparaître ?

Ce furent les jurons du vieil homme pestant contre son terminal qui ne voulait pas recracher le ticket qui la ramena dans l'instant présent. Elle verrait bien.

Au moment de récupérer sa carte, leurs doigts se frôlèrent et une décharge se produisit.

Miriam sursauta, sûrement était-ce dû à l'électricité statique. En face d'elle, Marc était de marbre, comme si le picotement ne l'avait pas atteint. Il resta cependant quelques secondes assis, le regard perdu dans le vide en marmonnant de manière inaudible. Normalement à ce moment de la séance, il n'était pas du genre à traîner. Il aimait la ponctualité et ne pas faire attendre ses patients. À cette heure-là, il y avait forcément quelqu'un qui attendait son tour, pensa la jeune femme. Cette fois-ci cependant, il semblait marquer le pas. Il se leva même pour se diriger vers sa bibliothèque, sortit un livre en continuant de se chuchoter à lui-même.

« Tout va bien ? osa Miriam, intriguée par cette étrange manière de faire.

— Oui, oui. »

Visiblement, ce n'était pas le moment de le déranger. La jeune femme resta ainsi assise pendant une à deux minutes, observant du coin de l'œil ce remue-ménage pour essayer de le comprendre, les vieilles baskets fluorescentes faisaient les cent pas derrière elle.

« OK, c'est bon, OK ! s'exclama enfin le vieil homme en revenant face à sa patiente. Bien, une intuition m'a traversé, bien que ce soit évident. Avant de monter, jeune fille, il va falloir descendre. L'arbre ne peut tutoyer le soleil sans que ses racines soient profondes. Avant de partir pour le Vercors, reviens vendredi à dix-sept heures devant cet immeuble, rentre, mais cette fois pas pour aller dans mon cabinet, il te faudra aller tout droit. Certaines choses doivent être réglées, lâchées et acceptées pour que la suite soit paisible.

— D'accord, Marc, mais pourrais-je en savoir plus ? Qu'est-ce que je suis censée faire ? Vous serez là ?

— Oh rien de compliqué, ce n'est pas un escape game. Pour ma part, je serai dans mon bureau, mais n'aie crainte, il n'y aura ni monstre ni personne, si ce n'est une partie de toi-même. »

Miriam nota ce mystérieux rendez-vous sur son agenda et remercia chaleureusement ce drôle de personnage qui l'avait tant aidée. Elle le reverrait, elle en était convaincue. En traversant le pont la ramenant à sa Presqu'île, la jeune femme repensa aux contours de cette rencontre improbable. Ce treillis troué, ces baskets usées, ce regard si pur et ce cœur si grand. Elle repensa à ce premier mot qui avait scellé leur avenir : « Namasté ». Elle ne le comprenait toujours pas vraiment, mais cependant, pour la première fois elle ressentait ce fameux lien qui l'unissait à ce camarade, à ce guide, à ce maître qui l'avait définitivement libérée de ses chaînes.

« Merci. »

Ainsi, le vendredi suivant en fin d'après-midi comme convenu, Miriam refit le trajet jusqu'à la rue de la Fronde. Arrivée devant le vieil immeuble délabré devenu familier, elle prit une grande bouffée d'air avant de pénétrer dans l'antre de cette nouvelle aventure.

Un mélange d'adrénaline et d'appréhension l'avait accompagnée depuis cette annonce mystérieuse, il était maintenant l'heure d'y apporter une réponse. Elle passa devant le cabinet de Marc sans y entrer cette fois et continua d'avancer. Le fait de savoir qu'il n'était pas si loin la rassura, il ne pouvait à l'évidence pas lui arriver grand-chose.

Elle appuya sur l'interrupteur et un long couloir se révéla sous la lumière des néons. Miriam avança à tâtons ne sachant ce qu'elle était censée découvrir. Des deux côtés, des portes d'appartement se succédaient au fur et à mesure qu'elle avançait, un moment elle croisa un escalier montant sur la droite, mais elle préféra continuer de suivre les mosaïques dessinées par les carreaux de ciment au sol.

Après une cinquantaine de mètres ainsi parcourus, la jeune femme tomba enfin sur une porte centrale, plus massive, avec une poignée ancienne sans serrure. Il n'y avait pas d'autre issue, elle décida donc de l'ouvrir pour continuer son chemin. Un claquement métallique retentit au moment où elle tira sur la poignée, elle dut même s'y prendre à deux mains tellement la porte en bois était épaisse.

Derrière ce pesant obstacle, Miriam eut la surprise de découvrir une cour assez similaire à celle qui donnait sur le bureau de son kiné, bien que ce ne soit pas la même. Au centre se trouvait une fontaine asséchée. La statue d'une femme tenant une jarre y était logée, l'eau devait à l'époque couler par ce vase, pensa la jeune femme. Pas d'herbes ici, mais d'énormes dalles en vieille pierre recouvertes de mousse quadrillaient le sol. Le soleil devait avoir du mal à trouver le chemin de cet endroit.

Miriam leva la tête vers le carré bleu formé par le ciel. Aucun bruit ne parvenait jusqu'à elle. Le calme régnait en maître sur les lieux. Elle avança au milieu continuant sa recherche aveugle. En arrivant devant la fontaine, elle baissa les yeux en direction du bassin, une large fissure scindait la pierre en deux. Le visage de la femme d'argile était paisible, ses yeux fermés et sa bouche d'apparence détendue apportaient un côté très zen à ce jardin de pierre. En regardant de plus près la jarre, Miriam eut l'impression que quelque chose bloquait le goulot, quelque chose d'étranger à cette fresque. Elle passa deux doigts à l'intérieur, en effet un objet bloquait l'entrée. La jeune femme tira délicatement dessus et en extirpa un sachet plastique.

Qui avait bien pu mettre ça ici ? Miriam soupesa le sachet, il y avait quelque chose de lourd à l'intérieur. Curieuse, elle décida d'ouvrir le paquet. À l'intérieur se trouvaient une lampe frontale et un mot disant :

« *Chère Miriam,*

Voici une lampe pour aller explorer le tréfonds de ton âme, prends les escaliers derrière cette fontaine et laisse-toi guider vers tes propres épousailles.

Amicalement,

Marc »

La jeune femme leva la tête pour chercher du regard les fameux escaliers cachés par la fontaine et en prit la direction. Une plaque de marbre noir gravée était clouée en haut des marches. En lettres d'or était inscrit :

« Ici se trouve l'entrée de la traboule appelée "Radix Pavor" découverte au XVe siècle, merci de respecter la beauté de ce souterrain.

Tu n'y verras clair qu'en regardant à l'intérieur de toi. Qui regarde à l'extérieur rêve, qui regarde à l'intérieur s'éveille. C. G. Jung »

Après avoir lu ces quelques mots, Miriam fut assez surprise. Elle ne s'attendait pas à pareille aventure et elle qui connaissait très bien le quartier et les traboules n'avait jamais entendu parler de celle-là. Ce bon vieux Marc n'avait pas lésiné sur les moyens pour la surprendre, pensa-t-elle. Elle attacha la lampe sur son front et l'alluma en la clipsant. Elle avait hâte de poursuivre ce jeu de piste. Qu'avait-il bien pu cacher au fond de ce passage ? Pas d'hésitations, elle allait descendre le découvrir. Elle se mit en route sans traîner. Les premières marches étaient faites de la même pierre qui recouvrait la cour, mais très vite le sol se fit plus terreux. Après une centaine de marches descendues, la jeune femme se retrouva sur une surface plane, sa lampe n'éclairait que quelques mètres devant, mais cela ressemblait à un couloir exigu. Il régnait en cet endroit une odeur d'humidité poussiéreuse difficile à supporter. Plusieurs fois, Miriam dut se racler la gorge pour s'en accommoder et continuer d'avancer. Le passage avait été creusé dans la pierre, la roche en était même apparente à certains endroits. Après quelques mètres semblant interminables, la jeune femme arriva devant ce qui semblait être un encadrement de porte bien plus petit qu'elle.

Sur le haut, une inscription en lettres romaines était taillée dans la roche disant : « Chambre des ombres. » Miriam se mit à genoux pour que sa lampe frontale éclaire cette fameuse pièce. L'excitation du début laissait au fur et à mesure de son avancée place à la peur. La lumière du jour et le cabinet de son kiné étaient de plus en plus loin et, six pieds sous terre, ici personne ne l'entendrait appeler au secours en cas de problème.

La salle éclairée semblait un peu plus grande que le couloir dans lequel Miriam se trouvait actuellement. Après quelques secondes d'observation et d'hésitation, la jeune femme se décida à pénétrer dans la salle des ombres et passa le seuil de la petite ouverture à genoux pour pouvoir y entrer. Une fois passé cet obstacle, elle se releva et frotta ses genoux recouverts de terre. Cette épreuve digne de Fort Boyard et le manque d'oxygène l'avaient essoufflée et le stress grandissant commençait à lui faire tourner la tête. Miriam réajusta la lampe sur sa tête et entreprit un tour sur elle-même pour éclairer la pièce dans laquelle elle se trouvait. Cela ressemblait à un dôme d'une hauteur raisonnable, il y avait environ besoin d'une dizaine de pas pour aller d'un bout à l'autre de cette chambre. Avec un besoin de se rassurer en comprenant ce qui l'entourait, la jeune femme fit plusieurs fois le tour de la pièce pour chercher une seconde issue, aucune autre ouverture ou porte n'était présente à part celle par laquelle elle était arrivée. La pièce était entièrement vide, seule au milieu se trouvait une pierre rectangulaire dont elle s'approcha. Arrivée à quelques centimètres du cube, Miriam se rendit compte qu'une enveloppe était posée sur le dessus. Elle l'attrapa à la hâte et l'ouvrit. Elle commençait à vouloir que le jeu se termine vite, de moins en moins à l'aise dans ces catacombes. Le courrier comportait une feuille pliée en deux et une seconde enveloppe plus petite. La jeune femme déplia le papier pour en découvrir le contenu.

« *Chère Miriam,*

Si tu lis cette lettre, c'est que tu es maintenant dans la chambre des ombres.

Pas d'inquiétude, ici ni momies ni dragons, seulement et rien que toi face à toi-même.

Je t'invite à t'asseoir sur le trône des profondeurs, pierre centrale de ce dôme (et de ton être), afin de laisser remonter ce qui ne peut couler, et transformer ce fardeau en radeau.

Petite recette pour y arriver :

Lorsque ta peur te parle, assois-toi pour l'écouter

Si tu comprends son message, tu sauras l'apprivoiser

Dissous le faux, condense le vrai

Ultime secret pour que le nouveau toi se crée.

P-S : Quand la lumière viendra cette fois de l'intérieur et que tu la sentiras t'éclairer, tu pourras ouvrir la seconde lettre, pas avant. En attendant, éteins ta lampe si tu ne veux pas te retrouver à court de piles au moment de sortir, la nuit porte conseil. »

Miriam relut plusieurs fois la lettre pour être sûre de bien tout comprendre puis elle resta quelques secondes le regard perdu dans le vide. Un frisson la parcourut. Elle se sentait tout d'un coup fragile et faible. Ce n'était pas facile du tout ce que lui demandait Marc. Le jeu amusant du début était en train de prendre un tout autre tournant. Plus de quête ni d'indices, non plus rien sauf elle, en silence, dans un souterrain sombre, sans personne ni aide. Il y a de cela quelques semaines, Miriam aurait fait une syncope avant même de s'enfoncer sous terre. Pourquoi était-elle descendue aussi loin ? Ne se souvenait-elle pas de ce qu'elle avait enduré ? Et pourquoi Marc l'avait-il piégée ainsi ? Personne ne pouvait supporter pareil traitement. D'ailleurs à sa connaissance, personne ne s'aventurait seul sous terre pour s'asseoir dans le noir et réfléchir. On pouvait faire ça tranquillement dans son salon ou sur un banc. Était-il devenu fou ?

L'inquiétude était en train de reprendre ses droits en elle, la rendant de plus en plus fébrile et empreinte au doute. Ses mains qui tenaient la lettre tremblaient. Sa langue fit un soubresaut l'empêchant de déglutir correctement. Elle faillit même s'étouffer avec sa propre salive. Ses forces l'abandonnaient de plus en plus. Ce n'était pas sans lui rappeler son malaise sur le quai du métro. Non, ce n'était pas possible, son anxiété ne pouvait pas revenir maintenant, elle ne devait pas. D'une main tremblante, elle attrapa son portable pour essayer d'appeler à l'aide.

« Aucun réseau disponible. » Miriam commençait à suffoquer. Impossible de se relever, ses jambes ne répondaient plus. Elle allait mourir là, elle le voyait déjà arriver. Paralysée, elle se laissa glisser au sol sur la terre battue. Ses mains moites se crispaient de plus en plus. Elle n'était pas loin de la tétanie, son cœur battait à cent à l'heure. Même son épaule guérie recommençait à siffler. Son esprit, lui, luttait de toutes ses forces pour ne pas s'éteindre. Cela devenait insoutenable.

Pourquoi avait-elle fait confiance à Marc ? Pourquoi ? Pourquoi, après les leçons apprises du passé, avait-elle encore fait confiance à un homme ? Comme son père et Florian avant cela, lui aussi l'avait abandonnée là et cette fois elle ne s'en relèverait peut-être pas. L'abandon était sa plus grande crainte et malgré les progrès des mois passés, tous ses efforts s'étaient envolés en un coup de vent aujourd'hui. Même le dialogue avec son cœur était rompu, son mental était redevenu bien trop bruyant et monopolisait toute son attention. Recroquevillée sur elle-même, le dos voûté contre la pierre, Miriam avait les larmes aux yeux. Comment pouvait-elle se calmer ? Tout était redevenu tellement trouble en elle qu'il lui était difficile de rassembler ses idées pour réfléchir correctement. Elle souffla son désespoir. Un léger soulagement provoqué par ce râle lui rappela que la respiration était un outil qu'elle avait appris à utiliser et qui s'était montré plus d'une fois efficace. Pourquoi ne pas essayer ? Elle n'avait de toute façon plus rien à perdre. Miriam allongea ses jambes et ferma les yeux pour commencer ses exercices de cohérence cardiaque. Ce n'était pas l'extase, mais au bout de quelques minutes, il y avait quand même un mieux agréable.

Après encore quelques grandes inspirations, elle parvint même à se redresser pour s'asseoir sur le fameux trône. Elle reprenait espoir. Encore quelques minutes de ressourcement et elle parviendrait à rassembler ses forces pour sortir de ce trou à rat et respirer l'air frais. Assise sur la pierre, elle retrouvait un peu de droiture et de lucidité. Pour occuper son esprit pendant qu'elle continuait de reprendre des forces, elle décida de relire la lettre laissée par son bourreau.

« *Lorsque ta peur te parle, assois-toi pour l'écouter*
Si tu comprends son message, tu sauras l'apprivoiser. »

Après avoir relu plusieurs fois ce passage, Miriam eut l'impression d'enfin comprendre le message véhiculé. En pleine crise quelques secondes plutôt, elle se l'était avoué : sa plus grande crainte était d'être abandonnée comme elle l'avait déjà été tant de fois. C'était ce sentiment qui la rendait vulnérable, lui faisant perdre toute confiance en elle. C'était la première fois qu'elle écoutait réellement ce que lui disait son angoisse. Jusqu'à présent, à chaque fois que l'anxiété était montée en elle, elle avait fui sans jamais se retourner à travers les cachets, à travers des activités, en courant vers son appartement. Elle se rendait maintenant compte que c'était peut-être le fait de fuir qui la rendait prisonnière. Là, coincée dans cette tombe, elle n'avait eu d'autre choix que d'écouter et derrière cette tachycardie et ses spasmes musculaires, elle avait entendu le message que lui criait sa peur, « l'abandon ». Et chose surprenante, une fois le dialogue entamé et avec l'aide de quelques respirations, la crise semblait s'être envolée.

Miriam essaya de comprendre. Que ressentait-elle lorsqu'elle était abandonnée ? Se sentait-elle trahie ? Non, ce n'était pas ça ! Triste ? Non plus ! Il y avait quelque chose de plus profond, de plus sombre, quelque chose d'inévitable, oui, à chaque fois elle n'avait pu y échapper, l'abandon la laissait seule, terriblement seule ! C'était bien cela que Miriam éprouvait à chaque fois, une solitude désarmante la coupant des autres et l'obligeant à se rapprocher d'elle-même. C'était exactement ce qu'elle ressentait coincée ici. Elle était seule, et le silence autour était si assourdissant qu'elle ne pouvait échapper à son propre écho. Seule, il n'y avait plus personne avec qui se comparer, plus personne à qui en vouloir, plus personne à qui parler. Quand l'extérieur n'existe plus, il ne reste ainsi que l'intérieur, l'intérieur de soi et lorsqu'on a vécu dans une famille, une société nous dictant depuis toujours qui on est, difficile de trouver sans eux notre place et donc notre propre valeur. Quand son père puis Florian l'avaient laissée, Miriam s'était sentie merdique, si elle n'existait plus pour eux, c'était forcément le cas. Quand sa grand-mère l'avait quittée, là cela avait été pire, la vie l'avait coupée d'une des rares personnes qui croyaient en elle et qui augmentaient la confiance qu'elle avait en elle, la rendant encore plus lamentable. Cependant, sa fracture puis les rencontres fortuites qui l'avaient remise en selle étaient à l'origine d'un renouveau.

Miriam continua de lire le papier : « Dissous le faux, condense le vrai. »

Et si elle n'était pas aussi nulle qu'elle le pensait ? Et si cette croyance était fausse ?

Sans en avoir conscience, elle avançait dans la trame laissée par cette recette. Sa crise semblait être passée. Son cœur avait retrouvé un rythme normal, ses jambes de la force, et son mental était un peu plus calme. Il était temps de remonter à la surface, elle le pouvait. Au moment où elle commença à prendre son impulsion pour se lever, son intuition la fit se rasseoir net. Le pire semblait être passé et son instinct voulait qu'elle continue à déchiffrer ses peurs. Un mystère n'était pas loin d'être percé, il ne manquait pas grand-chose. Elle en était sûre. Pourquoi ne pas continuer ? Miriam se décida favorablement et éteignit même sa lumière pour continuer son introspection. Le noir fit revenir l'angoisse au galop, mais Miriam, les yeux fermés, entreprit de faire quelques grandes respirations pour ne pas y succomber. Cela semblait marcher. Elle était là, assise avec sa peur, et pour la première fois la discussion était ouverte dans le calme.

« Dissoudre le faux. »

La jeune femme suivit son cœur et continua de respirer tranquillement. Malgré le lieu, la détente commençait à s'opérer en elle. Plusieurs minutes défilèrent laissant remonter une réponse. Chose inédite, pour la première fois Miriam sentit que cela venait de son ventre et non de son cerveau comme toute réflexion normale. Le silence lui parlait d'elle, de sa véritable identité. Elle laissa encore infuser cette pensée dans son corps.

Qui suis-je ?
Si je ne suis pas celle qu'on attend,
Celle qui se ment,
Oui, celle qui se vend
Qui fait semblant
Pour un sourire, un compliment :
« Qu'elle est gentille », « Qu'elle est marrante ».
Ai-je besoin d'eux pour être aimante ?
Si je suis honnête, serais-je méchante ?
Que suis-je sans eux ? Sans leurs jugements ?
Sans leurs regards, existerais-je vraiment ?
Et si je m'avoue géniale, serais-je gênante ?
Je n'en sais rien, mais je me lance et tente.

Une étincelle violette apparut. Miriam ouvrit les yeux pour la chercher, mais aucune trace de lumière à l'horizon, cela devait venir de son esprit.

Elle tenait enfin quelque chose. Dissoudre le faux, c'était lâcher ses croyances la retenant prisonnière. Lâcher ce qu'elle s'était évertuée à garder à l'esprit pour ne pas oublier, pour ne pas refaire les mêmes erreurs. Toute sa vie durant, elle avait soit essayé de plaire pour exister, soit s'était cachée dans sa tour d'ivoire pour qu'on ne puisse la voir. La voie des extrêmes encore une fois, ne pas exister ou être aimée pour exister, le jugement comme souverain.

Si elle avait tant peur d'être abandonnée, il était peut-être justement temps que ce soit elle qui abandonne. Abandonner cette croyance pour avancer, de s'abandonner simplement à la vie, Vivre avec un grand V, sans penser cent coups à l'avance.

Miriam commençait à comprendre que sa valeur ne se trouvait pas dans le regard des autres, mais dans le sien. Dissoudre la croyance selon laquelle elle existait à travers les autres, c'était se permettre de condenser en elle l'amour véritable, celui qu'elle se portait.

Dans ce nouveau schéma de pensée, la peur de l'abandon ne pouvait pas exister car si elle n'était plus dépendante de l'extérieur, on ne pouvait plus l'abandonner. Nourrie par son propre amour, portée par sa propre confiance, Miriam pouvait être, juste être sans rien attendre.

L'idée lui était plaisante. C'était à demi-mot ce que lui avait conseillé Louisa en lui demandant de se complimenter elle-même tous les matins. Et cela avait marché, Miriam n'appréhendait plus de se regarder dans le miroir, certains matins elle commençait même à se trouver belle, mais jusqu'à présent il avait manqué quelque chose pour que cela soit complet, elle avait maintenant trouvé le chaînon manquant : lâcher prise sur le monde extérieur.

Jusqu'à présent elle avait utilisé la force procurée par cette nouvelle énergie pour lutter contre le regard des autres, pour ne plus en être meurtrie. Elle comprenait maintenant que même si cela avait été efficace, il était temps pour elle de déposer les armes pour continuer en paix. Avec amour, elle se suffisait à elle-même et, ainsi dénuée d'attentes, sa relation aux autres ne pouvait qu'être plus sincère.

Après les premières minutes d'introspection qui avait mené à cette réponse, une lueur était apparue à mi-chemin entre sa conscience et l'extérieur. Plongée dans le noir complet depuis qu'elle avait éteint sa lampe, Miriam se rappela que dans sa lettre Marc lui disait qu'il lui fallait attendre d'être éclairée de l'intérieur pour ouvrir la seconde enveloppe et reprendre son chemin. Elle y était presque, et même sans les indications du vieil homme, elle pouvait à présent le sentir. Sa persévérance était en train de fissurer en elle tout ce qui avait été construit avec la peur.

Bien, elle avait utilisé son cerveau pour comprendre les nœuds de son âme, elle avait repéré où cela coinçait, il était maintenant temps de se servir de son cœur pour lâcher la peur et accueillir l'amour en elle. Elle repensa à ce fameux mantra hérité de la jolie maquilleuse.

« Je suis une belle personne. Je m'aime et je m'accepte telle que je suis », dit-elle à haute voix, ce qui cassa le silence régnant.

Miriam se rappela aussi que quand ce message lui avait été transmis, Louisa lui avait dit qu'il lui appartenait de le modifier pour se l'approprier.

« Oui, mais comment ? » pensa la jeune femme, toujours assise sur la pierre centrale, mais de moins en moins perdue dans le noir. L'angoisse écoutée n'avait pas eu besoin de crier à nouveau et ceci n'étant plus un problème, Miriam n'avait plus réellement conscience de l'espace l'entourant, installée dans ce dôme souterrain, c'était comme si elle était assise en elle-même.

« Dissoudre pour condenser », « dissoudre pour condenser », ces mots résonnaient en elle sans vouloir la laisser réfléchir tranquillement. Après quelques instants de réflexion, un élan venu de son cœur la guida. Miriam ferma les yeux et reprit ses grandes inspirations.

Suivant le rythme de son thorax et de son ventre qui tour à tour se gonflaient puis se dégonflaient, une image lui vint à l'esprit. Dissoudre la peur à l'expiration, nourrir l'amour à l'inspiration. Cela semblait plausible, elle allait essayer. Ainsi à chaque expiration, Miriam souffla en dehors d'elle ce qui n'avait plus de raison d'y résider et à chaque respiration elle s'imagina une lumière blanche la pénétrer. C'était agréable, l'air entrant lui donnait l'impression d'aller à chaque fois un peu plus loin en elle au point qu'à un certain moment la frontière entre extérieur et intérieur sembla s'effacer. Cette opération dura ainsi pendant dix bonnes minutes puis Miriam sentit le besoin d'y rajouter une pensée.

Instinctivement avant de débuter un nouveau cycle, elle dit à voix haute :

« Je lâche le passé pour avancer avec confiance dans le présent. Je m'aime, je m'accepte et je suis. »

Cette phrase était venue toute seule, sans que Miriam la prononce vraiment. D'un regard extérieur, ces mots pouvaient sembler plus que banals, mais ici l'extérieur n'existait plus. Et comme une plume tombée du ciel pour terminer sa chute dans un étang immobile provoquait une onde de choc à la surface de l'eau à son contact, cette déclaration à elle-même, à peine prononcée, à peine effleurée, résonna au plus profond de son être.

Les respirations aidantes, un mécanisme profond se mit en route en elle. Les yeux fermés, la jeune femme se laissa guider par ces mots qu'elle prononçait à chaque nouvelle respiration. C'était comme si elle avait pris racine, elle inspirait le blanc venant du haut, remplie d'amour et de lumière imaginée, et expirait le noir, le vil et ce qui la blessait. À travers ce processus, au fur et à mesure qu'elle se régénérait, Miriam comprit qu'elle nettoyait son ego et ses blessures. La colère et la peur qui avaient pris tant de place dans sa vie laissaient petit à petit place à l'amour.

Le temps n'existait plus, seul le battement de son cœur battait la mesure, au bout d'un moment Miriam sentit que le faux avait été entièrement dissous en elle, il n'y avait plus de mal, tout était purgé, mais non rassasiée, la jeune femme décida de continuer à se nourrir de cet amour. C'était tellement bon, elle ne pouvait pas s'arrêter là.

Le trouble n'étant plus en elle, elle décida d'adapter sa pratique en se contentant de dire « Je m'aime et je suis », encore une fois c'était son cœur qui lui avait soufflé ce raccourci. Sous l'effet de ces nouveaux mots, le processus en elle se mit à évoluer. Il n'y avait plus rien à lâcher maintenant, c'était la lumière blanche qui se diffusait en elle sur ses expirations.

Cet amour la remplissait, la guérissait, l'enivrait même. Miriam eut l'impression de flotter. L'air guidait son mouvement, son corps se mit à onduler tel un serpent invertébré. Il y avait dans cette danse immobile, une extase qui approchait une jouissance pratiquement sexuelle.

L'air frais pénétrait ses narines pour descendre jusqu'à son sacrum détendant sur son passage chaque parcelle de son corps puis il remontait en s'enroulant le long de sa colonne avec chaleur jusqu'à arriver en haut de son crâne.

Au fur et à mesure de ses ondulations, Miriam était comme pénétrée par cette nouvelle source d'énergie. Pressée comme dans un tambour de machine à laver, plus aucune résistance en elle n'arrivait à trouver une place où naître.

Tout devenait de plus en plus intense, par moments, Miriam lâchait un râle, à d'autres un sanglot. Ce qui se passait était quasiment animal. Et puis comme si un orgasme était en train de monter en elle, elle sentit ses muscles se contracter, sa peau être de plus en plus moite. Quelque chose se passait dans son bas-ventre. Elle ne pouvait plus reculer, elle n'en avait plus le pouvoir, elle continua d'onduler comme étant possédée. C'était comme si elle accouchait et jouissait à la fois, souffrance et plaisir étaient en train de s'enlacer en elle, cela devenait insoutenable. Et soudain elle le sentit, son souffle se coupa tandis qu'une sphère lumineuse monta de son utérus jusqu'à son plexus solaire. Tout son ventre se décrispa au contact de cette boule chaleureuse.

Son dos se redressa, ses épaules s'ouvrirent, son corps semblait s'aligner autour de ce soleil intérieur.

L'extase avait lieu, Miriam était en nage, essoufflée et fatiguée, mais remplie de joie à présent. Elle posa sa main sur son plexus et sentit cette chaleur indescriptible. C'était comme si des racines partant de sous la terre faisaient monter jusqu'à son ventre une énergie très puissante. Elle avait l'impression d'avoir accouché d'une nouvelle partie d'elle-même.

Il n'y avait plus besoin de respirer en pleine conscience, Miriam avait maintenant l'impression d'être connectée par le sol sans rien faire.

Elle resta assise là sur la pierre des profondeurs pendant quelques minutes. Elle avait besoin de retrouver son souffle et de s'accommoder de ses nouvelles sensations.

Son front était trempé, elle l'essuya d'un revers de la main avant de la reposer sur ces cuisses. Ses mains étaient brûlantes. Sa perception de son corps avait changé, elle sentait tout ce qui se passait en elle. Cette sensation était merveilleuse. Miriam avait l'impression de vivre pour la première fois.

Cette source de lumière qui s'était éclairée en elle la nourrissait en permanence. C'était de l'amour à l'état pur qui se diffusait en elle. Son corps et son esprit étaient détendus, paisibles.

Son trésor intérieur lui avait été révélé, il avait toujours été là, calmement caché à l'ombre de ses doutes, le voilà maintenant à la lumière de son être et il le serait toujours.

Miriam comprenait à présent là où avait souhaité l'emmener Marc. Il était maintenant temps pour elle de rallumer sa lampe et d'ouvrir la seconde lettre.

« *Que la lumière soit... Ce qui était caché est maintenant révélé.*

Ainsi quand on éclaire son for intérieur, le mur bien opaque laisse entrevoir une porte.

Tu as percé le mystère, maintenant tu vois, regarde bien, la sortie est par là. »

Miriam remit la lettre dans l'enveloppe et rangea le tout dans sa poche arrière. Si elle avait bien compris, une autre porte devait être présente dans le dôme et même si elle en avait fait le tour à son arrivée et qu'elle n'avait rien vu de tel, elle n'en doutait pas. À vrai dire, le doute lui-même n'avait plus sa place en elle.

Se remettant debout, la jeune femme scruta la salle. Elle décida de refaire attentivement le tour de ce dôme. Après avoir fait un état des lieux, elle tomba sur un pan du mur différent du reste. Il était bien plus lisse et un symbole y était dessiné.

Miriam posa sa main au centre de la figure. Ce n'était pas de la pierre, mais plutôt du bois qui recouvrait cette partie du mur. La texture était plus chaude, plus vivante.

Cachée au milieu des différents reliefs, une poignée apparut sous la main de Miriam. Elle n'en fut pas surprise, ce lieu de par ce qu'elle y avait vécu faisait partie d'elle et elle avait appris à se connaître.

Elle ouvrit la porte et parcourut un long couloir qui continuait à descendre légèrement. Miriam marcha ainsi sans rencontrer de virage ou d'escalier. Elle marchait, confiante, son esprit ne fusait plus, ne cherchait plus le danger dans mille suppositions. Elle était attentive à l'endroit où se posait son pied et cela suffisait à sécuriser son parcours. Au fur et à mesure de son avancée, des vibrations et des bruits de moteur se firent de plus en plus présents puis plus rien jusqu'à ce qu'un fin filet de lumière s'échappe d'en dessous d'une porte marquant la fin de ce couloir. Toujours aussi sereine, Miriam tira la porte avec force et fut éblouie par la lumière du jour. Après quelques instants d'acclimatation, elle distingua enfin le lieu de son arrivée. La voilà en haut du théâtre antique de Fourvière sur les hauteurs de Lyon. Cela était vraisemblablement impossible. Elle était rentrée dans un souterrain dans le Vieux Lyon, n'avait fait que descendre et pourtant elle avait atterri cent mètres plus haut. Il n'y avait aucune explication logique à cela et peu importait à Miriam. Le soleil était déjà en train de descendre au loin. Elle avait vue sur sa ville et c'était beau. La peur qui l'avait accompagnée ces derniers mois l'avait empêchée de remonter ici prendre de la hauteur sur son quotidien.

Tout cela était maintenant terminé. Miriam avait plongé au plus profond d'elle-même pour pouvoir s'envoler vers les sommets, elle était maintenant libre et une chose était sûre : la vue panoramique qui s'offrait à elle lui confirma qu'il était maintenant temps pour elle de s'envoler vers le Vercors.

J'ai souffert si longtemps
De ne plus être dans tes yeux une enfant,
Papa souvent,
J'ai cherché ton regard
Lorsque perdue dans le noir,
Le monde se faisait grand.
Mais il était trop tard,
Notre relation sur le fil du rasoir
Se trouvait déjà mourante.
Elle est restée ainsi,
Des jours et des nuits,
Des mois, des années,
Nous plongeant dans le déni,
Nous laissant condamnés
À l'espoir d'une lueur,
À la merci d'une tumeur.
Il est peut-être venu l'heure
De laisser mourir cette rancœur

Pour permettre la naissance d'un meilleur.
Le passé est passé, c'est le présent que l'on sème.
Nos blessures dépassées, il est temps que l'on s'aime.

Miriam signa la lettre et la plia pour la ranger dans une enveloppe puis elle décolla un timbre de son carnet et vint le coller dessus.

Elle regarda une dernière fois son appartement. Les lumières étaient éteintes, la télé aussi. Les fenêtres étaient fermées et la poubelle déjà sortie. Tout était OK. Il était l'heure de partir. La jeune femme attrapa son sac de voyage resté au sol et claqua la porte. Son train direction Grenoble était prévu pour onze heures quinze. Il lui restait donc une bonne demi-heure pour rallier la gare de Perrache à pied. Arrivée à l'angle de sa rue, elle glissa son courrier dans une boîte aux lettres jaune avec un certain soulagement. Ces mots destinés à son père ne pouvaient rester plus longtemps inavoués.

Est-ce que ce pas en avant leur permettrait de se retrouver ? Aucune idée, mais comme lui avait un jour appris un vieux malade sur le parking d'un hôpital, son seul pouvoir était de pouvoir semer la graine d'une intention, le reste après ne lui appartenait pas. En tout cas, la paix était faite de son côté et cela la rendait déjà bien plus légère.

Nous étions lundi matin. Miriam s'était reposée durant le week-end succédant à son aventure dans les catacombes. Un changement avait véritablement opéré en elle et c'était donc d'un pas engagé et l'esprit libéré de toute peur que Miriam avançait en direction de son destin.

Hatif avait été ravi d'apprendre que la jeune femme viendrait séjourner chez lui pendant une dizaine de jours. Miriam aussi avait hâte, elle n'avait jamais eu l'occasion de découvrir les montagnes. Que ce soit avec ses parents, ses amis ou bien Florian, la grande majorité de ses voyages avaient été jusqu'alors en direction du soleil et du bruit des grillons. Cela allait donc être une première et Miriam comptait sur ce séjour pour faire le plein de vitalité avant sa reprise car d'ici quinze jours, elle reprendrait le chemin du travail et la lumière qui s'était éclairée en elle dans la salle des ombres avait besoin d'être nourrie de calme et de sérénité pour continuer de briller.

Miriam arriva aux portes de Perrache. La gare était presque vide à cette heure-là. Elle consulta le panneau d'affichage pour connaître le quai sur lequel l'attendait son train puis se dirigea vers celui-ci.

Après quelques minutes d'attente, le convoi arriva et Miriam prit place à l'intérieur. Une fois à Grenoble, il ne lui resterait plus qu'à prendre le bus montant à Villard-de-Lans. Hatif l'y attendrait là-bas.

Le train se mit en route. Après quelques minutes, la grisaille urbaine laissa peu à peu place à de grands champs à perte de vue

Et dire qu'il y a quelque temps, Miriam n'aurait même pas pu s'imaginer quitter son arrondissement sans succomber à ses peurs, tout cela était maintenant loin derrière.

Elle esquissa un sourire en savourant cette sensation de liberté.

Il y en avait bien pour une heure de trajet, Miriam décida de mettre ses écouteurs pour écouter un peu de musique tout en continuant de rêvasser devant ces grands espaces.

Scylla & Sofiane Pamart – *Solitude*[1] – Play

Elle me connaît depuis tout petit
Elle a remplacé mon père
Elle s'est souvent cachée sous le lit

---

1. Paroles de Gilles Alpen.

Ma solitude préfère que je parle peu
Elle dit que pour les rêves le verbe est prédation
Elle sait que le silence est le langage de Dieu
Que tout le reste n'est que mauvaise interprétation

Elle me rappelle, j'y vais, j'y vais...

Le bus se gara devant l'Office du tourisme. Miriam en descendit, son bagage sur l'épaule. Elle rangea ses écouteurs dans sa poche et inspira une grande bouffée d'air frais. La voilà arrivée à Villard-de-Lans. Après avoir imaginé le Vercors pendant si longtemps, elle le découvrait enfin de ses propres yeux. Courbaturée par la route, elle entreprit de marcher un peu pour se dégourdir les jambes. Cela faisait maintenant plus de deux heures que son voyage avait commencé et son corps lui réclamait du mouvement. Elle remarqua qu'il y avait une piscine ainsi qu'une patinoire en dessous du parking où s'était arrêté le car, de l'autre côté de la rue, de nombreux commerces et restaurants donnaient une teinte vacancière à ce village. Les passants étaient pratiquement tous bronzés. Il lui sembla qu'il faisait bon vivre ici.

Après avoir fait quelques pas, la jeune femme vint s'asseoir sur un banc pour attendre l'arrivée de son grand-oncle. Il faisait beau et ce moment était agréable, mais malgré un grand soleil, Miriam était contente d'avoir mis un gros pull. Il faisait plus frais ici qu'en plaine.

Face à elle, derrière la place, se dressaient de grandes montagnes aux sommets encore enneigés.

Leurs arêtes qui tutoyaient les nuages donnaient l'impression qu'une jonction existait à cet endroit entre ciel et terre, Miriam fut subjuguée par la beauté de cette image.

Alors que le bus montait de Grenoble vers le plateau sur lequel elle se trouvait actuellement, elle avait déjà été émerveillée par ce sentiment de hauteur qui s'intensifiait au fil des épingles que prenait le véhicule. C'était comme si elle prenait elle-même de la hauteur par rapport à sa vie.

Ce séjour allait lui faire du bien, elle le sentait. Peu importe ce qu'elle découvrirait ici, le simple fait de déjà ne plus nourrir ses peurs lui permettait de se reposer et de faire le plein d'énergie.

Une vieille fourgonnette au pot d'échappement toussant de gros nuages noirs vint stationner devant elle.

« Votre carrosse est là !

— Hatif ! s'exclama Miriam en reconnaissant les traits bienveillants de son vieil oncle derrière le volant.

— Mets tes bagages à l'arrière, ma grande », dit le vieil homme tout en faisant un signe de tête pour montrer le coffre.

Miriam s'empressa de poser son sac à l'endroit indiqué puis vint s'asseoir à côté d'Hatif, à peine s'était-elle installée que la camionnette reprit la route.

Les deux compères eurent le temps de prendre des nouvelles l'un de l'autre durant le trajet les menant jusqu'à la fermette d'Hatif. Le vieil homme n'avait pas paru surpris du chemin atypique qu'avait entrepris sa petite-nièce depuis leur dernière rencontre. Miriam avait même l'impression qu'il était au courant de tout avant de connaître les détails.

Le véhicule se gara enfin. Les voilà arrivés chez Hatif. Il habitait un petit chalet qui semblait avoir déjà bien vécu. Son terrain se scindait en deux, à droite se trouvait un hangar entrouvert dévoilant un bon nombre de vieux outils en bois et en ferraille et à gauche un potager bien en fleurs. Le vieil homme invita Miriam à venir installer ses affaires à l'intérieur dans la chambre du premier étage et lui expliqua qu'il devait monter voir ses bêtes un peu plus haut en montagne et qu'en l'attendant elle n'avait qu'à faire comme chez elle. Miriam acquiesça et salua son oncle qui était déjà en train de manœuvrer pour repartir de chez lui.

La jeune femme ouvrit la porte d'entrée qui donnait directement dans la cuisine. On se serait cru dans *La Petite Maison dans la prairie.* Miriam trouva cela charmant. Une odeur de bûche encore fumante émanait du petit poêlon qui servait visiblement à se chauffer et à cuisiner par la même occasion compte tenu de la casserole qui était posée dessus. Le sol était fait d'un vieux plancher n'ayant rien à envier à celui des YouTubeuses déco qui payaient des sommes astronomiques pour vieillir des planches neuves achetées chez Casto et donner une ambiance vintage à leurs maisons.

Bien sûr, Hatif ne vivait pas non plus au XIXe siècle. Il y avait un frigo et même une petite télé bien qu'au vu de l'épaisseur de poussière la recouvrant, elle n'avait pas dû fonctionner depuis longtemps.

En traversant la pièce pour accéder à l'escalier montant au premier étage, Miriam vit sur la table une assiette avec un sandwich enrobé dans une serviette en papier où était écrit dessus : « Pour toi, Miriam. »

La jeune femme attrapa l'assiette, heureuse de cette gentille attention, et monta jusqu'à sa chambre.

C'était une petite pièce mansardée avec une belle vue sur les montagnes avoisinantes. Miriam ouvrit la fenêtre pour regarder le paysage tout en mordant dans son casse-croûte.

Tout était tellement paisible ici. Certes, le confort était minime, mais y avait-il vraiment besoin de plus ?

Une fois terminée, Miriam posa l'assiette vide sur la commode et vint se laisser tomber sur le lit qui sentait la lavande.

Les yeux au plafond, elle sentait le calme du Vercors l'envahir, mais aussi la fatigue du voyage, si bien qu'après quelques instants, elle s'endormit sans lutter. C'était aussi cela les vacances.

C'est le bruit d'Hatif s'activant en cuisine qui la réveilla. Le ciel dehors s'était assombri. Miriam regarda son portable, il était quasiment dix-neuf heures.

La jeune femme s'activa à descendre rejoindre son hôte, elle ne voulait surtout pas donner l'impression d'être venue comme à l'hôtel avec l'intention de se faire servir.

« Tiens, ma grande Miriam, je vois que tu as succombé au charme du lit de l'étage. Rassure-toi, tu n'es pas la seule à qui cela est arrivé », s'exclama Hatif dans un éclat de rire, ce qui eut pour effet de détendre instantanément Miriam quant à sa sieste improvisée.

Soulagée, la jeune femme aida son oncle à préparer la soupe et la table pour leur repas du soir.

Lorsque tout fut prêt et qu'il ne manquait qu'un peu de cuisson pour commencer le dîner, le vieil homme invita sa petite-nièce à le suivre dehors pour une petite balade.

Derrière son chalet se trouvait un petit chemin qui montait au milieu des bois sur la colline faisant face aux montagnes. Le soleil était en train de se coucher et il faisait déjà assez sombre dans la forêt, mais le vieil homme marchait d'un pas sûr et décidé obligeant Miriam à accélérer pour le suivre. Après quelques mètres de grimpette, Hatif pointa à l'aide d'un bâton les sommets qui se détachaient du crépuscule.

« Tiens, regarde les belles montagnes qui forment la forteresse du Vercors. Tout à gauche, il y a le pic Saint-Michel que tu as dû voir en arrivant sur le plateau en tout premier lieu, puis vient ensuite le roc Cornillon, dans le creux se trouve le col Vert », dit-il en pointant tour à tour les pics.

Miriam reconnut les montagnes devant lesquelles elle s'était émerveillée à sa descente du bus plus tôt dans la journée.

Le vieil homme continua d'énumérer religieusement ces géants de pierre avec lesquels il avait vécu quasiment toute sa vie.

« Puis le Gerbier, l'Agathe et la Grande Moucherolle, la Petite et au loin le pas de La Balme. »

Hatif se mut tout en regardant la chaîne de montagnes à nouveau.

Ne voulant casser le silence, Miriam contempla elle aussi le paysage.

Après quelques secondes de recueillement supplémentaire, le grand-oncle prit une grande inspiration et recommença à marcher.

Miriam le suivit.

Après quelques pas, Hatif rompit enfin le silence :

« Voilà mon petit rituel quotidien. Tous les soirs je monte ici pour contempler ces montagnes qui me font vivre et qui hébergent mon troupeau. Je prends un instant pour les remercier et rentrer en communion avec elles.

— C'est un merveilleux endroit, je comprends ton attachement, répondit Miriam qui avait eu elle aussi l'impression de vivre un moment privilégié avec l'environnement l'entourant.

— Prends le temps de découvrir la beauté de ces lieux pendant tes vacances et quand tu seras prête, il te faudra gravir la

Grande Moucherolle pour récupérer l'héritage de Luna, c'est un rite de passage obligatoire pour qui veut épouser le soleil.

— D'accord, Hatif », se contenta de répondre sobrement Miriam, maintenant rodée aux énigmes.

Elle savait que toutes questions supplémentaires étaient superflues. On pouvait lui montrer la voie, mais il appartenait à elle seule de l'emprunter. Son chemin lui apprendrait ce dont elle aurait besoin le moment venu.

Il faisait nuit quand ils rentrèrent au chalet. Ils mangèrent dans un silence pratiquement religieux puis Hatif salua sa nièce et partit se coucher. Miriam qui n'avait pas sommeil alla s'asseoir sur un banc dans le jardin malgré le froid des nuits d'avril en montagne. Elle resta un bon moment les yeux rivés sur le ciel. Ici, il n'avait pas la même teinte qu'en ville. Il semblait plus vivant, plus heureux. Le bleu de la nuit était plus bleu et les étoiles plus brillantes, le tout dessinait un toit chaleureux au-dessus de la tête de la jeune femme. Elle était bien ici.

Après plus d'une semaine passée à Corrençon, Miriam se sentait comme à la maison. Chaque matin, elle partait explorer les chemins environnants et rentrait le soir les jambes lourdes certes, mais le cœur et l'esprit de plus en plus légers.

Sac à dos sur l'épaule, elle avait déjà apprivoisé de nombreux sentiers autour de chez Hatif. Souvent, elle marchait à l'instinct, curieuse de rencontrer l'inconnu. Son oncle lui avait donné une carte pédestre et expliqué le principe des balisages, le vert et jaune pour le parc naturel du Vercors et le blanc et rouge pour le GR, et rapidement la jeune femme en avait compris les rouages. Elle partait donc sur les coups de neuf heures, marchait jusqu'à midi avant de casser la croûte dans la première clairière accueillante qu'elle trouvait puis lisait un peu avant de piquer du nez pour une petite sieste, vers trois heures elle reprenait la direction du village, les joues rougies par le soleil et avec une sérénité grandissante.

Nous étions au printemps et Miriam qui avait grandi dans une jungle de béton découvrait réellement pour la première fois l'élan de vie avec lequel la nature reprenait ses droits à cette époque. Chaque jour, de nouvelles fleurs de toutes les couleurs jonchaient le chemin par lequel la jeune femme se rendait à l'entrée du parc naturel.

Chaque jour, de nouvelles odeurs venaient aiguiser l'odorat de plus en plus demandeur de Miriam.

Il y avait dans ces vacances une forme de renaissance lui permettant de retrouver l'innocence de la jeunesse lorsqu'on ne connaît rien et que l'on s'émerveille de tout. Miriam en éprouvait énormément de joie, elle fleurissait de l'intérieur en même temps que les gentianes rencontrées sur son chemin.

Néanmoins ce matin, alors qu'elle prenait le petit déjeuner avec Hatif, une pensée noire vint assombrir le beau rayon de soleil qu'était ce séjour : son retour à Lyon et implicitement au travail prévu dans moins de trois jours. Le regard perdu dans l'infusion tourbillonnante dans son bol, Miriam commençait sérieusement à remettre en question ce retour à la réalité imposé.

Ces quelques jours ici avaient été un véritable havre de paix loin du bruit, du stress et de cette vie lyonnaise souvent trop rapide pour elle. Miriam n'était pas sûre de vouloir reprendre sa course effrénée vers la sécurité matérielle. Et même si ce nouveau poste au sein de son entreprise devrait être plus cool que l'ancien, était-ce vraiment ce qui lui permettrait de s'épanouir ?

« Eh bien, ma Miriam, tu es drôlement silencieuse ce matin. Qu'est-ce qui te chagrine ? »

Miriam leva les yeux de sa collation pour regarder son grand-oncle. À son regard malicieux, elle était sûre qu'il savait déjà ce qui la tracassait. Le vieil homme avait une intuition remarquable et des conseils toujours justes, si bien que Miriam s'était rapidement sentie à l'aise dans leur cohabitation. La sagesse de ses paroles en était même devenue son carré de chocolat spirituel d'après repas le soir avant d'aller se coucher.

La jeune femme lui sourit en sachant qu'il savait.

« Mon retour à la vie normale, bien évidemment, répondit-elle, résignée.

— Qu'est-ce que la vie normale pour toi, Miriam ?

— Les contraintes, je pense, le besoin de travailler pour vivre et payer son loyer.

— Et pourquoi travailler devrait forcément rimer avec contrainte ?

— C'est la vie, c'est pareil pour tout le monde.

— C'est surtout ce qu'on essaye de te faire croire. »

Miriam haussa les épaules en guise de réponse. Le vieil homme reprit :

« Et si on inversait les choses ? Ne serait-ce pas plus simple et plus plaisant de travailler par plaisir, de trouver ce pour quoi tu es faite afin que ce qui te fasse gagner ta vie soit une joie exercée de manière si précise et consciencieuse qu'elle te permette d'en gagner de l'argent ?

— Je trouve cela assez utopique.

— Un rêve ne reste un rêve que si on ne le réalise pas. Et souvent les gens qui restent englués à leur quotidien le sont à cause de leurs peurs : que ce soit la peur de manquer, de perdre ou de ne pas être à la hauteur. Ce sont des illusions entretenues par le monde dans lequel on vit et qui cherchent à nous maintenir dans l'enclos. Cette prison est un cauchemar pour celui ou celle qui a compris que ce qui se cache au-dehors n'est pas un rêve, mais une réalité. Tu as choisi de t'affranchir de tes peurs et maintenant que tu crois en l'amour, tu vois les grandes prairies sauvages qui se cachent de l'autre côté des barrières. Il est donc tout à fait normal que tu veuilles vivre librement au lieu de survivre prisonnière.

— Mais comment faire ? Je n'ai pas de fortune à dilapider pour ne vivre que de mes envies !

— Moi non plus, et pourtant regarde cette vie de rêve que je m'accorde.

— Oui, mais tu ne peux pas nier les contraintes qui jonchent ton quotidien. Le mauvais temps, la fatigue, les heures passées à chercher tes brebis égarées, ce n'est pas que du plaisir, impossible.

— N'est contraint que ce qui est subi, ma chère Miriam. Ce qui te gêne peut être ce qui me plaît. Lorsqu'on choisit de suivre son chemin, on en accepte le moindre caillou car on sait qu'il fait partie du chemin et que sans lui ce ne serait plus le chemin.

— Mais comment savoir ce pour quoi je suis faite ?

— Tu as choisi la voie du cœur, fais-toi confiance, cette boussole ne ment jamais. Tu es là où tu dois être pour avancer sur ta voie. Crois-moi, ma Miriam, tu es en route vers toi-même et bien plus avancée que tu ne le penses. »

Miriam resta silencieuse quelques instants avant de répondre :

« Je crois alors qu'il est temps pour moi d'aller chercher en haut de la montagne cette partie de moi que je ne connais pas encore.

— Je le pense aussi, ma grande. Une fois là-haut, tu trouveras la réponse aux questions que tu te poses. »

Miriam fit oui de la tête avant de découper deux autres tranches de pain supplémentaires pour son petit déjeuner. Elle allait avoir besoin d'un maximum d'énergie aujourd'hui pour atteindre son sommet et la réponse à son questionnement.

Une heure plus tard, Miriam retrouva Hatif devant son chalet. La brume ce matin était au rendez-vous et sans le soleil, le thermomètre n'était pas monté bien haut. C'est pourquoi la jeune femme avait pris son temps pour se préparer à la randonnée qui l'attendait, espérant que le soleil serait sorti pendant sa douche, mais hélas ce n'était pas le cas.

Son grand-oncle était à quatre pattes dans son potager occupé à chérir les grandes feuilles de blettes qui occupaient son terrain.

« Je suis prête, Hatif ! » s'exclama Miriam pour signifier sa présence au vieil homme qui ne l'avait pas entendue arriver.

Il se releva puis regarda sa petite-nièce avec douceur.

Il alla vers son atelier et revint avec une pochette dans les mains.

« Tiens, ma Miriam, dans ce sac tu trouveras le plan pour accéder à la Grande Moucherolle. Tu verras, c'est un endroit magnifique. Il y a aussi une lettre qu'avait écrite ta grand-tante Luna pour la prochaine femme de notre famille qui viendrait trouver son chemin dans nos montagnes. Tu pourras l'ouvrir quand tu auras franchi l'arche du Moucherotte. »

Le vieil homme tendit le sachet à sa petite-nièce d'une main tremblante. Miriam le regarda dans les yeux, il semblait ému. Cela l'émut à son tour et elle décida de prendre son grand-oncle dans ses bras.

« Tu as tellement grandi. Je suis si fier de toi, ma Miriam, lui chuchota-t-il pendant leur étreinte.

— Merci Hatif, vraiment merci pour tout », lui répondit-elle.

Les deux compères échangèrent encore quelques mots puis Miriam prit le chemin de la montagne qui lui faisait face. Elle traversa le bourg de Corrençon et en profita pour acheter son casse-croûte de midi puis entreprit son ascension à travers les prairies puis très vite la forêt jusqu'au clos de La Balme. Là se trouvait le parking où commençait officiellement le balisage vers la Grande Moucherolle.

Les lieux étaient déserts, pas un chat à l'horizon, un seul camping-car était posé là, mais semble-t-il personne à bord. Miriam sortit la carte de son sac pour faire le point et en profita pour boire une gorgée. En cherchant sa bouteille dans son sac à dos, elle se rendit compte qu'elle avait oublié ses crayons pour dessiner. Elle en fut contrariée car elle avait pris l'habitude de dessiner un peu pendant sa pause déjeuner. Son carnet était bien là, lui, un stylo Bic aussi, mais pas ses chers crayons. Dommage.

Sa déconvenue fut cependant vite oubliée, une fois l'ascension reprise. L'épaisse forêt de sapins dans laquelle elle avait évolué jusqu'ici laissa place à une piste plus large et dégagée. Au vu des gros pylônes qui jonchaient sa montée, Miriam comprit rapidement qu'elle devait être en train de remonter une piste de ski. Ce n'était pas ce qu'il y avait de plus joli. Le balisage vert et jaune indiquait néanmoins qu'elle se trouvait sur le bon chemin. La brume était encore là, ce qui l'obligeait à avancer à tâtons, en ne voyant qu'à une cinquantaine de mètres devant elle. Il faisait froid. Heureusement pour elle, la dernière semaine avait été tellement estivale que la neige en hauteur avait fondu, laissant le pierrier humide mais praticable.

Pour se tenir au chaud, la jeune femme maintenait un rythme soutenu, si bien qu'elle se trouvait déjà à plus de 1 800 mètres d'altitude, une première pour elle.

Les quelques passages de replat étaient de légères accalmies pour ses jambes peu habituées à ce genre d'effort, mais malgré la fatigue la jeune femme continuait son chemin d'un pas déterminé. Elle avait bifurqué d'une piste de ski à l'autre. Il n'y avait plus aucune végétation autour d'elle et le terrain était de plus en plus caillouteux.

Plusieurs fois, elle s'arrêta pour vérifier les indications laissées sur la carte par Hatif. Le paysage était de plus en plus lunaire et le brouillard ambiant l'empêchait de s'orienter correctement, mais à chaque fois qu'elle commençait à douter de sa position, un balisage ou un élément du décor décrit sur le plan lui confirmait qu'elle était bien là où elle devait être.

Miriam ne put s'empêcher de remarquer une certaine similitude dans sa perte de repères avec son aventure souterraine à Lyon, mais cette fois plus de peur à l'horizon. Elle avançait sereinement vers son sommet.

Après encore quelques pas gravis, Miriam tomba sur une stèle métallique à côté de laquelle un panneau indiquait « Grande Moucherolle par Pas de la Fenêtre 1 h 45 ». Elle était sur la bonne route. Miriam regarda sa montre. Il était déjà plus de onze heures. Heureusement que le petit déjeuner de ce matin avait été copieux, elle ne ressentait pour l'instant pas la fatigue. Elle allait essayer d'atteindre le sommet avant le repas.

Très vite après la stèle, elle tomba sur un écriteau indiquant la présence de passages techniques. Pas de crainte pour le moment, Miriam gérait sa montée comme une pro.

Le brouillard était de plus en plus opaque et la lumière de plus en plus blanche, le soleil ne devait pas être loin au-dessus, pensa-t-elle. Cela lui donnait l'impression d'avancer dans une bulle de coton.

La pente devint rapidement de plus en plus escarpée et rocailleuse. Comme annoncé sur sa carte, Miriam trouva un fin câble auquel s'accrocher pour s'aider, mais surtout utile pour garder le cap de son ascension.

L'altitude commençait à avoir raison de l'oxygène et Miriam souffrait le martyre dans cette partie de plus en plus pentue, mais la jeune femme continua d'avancer, portée par sa détermination. Et soudain le soleil perça le manteau nuageux. Miriam le sentit réchauffer son visage et la pointe de ses oreilles bien froides. Elle continua de monter en sa direction et après encore cent mètres, elle se retrouva au-dessus d'une mer de nuages. C'était magnifique. Ce tapis de nuages formait une plaine se confondant avec l'horizon. Miriam prit quelques instants pour savourer le paysage. Quelle étrange sensation que de dominer les nuages ! Seul le sommet des montagnes formant les remparts du Vercors s'extirpait de ce plancher blanc.

Après cette pause contemplation, Miriam reprit sa montée. Il devait lui rester une bonne heure de grimpette, mieux ne valait pas traîner, surtout que son ventre commençait à réclamer de quoi manger.

Le câble la mena devant une voûte creusée dans la roche. Voilà sûrement la fameuse arche dont Hatif lui avait parlé. Après l'avoir traversée, elle allait pouvoir ouvrir l'enveloppe de Luna.

Encore une fois, Miriam fut ébahie par la beauté de cette œuvre naturelle. L'érosion avait creusé un pont sous la roche. Le chemin la fit passer en dessous. À sa sortie, un nouveau panneau lui indiqua la présence de passages dangereux.

Le soleil régnant maintenant sur les lieux, c'est à ce moment-là que Miriam se rendit compte que le sentier commençait à se confondre avec l'arête au-dessus d'elle. La vue tout autour était aérienne, il n'y avait quasiment que des falaises qui l'entouraient.

Le brouillard puis l'émerveillement de la mer de nuages avaient jusqu'alors occulté cette facette du décor, mais Miriam se rendait compte à présent que la moindre erreur pouvait lui être fatale.

Ses jambes se mirent à trembler, mais Miriam ne succomba pas à la peur. Elle décida de faire une pause le long de cette arche. Son passé lui avait appris à prendre le recul nécessaire pour regarder chaque situation d'un œil avisé. Et c'était bien ce qu'elle s'apprêtait à faire.

La jeune femme s'assit sur un rocher et en profita pour respirer à grandes bouffées. L'air était pur ici, et comme elle était assise à quelques mètres du ravin, elle se rendit compte que la vue était magnifique. Miriam sortit un morceau de pain et du fromage et croqua à pleines dents dans la croûte. La faim et la fatigue accumulées ne l'avaient pas mise dans les meilleures conditions pour entamer l'escalade de la barre rocheuse. Après son encas avalé, Miriam sentit ses jambes se calmer et sa tête aussi tandis qu'elle prolongeait sa pause ne sachant pas encore si elle arriverait à monter jusqu'en haut.

En tout état de cause, le décor, si grandiose fût-il, était aussi très dangereux. Cela n'avait rien à voir avec le danger fantasmé lors de ses crises d'angoisse à Lyon. Ici, un mauvais appui pouvait l'entraîner cinq cents mètres plus bas en une fraction de seconde.

Tandis que Miriam était toujours assise à peser le pour et le contre. Un couple apparut à la sortie de l'arche. Ils saluèrent Miriam puis s'installèrent non loin d'elle pour grignoter aussi.

Miriam ne put s'empêcher de se sentir rassurée de voir des gens bien réels pour la première fois depuis son départ de Corrençon. Elle décida d'ouvrir la lettre de Luna pour voir si celle-ci lui donnerait la force ou non de continuer. Après tout, Hatif lui avait dit qu'elle pouvait l'ouvrir dès son arrivée ici. Avait-il deviné que pour gravir ces derniers mètres, elle allait avoir besoin d'encouragements ?

Chère enfant,
Si tu lis ces quelques mots,
C'est sûrement que tu as repris le flambeau.
Au bout du chemin la liberté,
Celle d'être dans ton entièreté.
Certains choisissent La Mecque, d'autres Compostelle.
Toi, tu as choisi de te parcourir toi-même
Du trouble intérieur aux étoiles dans le ciel,
Voilà le chemin parcouru bien réel.
Pour finir, il faut que tu comprennes
Que pèleriner c'est peler,
Lever peau après peau jusqu'à la pierre colorée.
Sept manteaux sur le dos, sept couches à ôter
Là où tu es
Il ne te reste qu'une étoffe à enlever
Pour arriver au sommet.
Celle du doute qui subsiste de ne pas y arriver.
Aie confiance absolue, voilà la clé du succès.

Miriam replia la lettre et la rangea dans son sac. Encore un poème plein de sous-entendus, elle aurait dû s'y attendre.

Même si elle n'avait pas toutes les références pour déchiffrer la totalité du message, elle en comprenait le sens.

Ôter des couches pour se rapprocher d'elle-même. Cela ressemblait drôlement au « Dissoudre le faux pour condenser le vrai » appris dans la salle des ombres.

« Hello. »

Miriam fut tirée de sa pensée par le couple qui s'était rapproché d'elle.

« Tu veux ? » lui dit l'homme tout sourire en lui tendant une figue séchée enveloppée dans un mouchoir.

Il avait un fort accent.

« Merci », répondit Miriam en acceptant l'offrande.

Les deux marcheurs devaient avoir une quarantaine d'années. Ils avaient tous les deux les yeux bien bleus et les cheveux bien blonds.

« Je m'appelle Ava et lui c'est Tom, dit joyeusement la jeune randonneuse qui avait les yeux presque aussi bleus que ceux de Marc.

— Moi, c'est Miriam. Ava, c'est original comme prénom, d'où venez-vous ? répondit Miriam après avoir croqué dans le fruit sec.

— Oui, on me le dit souvent, répondit la femme toujours aussi souriante. Nous venons de Hollande, mais mon prénom est hébreu, il vient de la racine "H'wwah" qui veut dire "Vivre".

— Et c'est pour cela que nous sommes là, pour vivre ! » renchérit son compagnon tout sourire.

Miriam sentit quelque chose se déraidir en elle. Elle était là aussi pour les mêmes raisons : vivre.

Y avait-il encore un sens caché à cette rencontre ?

« Oui, oui, on sait, Tom, ne fais pas ton intéressant. Et toi, Miriam, d'où viens-tu ? le coupa Ava.

— De Lyon, je suis en vacances chez mon oncle.

— OK, super jolie ville Lyon, nous y sommes passés en venant, répondit l'homme avant que sa femme ne rajoute tout en montrant la crête de la Grande Moucherolle :

— Et tu montes ou tu descends ?

— Je ne sais pas. C'est hyper vertigineux. Je ne suis pas sûre d'y arriver.

— Ah, le doute est l'ennemi de la réussite en montagne. Il suffit que le doute te traverse pour que ton pas soit moins assuré et que tes jambes se mettent à trembler », répondit l'homme.

Miriam sourit. C'était exactement ce qu'il s'était passé pour elle une demi-heure auparavant. Elle avait monté d'un pas décidé et aérien tout le long de l'ascension et dès que le doute l'avait traversée, elle avait perdu toute assurance.

Miriam s'aperçut que cette réflexion rejoignait à la perfection la lettre de sa grand-tante. Le doute qui l'habitait était bien le dernier voile qui l'empêchait d'arriver au sommet. Elle pensait pourtant avoir fait table rase de tout cela dans les souterrains.

Ava lui demanda :

« Tu veux finir l'ascension avec nous ? À plusieurs, c'est toujours plus rassurant ! »

L'homme rajouta :

« Tu sais, mon père me disait toujours que pour réussir quoi que ce soit dans la vie, il suffit d'avoir une foi inébranlable en soi-même. En montagne c'est pareil, si tu crois assez fort en toi, la seule limite est le ciel. »

Miriam pensa qu'il avait raison. Elle allait devoir faire un choix : si elle les suivait, elle devrait enlever définitivement le reste de doute qui l'habillait pour grimper jusqu'au sommet.

Ce reste d'hésitation était aussi sûrement l'origine du frein qui faisait qu'elle ne savait toujours pas si elle allait quitter son boulot alimentaire, rendre son appartement pour vivre réellement.

Si elle lâchait cette dernière parcelle de doute, il n'y aurait plus de retour possible, elle serait définitivement transformée.

« Alors, tu en dis quoi ? Nous allons repartir », l'interrogea la Hollandaise.

Miriam inspira un grand coup pour interroger son cœur. En elle, tout était déjà décidé. La chrysalide allait devenir papillon.

« Allez, je vous suis ! s'écria-t-elle.

— Cool ! Tu vas voir, tout va bien se passer !

— Je le sais » répondit Miriam.

Ce dernier manteau qu'était le doute fut enlevé à la sortie de la voûte. Miriam suivit ses deux guides alpestres le long du fin sentier à flanc de montagne. Certains passages lui demandaient d'escalader à l'aide de ses mains, d'autres de marcher en funambule le long de la falaise.

La mer de nuages s'était levée. Grenoble et le lac de Monteynard étaient visibles à plus de deux mille mètres sous leurs pas, mais Miriam, maintenant sûre d'elle, avançait en toute sécurité dans les derniers mètres la séparant du sommet.

Après encore quelques efforts, le couple la devançant s'embrassa chaudement avant de se retourner vers Miriam en lui criant :

« Félicitations, tu y es arrivée ! »

Ils avancèrent vers elle et la prirent chaleureusement dans leurs bras.

« Tu vois le cairn avec les drapeaux ? » lui dit l'homme en lui montrant une pyramide de cailloux avec des drapeaux tibétains.

Miriam fit oui de la tête.

« La coutume est de poser une pierre en haut de la pyramide lorsqu'on arrive en haut. À toi de jouer ! »

Miriam regarda autour d'elle. Elle avait une vue panoramique sur la quasi-totalité des Alpes. Elle l'avait fait. Elle avait réussi. Des larmes de joies lui montèrent aux yeux, Miriam était aux anges. Elle s'agenouilla et ramassa une pierre qu'elle vint adosser à la structure déjà existante.

Avec ses deux nouveaux compagnons d'aventure, ils décidèrent de pique-niquer ensemble ici en haut de la Grande Moucherolle. Le repas dura une bonne demi-heure puis le couple salua Miriam et reprit son chemin. La jeune femme n'était plus inquiète de savoir comment redescendre. Elle savait maintenant que rien ne lui était impossible. Elle choisit même de prolonger sa pause comme elle l'avait fait pendant ses escapades autour de Corrençon.

Assise, le regard perdu dans l'immensité de l'horizon, Miriam en était maintenant convaincue, elle ne retournerait pas à Lyon. Le monde était si grand et si riche d'inconnu qu'elle voulait prendre le temps de le découvrir.

Mais comment et en faisant quoi ? La jeune femme repensa à ce que voulait dire son prénom.

Miriam : celle qui s'élève et qui élève les autres.

Assise à plus de 2 200 mètres d'altitude, elle s'était élevée autant physiquement que spirituellement. Cela était sûr, mais comment permettre aux autres de grandir maintenant ?

La jeune femme repensa à toutes ces personnes qui l'avaient aidée à arriver jusque-là : le couple hollandais, Hatif, Luna, sa grand-mère, Marc, la vendeuse du magasin, Louisa, le fumeur de l'hôpital et tous ceux aussi qui lui avaient montré le chemin à ne pas emprunter. Elle avait à présent de la gratitude pour chaque personne rencontrée, chaque obstacle surmonté, mais surtout pour elle-même car Miriam avait compris que la guérison ne pouvait venir que de soi pour soi. C'était cette vérité qu'elle pouvait maintenant transmettre à celles et ceux qui se sentaient perdus comme elle l'avait été par le passé.

Elle voulait partager. Elle portait à présent la lumière en elle et elle comptait bien éclairer le chemin de ceux qui la cherchaient aussi.

Elle attrapa le calepin dans son sac à dos et prit le stylo dans sa main pour écrire :

« *Et j'ai choisi la vie.*

J'ai cru vivre dans une nuit infinie. J'ai connu la souffrance, la peur et le doute incessant. Longtemps j'ai cru que l'espoir était éteint et qu'il ne se rallumerait jamais.

J'ai attendu la mort, pensant qu'elle était ma seule issue. Je l'ai même cherchée dans mes comportements.

Je me suis noyée, plus encore je me suis regardée couler préférant chercher quelqu'un pour me sauver plutôt que de me sauver moi-même.

Et c'est en touchant le fond que j'ai su trouver la force nécessaire pour remonter à la surface. C'est dans cette obscurité la plus profonde que j'ai enfin trouvé ma lumière. Cette lumière qui s'appelle amour, cette lumière qui vient de soi pour soi, celle que l'on nomme résilience.

Si aujourd'hui je prends la plume pour me dénuder sur le papier, c'est que je n'ai plus peur de me cacher. Je sais qui je suis et j'ai confiance en ma destinée. J'ai vécu ce chemin pour pouvoir le raconter à tous ceux qui se perdent dans l'espoir de se retrouver.

Croyez-moi, même lorsque tout est noir et que le doute est à son apogée, un meilleur est possible, toujours et sans date de péremption.

Il suffit d'avoir foi en soi-même, il suffit de s'aimer. La vie est faite de choix et j'ai choisi la vie. H'wwah »

« Miriam. »

Elle s'arrêta d'écrire.

La jeune femme resta silencieuse et figée quelques secondes. Cette voix lui était familière. Qui pouvait bien l'appeler ici en haut de la Grande Moucherolle ?

La jeune femme se retourna lentement et découvrit à sa grande surprise son père, le visage rouge et détrempé de transpiration.

« Papa, qu'est-ce que tu fais là ? » dit-elle tout en se relevant, n'en croyant pas ses yeux.

Son père approcha et la serra de toutes ses forces dans ses bras.

« C'est Hatif qui m'a dit que tu étais ici, répondit-il la voix saccadée. Je suis venu te dire que je t'aime et que je suis désolé.

Je suis tellement fier de toi, ma fille, fier de la femme que tu es devenue, lui dit-il au creux de l'oreille en sanglots.

— Merci Papa, vraiment merci », répondit Miriam bouche bée.

Son père avait dû se dépasser pour arriver jusque-là, se dépasser pour elle.

« Merci à toi de faire de moi un homme meilleur. Plus jamais je ne serai un poids sur ta route. Plus jamais je ne serai un obstacle à ta réalisation. Crois-moi. »

Son père relâcha son étreinte et leurs regards se croisèrent. Miriam revit pour la première fois depuis ses onze ans l'amour dans les yeux de son père.

Aujourd'hui elle n'était plus une enfant, elle était devenue une femme tout entière et son père l'acceptait. Miriam avait changé et son père avec elle.

Après leurs retrouvailles, père et fille redescendirent ensemble vers le commun des mortels.

Miriam avait ramené quelque chose de cette rencontre avec le ciel, la conviction qu'elle devait partager son histoire pour permettre à d'autres de s'émanciper. Voilà sa prochaine étape.

Remerciements

À ceux et celles qui m'ont partagé leurs lumières lorsque j'étais dans le noir.

À Clémence Chanel pour son travail de correction, relecture et mise en page autour de mon roman.

Coordonnées : http://clemence-chanel.e-monsite.com/

À Stella Pellet pour la couverture de mon roman.

Stella Pellet

Graphiste & illustratrice

07 84 32 26 94

Instagram : Stella.plt